CLAUDIA PIÑEIRO

Czwartkowe wdowy

Z języka hiszpańskiego przełożył
Tomasz Pindel

WYDAWNICTWO
SONIA DRAGA

Obra editada en el marco del Programa "Sur" de Apoyo a las Traducciones del Ministerio
de Relaciones Exteriores, Comercio Internacional y Culto de la República Argentina.

Książka została opublikowana w ramach Programu Wsparcia Tłumaczeń „Sur" Ministerstwa
Spraw Zagranicznych, Handlu Zagranicznego i Kultury Republiki Argentyny.

Tytuł oryginału:
LAS VIUDAS DE LOS JUEVES

Copyright © Claudia Piñeiro – 2005
by arrengement with Literarische Agentur Mertin Inh.
Nicole Witt e. K., Frankfurt am Main, Germany
Copyright © 2015 for the Polish edition by Wydawnictwo Sonia Draga
Copyright © 2015 for the Polish translation by Wydawnictwo Sonia Draga

Projekt graficzny okładki: Mariusz Banachowicz
Zdjęcie autorki: © Alejandra Lopez

Redakcja: Bożena Sęk
Korekta: Iwona Wyrwisz, Magdalena Bargłowska

ISBN: 978-83-7999-351-2

Sprzedaż wysyłkowa:
www.merlin.pl
www.empik.com
www.soniadraga.pl

WYDAWNICTWO SONIA DRAGA Sp. z o.o.
Pl. Grunwaldzki 8-10, 40-127 Katowice
tel. 32 782 64 77, fax 32 253 77 28
e-mail: info@soniadraga.pl
www.soniadraga.pl
www.facebook.com/wydawnictwoSoniaDraga

Skład i łamanie:
Wydawnictwo Sonia Draga

Katowice 2015. Wydanie I

Druk:
OPOLGRAF SA; Opole

Gabrielowi i dzieciom

Przenieśmy się do jedynych w swoim rodzaju
lat trzydziestych, gdy potężna amerykańska klasa
średnia wstępowała do szkoły dla niewidomych.
Tennessee Williams, *Szklana menażeria*,
przeł. J. Poniedziałek

Bez służby prawdziwa tragedia nie jest możliwa,
co najwyżej surowy dramat mieszczański.
Jeśli zmywasz po sobie filiżankę i opróżniasz
swoje popielniczki, namiętności tracą moc.
Manuel Puig, *Bajo un manto de estrellas*

1

Otworzyłam lodówkę i zastygłam z dłonią zaciśniętą na uchwycie, twarzą skierowaną w stronę zimnego światła oświetlającego półki, z umysłem wyczyszczonym z myśli i martwym spojrzeniem. Aż rozległ się alarm sygnalizujący, że drzwi są otwarte i zimno ucieka, i przypomniałam sobie, że tam stoję, przed tą lodówką. Rozglądnęłam się za czymś do jedzenia. Zebrałam na talerzu jakieś resztki z wczoraj, podgrzałam w mikrofalówce i zaniosłam do stołu. Nie położyłam obrusa, tylko jedną z podkładek z rafii przywiezionych parę lat temu z Brazylii, z ostatnich wakacji, które spędziliśmy razem, we trójkę. Całą rodziną. Usiadłam przed oknem, to nie było moje zwyczajowe miejsce przy stole, ale lubiłam jeść, patrząc na ogród, kiedy byłam sama. Ronie tego wieczora, wieczora, o którym mowa, jadł kolację u Tana Scaglii. Jak w każdy czwartek. Choć ten czwartek był inny. Wrześniowy czwartek 2001 roku. Dwudziesty siódmy września 2001 roku. Ten czwartek. Wciąż żyliśmy w strachu po zamachach na World Trade Center w Nowym Jorku i otwieraliśmy listy w gumowych rękawiczkach w obawie przed białym proszkiem.

Juani wyszedł. Nie pytałam z kim ani dokąd. Juani nie lubił, jak o to pytałam. Choć i tak wiedziałam. Albo sobie wyobrażałam, więc wydawało mi się, że wiem.

Prawie nie pobrudziłam talerzy. Już parę lat temu pogodziłam się z tym, że nie stać już nas na pomoc domową w pełnym wymiarze, więc przychodziła do nas kobieta tylko dwa razy w tygodniu do poważniejszych prac. Nauczyłam się brudzić jak najmniej, nauczyłam się nie miąć ubrań, prawie nie rozścielać łóżka. Nie ze względu na pracę samą w sobie, tylko dlatego, że zmywanie naczyń, ścielenie łóżka i prasowanie przypominały mi o tym, co kiedyś miałam, ale już nie mam.

Zastanawiałam się, czyby nie wyjść i nie przespacerować się, lecz powstrzymywała mnie obawa, że mogę natknąć się na Juaniego, który uzna, że go szpieguję. Był upał, jasna noc i rozgwieżdżone niebo. Nie chciało mi się kłaść, żebym się potem przewracała z boku na bok, nie mogąc zasnąć, rozmyślając nad jakąś transakcją sprzedaży nieruchomości, której nie udawało mi się domknąć. Wtedy miało się wrażenie, że wszystkie transakcje skazane są na porażkę i że nigdy nie uda mi się pobrać prowizji. Mieliśmy od paru miesięcy kryzys gospodarczy, niektórzy maskowali to lepiej niż inni, ale wszystkim nam w ten czy inny sposób zmienił życie. Albo zaraz miał zmienić. Poszłam do pokoju po papierosa, zamierzałam jednak wyjść, nie przejmując się Juanim, a lubiłam palić i spacerować. Kiedy mijałam sypialnię syna, przyszło mi do głowy, żeby tam wejść i poszukać papierosa. Wiedziałam, że nie znajdę tego, czego szukam, i że to byłby tylko pretekst, żeby tam wejść i rozejrzeć się, a już się rozglądałam tego ranka, jak ścieliłam mu łóżko i robiłam porządek w pokoju, i wtedy też nie znalazłam tego, czego szukałam. Poszłam dalej, na stoliku nocnym miałam nowy karton, otwarłam go, wyjęłam papierosa, zapaliłam i zeszłam gotowa do wyjścia. W tej chwili wszedł Ronie i moje plany uległy zmianie. Tego wieczora wszystko potoczyło się inaczej, niż miało się potoczyć. Ronie podszedł prosto do barku. „Dziwne, tak wcześnie...", powiedziałam do niego ze schodów. „Tak", odparł i wrócił z butelką whisky i szklanką. Odczekałam chwilę, a potem ruszyłam za nim. Zajrzałam do sypialni, ale tam go nie było. W łazience też. Poszedł na taras, rozłożył się na leżaku i zabierał za picie. Przysunęłam krzesło, usiadłam obok i czekałam, patrząc w tę samą stronę co on, bez słowa. Chciałam, żeby coś powiedział. Nic ważnego ani zabawnego, nawet nie potrzebowałam, żeby powiedział coś z sensem, tylko żeby się odezwał, żeby odegrał przypadającą mu rolę w tym naszym minimalnym dialogu, w jaki zmieniły się z upływem czasu nasze rozmowy. Milczący pakt zazębiających się frazesów, słowa wypełniające ciszę, tak żeby nawet nie trzeba o tej ciszy rozmawiać. Puste słowa, skorupy słów. Kiedy się na to skarżyłam, Ronie odpowiadał, że rozmawiamy mało, bo spędzamy ze sobą za dużo czasu, że nie mamy za dużo rzeczy do opowiedzenia, skoro prawie stale jesteśmy razem. A było tak, od kiedy Ronie został bez pracy sześć lat temu, i nie miał odtąd żadnego zajęcia, nie licząc paru projektów, z których nic w końcu nie wyszło. Mnie nie chodziło nawet o to, żeby ustalić, dlaczego nasz związek obywa się bez słów, tylko dlaczego zdałam sobie z tego sprawę dopiero niedawno, kiedy cisza rozgościła się w naszym domu jak jakiś daleki krewny, którego trzeba przyjąć i otoczyć opieką. I dlaczego nie sprawia mi to bólu. Może dlatego, że ból wywalczał sobie miejsce stopniowo, w ciszy. Tak samo jak ta cisza. „Pójdę po szklankę", powiedziałam. „Przynieś lodu, Virginio", zawołał Ronie, gdy już byłam na dole.

Poszłam do kuchni i wracając z kubełkiem lodu, snułam rozważania na temat różnych możliwych powodów, dla których Ronie tak wcześnie wrócił. Skłaniałam się ku wersji, że skłócił się z kimś. Z pewnością z Tanem Scaglią albo z Gustavem. Z Martínem Urovichem nie, Martín od jakiegoś czasu z nikim się nie sprzeczał, nawet ze samym sobą. Wróciłam na taras i zapytałam go o to wprost, nie chciałam dowiadywać się o tym nazajutrz podczas partii tenisa od żony tego drugiego. Od kiedy Ronie stracił pracę, dławił w sobie jakiś żal, który wypływał na wierzch w najmniej stosownych momentach. Ten mechanizm społecznego dopasowania, który sprawia, że nie mówimy czegoś, czego nie mieliśmy mówić, u mojego męża od jakiegoś czasu szwankował. „Nie, z nikim się nie pokłóciłem". „A dlaczego wróciłeś tak wcześnie? W czwartek nigdy nie jesteś przed trzecią". „Ale dziś jestem", powiedział. I nie dodał niczego więcej ani nie dopuścił do tego, żebym ja coś powiedziała. Wstał, przysunął leżak bliżej barierki, prawie

towarzyszył, choćbym udawała, choćbym się śmiała, choćbym gadała nie wiem o czym, choćbym grała w tenisa czy podpisywała jakieś papiery. Ten strach tamtej nocy i mimo dystansu narzuconego przez Roniego kazał mi się odezwać z pozorowaną naturalnością: „Juani wyszedł". „Z kim?", zainteresował się. „Nie pytałam". „O której wraca?". „Nie wiem. Poszedł na rolki". Znów cisza, a potem ja się odezwałam: „Romina nagrała wiadomość na sekretarkę, mówiła, że czeka na niego, mieli gdzieś iść. Myślisz, że to jakieś ich tajne hasło?". „Iść, to iść, Virginio". „Czyli mam się nie martwić?". „Tak". „Pewnie są razem". „Pewnie tak". I znów nastała cisza.

Potem padły pewnie jeszcze jakieś słowa, ale ich nie pamiętam. Powtarzalne formuły milczącego paktu. Ronie nalał sobie drugą whisky, podałam mu lód. Złapał garść kostek, lecz kilka wypadło mu na ziemię i poleciało pod balustradę. Podążał za nimi wzrokiem, wydawało się, że na chwilę zapomniał o domu naprzeciwko. On patrzył na kostki lodu, a ja na niego. I może byśmy tak siedzieli z zapętlonymi spojrzeniami, gdyby w tej chwili nie zapaliło się światło w basenie Scagliów i nie rozległy się głosy na tle szumu wiązów. Śmiech Tana. Muzyka; słychać było coś jakby współczesny smętny jazz. „Diana Krall?", zapytałam, ale Ronie nie odpowiedział. Znów zesztywniał, wstał, kopnął kostki lodu, ponownie usiadł, przytknął zamknięte pięści do ust, zacisnął zęby. Wiedziałam, że coś przede mną ukrywa, coś, co zaciska w tych ustach, żeby nie wyszło. Coś, co ma związek z tym, na co nie może przestać patrzeć. Jakaś sprzeczka, zazdrość, gest pogardy, którego nie mógł zdzierżyć. Jakieś upokorzenie pod pozorem żartu, specjalność Tana, pomyślałam. Ronie znów wstał i podszedł do balustrady, żeby lepiej widzieć. Opróżnił szklankę whisky. Stał między wiązami, patrzył i zasłaniał mi. Usłyszałam jednak chlupot i wyobraziłam sobie, że ktoś skoczył do basenu Scagliów. „Kto to?", zapytałam. Odpowiedzi nie było. A przecież mnie nie obchodziło, kto skakał, tylko ta cisza, ta ściana, od której odbijałam się za każdym razem, kiedy próbowałam się zbliżyć. Zmęczona próżnymi staraniami, zeszłam na dół. Nie obraziłam się, ale też nie ulegało wątpliwości, że Ronie nie siedział tam ze mną, tylko znajdował się te parę domów dalej, nurkował w basenie Scagliów ze swoimi kolegami. Ledwie zeszłam na dół, jazz dobiegający z domu Tana urwał się w pół taktu, jak ucięty.

W kuchni wymyłam szklankę z większym zacięciem niż potrzebne, moja głowa znów zapełniała się myślami, które zdawały się nie mieścić w środku. Myślałam o Juanim, nie o Roniem. Choć próbowałam tego unikać i stosowałam sztuczki. Jak ci ludzie, co liczą owieczki, żeby zasnąć, przywoływałam w pamięci bieżące operacje dotyczące nieruchomości, komu pokażę dom Gómezów Pardów, jak załatwić sfinansowanie kupna Canettim, zaliczkę od państwa Abrevayów, której zapomniałam pobrać. I znów pojawiał się Juani, a nie Ronie. Juani jeszcze wyrazistszy, intensywniejszy. Wytarłam szklankę i schowałam, ale zaraz znów wyjęłam, żeby nalać wody, będę musiała coś wziąć na sen tej nocy. Coś, po czym padnę na łóżko. W apteczce na pewno znajdę coś, co się nada. Na szczęście niczego nie zdążyłam zażyć, bo wtedy usłyszałam pośpieszne kroki na schodach, a potem krzyk i uderzenie, głuche, mocne, o drewno. Wybiegłam i zobaczyłam mojego męża leżącego, kość nogi przebiła mu ciało, wszystko było we krwi. Zrobiło mi się słabo, poczułam, że wszystko dookoła wiruje, ale musiałam się pozbierać, bo przecież byłam sama, musiałam się nim zająć, i dziękowałam Bogu, że niczego nie zażyłam, bo teraz trzeba było założyć mu opatrunek, a nie wiedziałam, jak się to robi, musiałam przewiązać tę nogę choćby szmatą, jakąś czystą serwetką, żeby zatamować krew, i zadzwonić po pogotowie; nie, pogotowie nie, bo to długo trwa, lepiej prosto do przychodni, wcześniej zostawię wiadomość Juaniemu: „Musieliśmy pojechać z tatą coś załatwić, zaraz wrócimy. Jakby co, zadzwoń na komórkę. Wszystko w porządku. Mam nadzieję, że u Ciebie też. Całusy. Mama".

Kiedy ciągnęłam Roniego do auta, krzyczał z bólu i ten krzyk mnie zmobilizował. „Virginio, zabierz mnie do Tana", zawołał. Nie zwróciłam na to uwagi, uznałam, że to jakieś majaki wynikające z sytuacji, więc wciągnęłam go, jak mogłam, na tylne siedzenie. „Zabierz mnie, kurwa, do Tana", krzyczał dalej, a potem zemdlał. Z bólu, powiedzieli mi potem w przychodni, choć tak naprawdę nie. Jechałam najszybciej jak się dało, łamiąc przepisy, lekceważąc te wszystkie znaki „Uwaga dzieci na ulicy" i progi spowalniające. Nie zatrzymałam się nawet na widok Juaniego biegnącego pędem boczną uliczką boso. Za nim leciała Romina. Jakby przed czymś uciekali, ta dwójka zawsze przed czymś ucieka. I gdzieś zapomnieli swoich rolek. Juani ciągle coś gubi. Ale nie mogłam zająć się teraz Juanim. Nie tej nocy. Kiedy dojeżdżaliśmy do wyjazdu, Ronie odzyskał przytomność. Wciąż oszołomiony, wyjrzał przez okno, żeby sprawdzić, gdzie jesteśmy, lecz chyba nie kojarzył. Nie krzyczał już. Dwie przecznice od wyjazdu z La Cascady minęliśmy vana Teresy Scaglii. „To Teresa?", zapytał Ronie. „Tak". Ronie złapał się za głowę i zaczął płakać, najpierw cichutko, jakby skamlał, a potem próbował to zdławić. Spojrzałam na niego w lusterku wstecznym, zwinął się w kłębek, cierpiał. Próbowałam uspokoić go słowami, nie dało się jednak, więc przyzwyczajałam się do jego litanii. Jak do bólu, co pojawia się stopniowo, jak do rozmów pełnych pustych słów.

Kiedy dojechaliśmy pod przychodnię, nie słyszałam już skarg męża. Ale nie przestawał płakać. „Dlaczego tak pan płacze? – zapytał dyżurny lekarz. – Tak boli?" „Boję się", odpowiedział Ronie.

2

Virginia zawsze powtarzała, że chociaż dom Scagliów wcale nie jest najwspanialszy w Altos de la
Cascada, zawsze najbardziej przyciąga uwagę wszystkich klientów jej firmy pośrednictwa w obrocie nieruchomościami. A jeśli ktoś zna się na lepszych i gorszych
domach naszego osiedla, naszego *country*, to właśnie
ona. Bez wątpienia dom Tana był jednym z największych i to była istotna różnica. Wielu z nas patrzyło
na ten budynek z pewną zawiścią, choć nikt by się do
tego nie przyznał. Ściany z nietynkowanej cegły, wielo-
połaciowy dach z czarnych łupków, a stolarka z białego
drewna, parter i piętro, sześć sypialni, osiem łazienek,
nie licząc tej w służbówce. Pokazano go w dwóch czy
trzech czasopismach poświęconych dekoracji wnętrz
dzięki kontaktom architekta, który go projektował. Na
piętrze znajdował się *home theatre*, a obok kuchni salon
z ratanowymi meblami oraz stołem z drewna i patyno-
wanego żelaza w rdzawym kolorze. Pokój dzienny mie-
ścił się naprzeciwko basenu, stały w nim fotele w kolorze piaskowym naprzeciwko przeszklonej ściany – szyby
na całą szerokość i wysokość, miało się tam wrażenie,

że człowiek stoi na drewnianym tarasie wychodzącym daleko w ogród.

W ogrodzie każdy krzew rósł w z góry ustalonym miejscu, adekwatnie do koloru, wysokości, gęstości, dynamiki. „To moja wizytówka", mawiała Teresa, która krótko po przeprowadzce do La Cascady porzuciła grafologię i zajęła się studiowaniem projektowania przestrzeni, i choć nie potrzebowała pracy, nieustannie polowała na nowych klientów, jakby zdobycie ich oznaczało dla niej znacznie więcej niż po prostu nowy ogród do zaprojektowania. Na jej posesji nie było ani jednej zwiędłej czy słabowitej rośliny, nie było żadnych, co to sobie wyrosły ot tak, bo jakieś nasionko przyleciało i gdzieś upadło, nie było mrowisk ani ślimaków. Trawnik wyglądał jak intensywnie zielony dywan, bez plamki i różnic w odcieniach. Od wyimaginowanej linii, w miejscu gdzie zmieniał się kolor trawy, kończył się ogród i zaczynało pole golfowe, dołek numer 17; po lewej stronie był piaskowy bunkier, a po prawej hazard w postaci oczka wodnego – te dwie golfowe przeszkody uzupełniały otoczenie domu.

Teresa weszła przez drzwi prowadzące na parking. Nie potrzebowała kluczy, w Altos de la Cascada nie zamykamy drzwi na zamek. Mówi, że zaskoczyło ją, iż nie słyszała charakterystycznego śmiechu męża i jego przyjaciół. Naszych przyjaciół. Śmiechów zaprawionych alkoholem. I ucieszyła się, że nie musi się iść z nimi witać, była zbyt zmęczona, żeby znosić te ich obowiązkowe żarciki, mówi. Jak w każdy czwartek spotkali się, żeby razem zjeść i zagrać w karty, więc zgodnie z tradycją, sięgającą wielu lat wstecz, tego dnia ich żony musiały iść do kina. Z wyjątkiem Virginii, która od dłuższego czasu przestała z nimi wychodzić pod różnymi pretekstami, lecz nikt nie zadawał sobie trudu, żeby specjalnie je analizować, acz po cichu wszyscy przypisywaliśmy tę zmianę jej finansowym problemom. Dzieci Scagliów też tego wieczora nie było w domu; Matías nocował u Florínów, a Sofía – choć bardzo jej to było nie w smak, no ale ojciec nalegał – u dziadków ze strony mamy. A gosposia miała wychodne, Tano osobiście ustalił zasadę, że miała wolne w czwartek, żeby tego dnia nikt w domu nie zawracał głowy jemu ani jego przyjaciołom i nie przerywał pod żadnym pozorem ich karcianych partii.

Szła po schodach, obawiając się, że być może po takich ilościach wina czy szampana mężczyźni pozasypiali w *home theatre*, udając, że oglądają jakiś film albo mecz. Tam ich jednak nie było, a po drodze do sypialni nie ryzykowała już spotkania z nimi. Dom sprawiał wrażenie opuszczonego. Nie niepokoiło jej to, ale była zaintrygowana. Jeżeli koledzy męża nie poszli do domu pieszo, powinni być gdzieś niedaleko; kiedy weszła, musiała przeciskać się między vanami Gustava Masotty i Martína Urovicha zaparkowanymi przed domem. Wychyliła się przez balkon i zdawało się jej, że na drewnianym podeście dostrzega ręczniki. Noc była przyjemna, chociaż dopiero kończył się wrzesień, a od kiedy Tano kazał zainstalować podgrzewanie wody w basenie, wszystkie spekulacje na temat klimatu i pływania odbiegały od

panowie tam pili, bo popijali dosłownie wszędzie, tylko to, że kieliszki były z ich ślubnego zestawu, prezentu od ojca Tana, i sam Tano dbał, by używać ich tylko przy specjalnych okazjach. Teresa podeszła, żeby je podnieść, zanim poranna bryza, kot czy żaba je stłuką. Jeśli nie liczyć sporadycznych zajść spowodowanych przez tego rodzaju zjawiska naturalne, w La Cascadzie nie ryzykujemy zbyt wiele. Tak nam się wydawało.

Zbierając kieliszki, Teresa praktycznie nie patrzyła na nieruchomą wodę. Podniosła dwa, zderzyły się ze sobą z brzęknięciem, co jakby ją przestraszyło. Przyjrzała się im i uznała, że są nietknięte. Oddaliła się w stronę domu. Szła powoli, żeby kieliszki znów się nie stuknęły, nie wiedząc o tym, o czym mieliśmy się dowiedzieć następnego dnia: że pod tą ciepłą wodą na dnie basenu spoczywa jej mąż i jego dwaj przyjaciele – wszyscy martwi.

3

Altos de la Cascada to *country*, na którym miesz-kamy. My wszyscy. Pierwsi sprowadzili się Ronie i Virginia Guevara, prawie jednocześnie z Urovichami; parę lat później Tano; Gustavo Masotta był jednym z ostatnich. Jedni wcześniej, drudzy później, stopniowo wszyscy staliśmy się zaprzyjaźnionymi sąsiadami. Nasze *country* jest osiedlem zamkniętym, otacza je ogrodzenie zamaskowane zaroślami różnych gatunków. Altos de la Cascada Country Club, czyli jakby klub podmiejski. Choć większość z nas skraca nazwę i mówi po prostu La Cascada, inni z kolei wolą używać formy Los Altos. Mamy tu pole golfowe, korty tenisowe, basen, dwa *club houses*. I prywatną firmę ochroniarską. Piętnastu straż-ników za dnia i dwudziestu dwóch w nocy. Coś ponad dwieście chronionych hektarów, na które wstęp mają tylko osoby upoważnione przez kogoś z nas.

Na to, by dostać się do środka, są trzy sposoby. Można wjechać przez metalową bramę, jeśli jest się mieszkańcem, przykładając do czytnika osobistą kartę magnetyczną. Bocznym wejściem, też z okratowaną bramą, na teren osiedla może wejść gość z upoważnieniem, którego wizytę zgłosiło się wcześniej wraz z pewnymi danymi, jak numer dowodu tożsamości, prawa jazdy czy innego dokumentu. Albo przez wejście obrotowe, gdzie strażnicy zatrzymują dokument i sprawdzają zawartość toreb i pakunków – to dotyczy zaopatrzenia, pomocy domowej, ogrodników, malarzy, murarzy i innych pracowników.

Dookoła całego terenu wzdłuż ogrodzenia co pięćdziesiąt metrów zamontowane są kamery obracające się o sto osiemdziesiąt stopni. Kilka lat temu zainstalowano kamery z zasięgiem trzystu sześćdziesięciu stopni, ale je wyłączano i zastępowano innymi, bo naruszały prywatność mieszkańców, których domy stoją przy ogrodzeniu.

Domy oddzielone są od siebie żywopłotami. Czyli krzewami. Nie byle jakimi jednak. Wyszedł już z mody ligustr czy powój z fioletowymi kwiatkami z dawnych czasów, taki, co rośnie przy torach. Nie ma już żywopłotów geometrycznych, przycinanych prosto jak zielone ściany. A tym bardziej takich o zaokrąglonych kształtach. Krzewy przycina się nierówno, jakby były potargane, mają sprawiać wrażenie naturalnych, chociaż strzyżone są z wystudiowaną starannością. Na oko można mieć wrażenie, że rośliny te stanowią coś w rodzaju przypadkowej bariery między sąsiadami, a nie są celowo wytyczoną granicą oddzielającą posesje. W każdym razie wytyczać ją można tylko roślinami. Nie wolno stosować żadnych płotów, krat, a tym bardziej murów. Wyjąwszy zewnętrzne ogrodzenie wysokości dwóch metrów, którym zajmuje się administracja osiedla i które niedługo zostanie zastąpione murem spełniającym nowe normy bezpieczeństwa. Ogrody stykające się z polem golfowym nie mogą być oddzielone od niego nawet żywopłotem; kiedy człowiek tamtędy idzie, zauważa koniec posesji dzięki temu, że zmienia się kolor trawy, ale jeśli się patrzy z większej odległości, wszystko się zlewa w jedną zieleń i można odnieść wrażenie, że prywatna własność obejmuje wszystko.

Ulice mają nazwy od ptaków. Jaskółcza, Gołębia, Kosowa. Nie trzymają się typowo linearnego planu. Sporo tu ślepych zaułków, uliczek kończących się małym placem z drzewami. A także bocznych alejek, bardziej cenionych ze względu na mniejszy ruch i spokój. Wszyscy chcielibyśmy mieszkać przy takiej ślepej uliczce. W normalnej, niezamkniętej dzielnicy taka uliczka spędzałaby sen z powiek każdemu, kto by musiał nią chodzić, zwłaszcza nocą; z obawy przez atakiem, napaścią. Ale nie w La Cascadzie, tutaj to niemożliwe, można tu chodzić, kiedy się chce i gdzie się chce w całkowitym spokoju, bo nic się nikomu nie może przydarzyć.

Nie ma chodników. Ludzie jeżdżą: samochodami, motocyklami, quadami, rowerami, meleksami, na hulajnogach albo rolkach. A jeśli ktoś porusza się pieszo, to idzie po ulicy. Generalnie piesi, którzy nie mają ze sobą sprzętu sportowego, to w zasadzie zawsze służba domowa albo ogrodnicy. Nazywamy ich „parkowymi" w Altos de la Cascada, nie ogrodnikami, pewnie dlatego, że żadna posesja nie ma mniej niż tysiąc pięćset metrów kwadratowych, a przy takim rozmiarze ogród automatycznie staje się parkiem.

Kiedy człowiek podniesie głowę, żadnych kabli nie widzi. Ani elektrycznych, ani telefonicznych, ani telewizyjnych. A oczywiście mamy te trzy rzeczy, tyle że kable idą pod ziemią, schowane, żeby uchronić Los Altos przed zanieczyszczeniem wizualnym. Wszystkie instalacje poprowadzone są równolegle do kanalizacji, biegną obok siebie. I to, i to ukryte jest pod ziemią.

Nie wolno także montować na widoku zbiorników na wodę, kamufluje się je za fałszywymi ścianami. Nie można też rozwieszać prania. Biuro techniczne osiedla musi zaakceptować razem z planami domu lokalizację miejsca na rozwieszanie prania, więc jeśli ktoś z mieszkańców wiesza swoje rzeczy w takim miejscu, że można je zobaczyć z sąsiadujących domów i ktoś to zobaczy, właściciel płaci grzywnę.

Domy są różne, żaden nie stara się otwarcie naśladować innego. Choć i tak bywa. Nie sposób uniknąć podobieństw, kiedy trzeba trzymać się pewnych wytycznych dotyczących estetyki. A swoje robi też prawo budowlane i aktualna moda. Każdy by chciał, żeby jego dom był najpiękniejszy. Albo największy. Albo najlepiej wykończony. Zgodnie ze statutem całe osiedle podzielone jest na sektory i w każdym z nich dozwolony jest pewien typ domów, określany przez wygląd zewnętrzny. Mamy tu sektor białych domów. Sektor domów z cegły. W innym dach musi być z czarnych łupków. Nie wolno sobie budować domu w stylu niewłaściwym dla danego sektora. Z lotu ptaka osiedle składa się z trzech plam: czerwonej, białej i czarnej.

W sektorze ceglanym znajdują się apartamenty weekendowe, coś w rodzaju mieszkań, gdzie sypiają ich właściciele przyjeżdżający tu tylko na sobotę i niedzielę, więc nie prowadzą normalnego domu. Widziane z oddali budynki te wyglądają jak trzy wielkie wille, ale tak naprawdę mieści się tam wiele małych mieszkań, a od frontu ciągnie się zadbany ogród.

I jeszcze jedna cecha charakterystyczna, być może najbardziej rzucająca się w oczy na naszym osiedlu: zapachy. Zapach zmienia się tu wraz z porą roku. We wrześniu wszędzie pachnie jaśminem. I nie jest to żadne tam poetyczne zdanie, tylko uczciwy opis. W każdym ogrodzie w La Cascadzie rośnie co najmniej jeden krzew jaśminu, który kwitnie na wiosnę. Trzysta domów z trzystoma ogrodami daje trzysta jaśminów na terenie o powierzchni dwustu hektarów otoczonym płotem i z prywatną ochroną, więc tu nie chodzi o żadną poezję. Dlatego wiosną powietrze staje się takie ciężkie, słodkie. Nieprzyzwyczajonego może nawet obezwładnić. Ale niektórzy dosłownie się od tego uzależniają albo czują do tego zapachu pociąg, nostalgię, kiedy stąd wyjeżdżamy, zawsze chcemy wracać, żeby znów poczuć tę woń słodkich kwiatów. Tak jakby nigdzie indziej nie dało się tak dobrze oddychać. Powietrze w Altos de la Cascada swoje waży, czuć je, mieszkamy tu, bo lubimy nim oddychać, z bzyczeniem pszczół na jaśminowych kwiatach w tle. I choć z każdą porą roku zapach się zmienia, ochota na oddychanie tym powietrzem pozostaje bez zmian. Latem La Cascada pachnie świeżo skoszoną i podlaną trawą, i chlorem z basenów. Lato to okres hałaśliwy. Skoki do wody, okrzyki bawiących się dzieci, cykady, ptaki uskarżające się na skwar, muzyka wymykająca się przez otwarte okna, jakiś samotnik grający na perkusji. Okna są bez krat, w La Cascadzie nie mamy krat. Nie są potrzebne. Moskitiery owszem, żeby owady nie przeszkadzały. Jesienią pachnie dopiero co obciętymi, ale zawsze świeżymi gałęziami, nigdy nie gniją, bo po każdej burzy, deszczu czy wichurze ekipa robotników w zielonych kostiumach z logo osiedla zbiera wszystkie liście i konary. Ślady po burzy często znikają nawet, zanim jeszcze zdążymy zjeść śniadanie i wyjść do pracy, szkoły czy na poranny spacer. Domyślamy się, że była, co najwyżej po mokrej trawie i zapachu wilgotnej ziemi. Czasami zdarza nam się wahać, czy ta burza, co nas obudziła w nocy, rzeczywiście miała miejsce, czy to był sen. A zimą zapach drewna palonego w kominkach. Woń dymu i eukaliptusów; a do tego najbardziej prywatny i sekretny zapach – własnego domu. Składający się z mieszanki znanej tylko każdemu indywidualnie.

My, którzy przeprowadziliśmy się do Altos de la Cascada, powtarzamy, że zrobiliśmy to, szukając „zieleni", zdrowego życia, ruchu i bezpieczeństwa. Tłumacząc się tak nawet przed sobą, nie wyznajemy szczerze prawdziwych motywów. A z czasem pewnie nawet ich już nie pamiętamy. Wejście do La Cascady wywołuje coś jakby magiczne zatarcie przeszłości w pamięci. Przeszłość, którą pamiętamy, to zeszły tydzień, zeszły miesiąc, zeszły rok, „kiedy braliśmy udział w zawodach międzyosiedlowych i wygraliśmy". Zacierają się nam przyjaciele z całego życia, miejsca kiedyś wydające się tak ważnymi, jacyś krewni, wspomnienia, błędy. Tak jakby było możliwe w pewnym wieku wyrwać kartki z dziennika i zacząć pisać od nowa.

4

Przeprowadziliśmy się do La Cascady pod koniec lat osiemdziesiątych. Mieliśmy nowego prezydenta. To znaczy mieliśmy mieć od grudnia, ale hiperinflacja i rabowanie supermarketów sprawiły, że poprzedni ustąpił ze stanowiska przed końcem kadencji. W tych czasach ucieczka do zamkniętych osiedli na peryferiach Buenos Aires nawet się jeszcze nie zaczęła. Niewielu mieszkało na stałe w Altos de la Cascada czy na innych podobnych *country*. Ronie i ja należeliśmy do pierwszych, którzy odważyli się zrezygnować z mieszkania w mieście i przeprowadzić całą rodziną. Ronie z początku się wahał. Za dużo jeżdżenia, mówił. To ja się uparłam, byłam przekonana, że zamieszkanie w La Cascadzie odmieni nasze życie, że potrzebujemy zerwania z miastem. I Ronie w końcu przystał.

Sprzedaliśmy domek letniskowy odziedziczony po krewnych Roniego, jedną z nielicznych rzeczy, jaka nam jeszcze została do sprzedania, i kupiliśmy dom od Antierich. Był to, jak lubię mawiać, „czysty interes". I pierwsza oznaka, że kupowanie i sprzedawanie domów jest czymś, co mi leży, że mam do tego smykałkę. Choć oczywiście wtedy nie wiedziałam o tej branży tyle co teraz. Antieri dwa miesiące wcześniej popełnił samobójstwo. Wdowie zależało, żeby jak najszybciej opuścić ten dom, w którym jej mąż, ojciec czterech córek, strzelił sobie w łeb. W salonie. Niewielkim salonie połączonym z jadalnią w kształcie litery L. Prawie wszystkie domy z pierwszego okresu w Altos de la Cascada i na innych podobnych osiedlach miały małe salony. Bo też w tamtych czasach, a mówimy o latach pięćdziesiątych, sześćdziesiątych czy nawet siedemdziesiątych, ludzie nie kupowali sobie domów z dala od Buenos Aires, żeby tam przyjmować gości i organizować przyjęcia. Szosa panamerykańska, jaką znamy dziś – z dwoma pasami w każdą stronę i porządnym asfaltem – nie istniała nawet w planach. Jeśli się zapraszało przyjaciół czy rodzinę, to dla przygody, żeby spędzić czas na wsi, korzystało się z ogrodu, z instalacji sportowych, szło się na spacer czy wybierało na przejażdżkę konną albo grało w golfa. Epoka pokazywania importowanych dywanów i foteli kupionych w najlepszych salonach meblowych Buenos Aires miała przyjść lata później. My przeprowadzaliśmy się w okresie przejściowym, to nie były już lata sześćdziesiąte, ale też jeszcze nie dziewięćdziesiąte. Choć oczywiście wiadomo, że było znacznie bliżej do tych drugich, nie tylko w sensie chronologicznym. Wyburzyliśmy jedną ścianę i powiększyliśmy salon o parę metrów kosztem jednego pokoju, wiedząc, że nie będziemy z niego korzystać.

Ta historia z Antierim zdarzyła się pewnej niedzieli w południe. Krzyki żony słychać było aż na polu golfowym. Dom stoi tuż przy dołku numer 4 i nawet dziś Paco Pérez Ayerra, w tamtych czasach kierownik pola, co jakiś czas opowiada historię swojego potężnego uderzenia, które poleciało poza pole, bo w sekundzie kiedy rozległy się krzyki, właśnie trafiał piłkę. Podobno Antieri był wojskowym albo oficerem marynarki, coś w tym stylu. Nikt za bardzo nie wiedział. W każdym razie był mundurowym. Antieri i jego żona nie utrzymywali zbytnio stosunków z sąsiadami, nie uprawiali sportów, nie chadzali na przyjęcia. Ich córki owszem, niedużo co prawda, jednak gdzieś tam się przewijały. Ale rodzice nie prowadzili żadnego życia towarzyskiego. Przyjeżdżali na weekendy i zamykali się w domu. W ostatnim okresie Antieri zostawał na cały tydzień sam, spuszczał żaluzje, podobno zajmował się czyszczeniem broni. Z nikim nie rozmawiał. Dlatego nie sądzę, żeby należało szukać konkretnych powodów czy wierzyć w tę wersję, co obiegła całe osiedle, jakoby Antieri zagroził samobójstwem, jeśli wybory w osiemdziesiątym dziewiątym wypadną niepomyślnie. Taką groźbę rzucił jeden aktor i dotrzymał słowa, mówili o tym we wszystkich wiadomościach; ktoś połączył jedną anegdotę z drugą i tak powstała plotka.

Kiedy pierwszy raz zobaczyłam dom, moją uwagę szczególnie przyciągnął gabinet Antieriego, to pomieszczenie, cośmy się go w końcu pozbyli. Porządek i czystość, jakie tam panowały, onieśmielały mnie. Regały pełne książek pokrywały wszystkie ściany. Grzbiety w idealnym stanie, nietknięte, oprawione w bordową albo zieloną skórę. I dwie przeszkolne gablotki, w których trzymał broń różnego kalibru i rodzaju. Wypolerowaną, bez jednego pyłku, błyszczącą. Kiedy szliśmy przez ten gabinet, Juani, który miał wtedy ledwie pięć lat, podszedł do regału, wyjął jedną książkę, rzucił ją na ziemię i stanął na niej. Grzbiet książki się zapadł. Ronie odpędził go gestem i wyprowadził na zewnątrz, żeby ochrzanić bez świadków, wściekł się. Ja zajęłam się książką, starłam ślad buta Juaniego. Próbowałam to jakoś wyprostować, ale książka wydała mi się lekka, więc obróciłam ją. W środku była pusta, same sztywne okładki, fałszywe pudełko na literaturę. Na grzbiecie przeczytałam: *Faust* Goethego. Odłożyłam tom na miejsce. Między *Życie snem* Calderóna de la Barki i *Zbrodnię i karę* Dostojewskiego. Wszystkie były puste w środku. Po prawej stały jeszcze dwa czy trzy klasyki, a potem wszystko się powtarzało: *Życie snem, Faust, Zbrodnia i kara* złotymi filigranowymi czcionkami. Ta sama seria na każdej półce.

Dom kupiliśmy za bezcen. Wcześniejsi klienci wycofywali swoje oferty, ledwie się dowiedzieli, że ktoś się w środku zabił. Wdowa o tym nie wspominała, podobnie jak pracownik firmy pośredniczącej, któremu zależało przecież na sprzedaży. Ale plotka krążyła i jakąś drogą w końcu zawsze docierała. Mnie to naprawdę nie przeszkadzało; przesądna nie jestem. A na dobitkę pojawiły się jeszcze w ostatnim momencie jakieś problemy z dokumentami spadkowymi, więc wdowa poniosła wszystkie koszty, nawet te, które powinny spaść na nas, kupujących. Jeszcze udało mi się zarobić kolejne dwieście pesos, bo sprzedałam puste grzbiety książek Ricie Mansilli – wdowa nie chciała ich zabrać, a u nas tylko zbierały kurz w piwnicy.

Ostatecznie za dom zapłaciliśmy ledwie piętnaście tysięcy dolarów więcej od kwoty, za jaką sprzedaliśmy domek letniskowy, a ten nowy stał na działce liczącej dwa tysiące metrów kwadratowych, dwieście pięćdziesiąt miał sam dom, trzy łazienki i pomieszczenie dla służby. Dużo światła, tyle że Antieri zawsze opuszczał rolety. Przed przeprowadzką pomalowaliśmy wszystkie pomieszczenia na biało, żeby było jeszcze jaśniej. Taki chwyt w stylu agencji nieruchomości z Buenos Aires; z czasem przekonałam się, że La Cascadzie takie sztuczki nie są potrzebne. W La Cascadzie słońce wpada przez otwarte okna, nie ma tu budynków rzucających cień ani zasłaniających światło. Tylko w przypadku bardzo zadrzewionych ogrodów zdarzają się problemy związane z niedostatkiem światła, ale to nie był nasz przypadek.

Była to pierwsza udana transakcja nieruchomościowa, jaką w życiu przeprowadziłam. I od tego czasu ten temat zaczął mnie fascynować. Zupełnie jakby to była jakaś gra. Kiedy tylko dowiadywałam się, że ktoś ma kłopoty finansowe, że jakaś para się rozchodzi albo bezrobotny mąż dostaje pracę za granicą, więc rodzina emigruje, albo emigruje, choć żadna praca się nie znalazła, bo ludzie mogą mieć dość bezrobocia i jednoczesnego posiadania pola golfowego czy basenu, które trzeba utrzymać, natychmiast zastanawiałam się, kogo mógłby zainteresować taki dom, i kontaktowałam ze sobą obie strony.

Tym sposobem dwa lata później sprzedałam dom rodzinie Scagliów. Kilka dni po tym, jak minister dotąd zajmujący się sprawami zagranicznymi przejął tekę ministra gospodarki, co od początku było jego celem, i przekonał Kongres do przyjęcia ustawy o kursie peso. Jeden dolar równy jednemu peso. Przez to słynne „jeden do jednego" znów uwierzyliśmy, że możemy, a przeprowadzki w takie miejsca jak Altos de la Cascada stały się łatwiejsze.

Bywają wydarzenia – choć nieliczne i jest ich mniej, niż się ludziom wydaje – bez których nasze historie potoczyłyby się zupełnie inaczej. Sprzedaż tej posesji Scagliom w marcu 1991 roku była niewątpliwie jednym z nich.

5

Pamiętam, jakby to było dziś. Brązowe buty marki Croco wysiadły z auta przed nią. Ledwie Teresa Scaglia zrobiła krok do przodu, szpiczasty obcas jednego z nich zapadł się w ziemię na posesji, którą zamierzałam jej sprzedać. Zauważyłam, że Teresę to zirytowało, więc próbowałam zbagatelizować ten epizod. „Wszystkim z nas, które przyjechałyśmy z miasta, zdarzyło się coś takiego – powiedziałam. – Ciężko zrezygnować z butów na obcasie. Proszę mi wierzyć, to jedna z najtrudniejszych rzeczy. Ale tak to jest: albo obcasy, albo to...", zaszarżowałam, wskazując na drzewa i otaczający nas pejzaż.

Podejrzewam, że Tano nawet nie zauważył tego potknięcia żony. Szedł jakieś dwa, trzy metry przed nią. Nie wiem, czy można powiedzieć, że robił tak z pośpiechu. Może i tak, lecz to nie był pośpiech wynikający z braku czasu, tylko raczej z niecierpliwości, zapału, jakby nie miał ochoty czekać na nią czy na kogokolwiek innego. Tano się oddalił, a ja zaczekałam na Teresę. I pomyśleć, że ta kobieta zajęła się w końcu projektowaniem ogrodów. Kiedy zjawiła się w Altos de la Cascada, jedyne, co wiedziała, to że lubi rośliny. Teresa wyciągnęła obcas zatopiony w miękkiej ziemi i próbowała oczyścić go o trawę, ale wtedy zapadł się jej drugi. Wszystkie jej wysiłki spełzły na niczym. Oczyszczony obcas znów się zapadał, drugi się brudził i choćby nie wiadomo ile razy go czyściła, musiał się zaraz znów ubłocić. Powiedzieć jej to wprost i nie uszanować jej własnego rytmu poznawania nowego miejsca wydawało mi się równie niegrzeczne i pośpieszne jak tempo marszu jej męża. Śpieszyło mi się rzeczywiście, prowizja od sprzedaży tej posesji mogła mi pomóc w domknięciu paru pilnych spraw związanych z naszym domem. Zastanawiałam się, jakie rozwiązanie Teresa wybierze. Za pierwszym razem, kiedy obcasy zapadły mi się w La Cascadzie, zdjęłam buty i poszłam dalej w jedwabnych rajstopach. Byliśmy młodzi, Ronie się śmiał; śmialiśmy się oboje. Tyle że Teresa jest zupełnie inna niż ja. Wszystkie tu bardzo się różnimy, choć niektórzy mylnie sądzą, że życie w takim miejscu upodabnia do siebie wszystkie kobiety. „Kobieta *country*" mówią na nas. Fałszywe stereotypy. Pewnie, że łączą nas podobne przeżycia, że przydarzają nam się te same rzeczy. A pewne rzeczy się nam nie przydarzają i to nas upodabnia. Na przykład wszystkie mamy z początku problemy z rezygnacją z pewnych nabytych przyzwyczajeń: tutaj żadnych butów na obcasach, żadnych jedwabnych rajstop, żadnych firanek sięgających podłogi. Wszystkie te drobiazgi, które wszędzie indziej byłyby symbolem elegancji, w Altos de la Cascada zawsze ostatecznie stanowią ostoję brudu. Bo obcasy zapadają się w glebie trawnika i kiedy się je wyciąga, są całe w błocie i trawie, bo w rajstopach lecą oczka od kontaktu z drapiącymi roślinami, drewnianymi elementami zabudowy czy ratanowymi meblami ogrodowymi, bo do domów tutaj dostaje się znacznie więcej ziemi niż do mieszkań w miastach, więc wszystko, co wlecze się po ziemi, firanka, dziecko czy pies, okropnie się brudzi.

Teresa potrzebowała kilku metrów, aby pojąć, że nie ma żadnego dobrego rozwiązania. Postanowiła iść na palcach – połowiczne wyjście z sytuacji, widziałam je u licznych kobiet z miasta – i zadowolić się ogólnymi oględzinami na odległość, zamiast obejść z mężem całą posesję metr po metrze. Tano natomiast stawiał zdecydowane kroki z rękami w kieszeniach, mocno stąpając po ziemi. Każdym krokiem wytyczał swoje terytorium; to się rzucało w oczy. Gdyby był zwierzęciem, obsikałby je. Jego zachowanie nie pozostawiało miejsca na wątpliwości: właśnie takiej posesji szukał. Jednak zamiast cieszyć się z zarobionej prowizji, czułam się przez niego zastraszona, dlatego powiedziałam, że muszę upewnić się u właścicieli, czy dom wciąż jest na sprzedaż. „Jeśli nie jest, po co mi go pokazujesz?" „Nie no, jest na sprzedaż, w każdym razie był. Stary Caviró, właściciel, powierzył dom mojej agencji parę miesięcy temu, ale sama nie wiem, wolałabym sprawdzić". „Jeśli powierzył dom agencji, to znaczy, że jest na sprzedaż". I to mogło być prawdą w wielu miejscach, lecz niekoniecznie w La Cascadzie. W La Cascadzie człowiek musi się nauczyć pewnej elastyczności. Czasami zapewniają cię, że zamierzają sprzedać, a potem nagle zjawia się jakieś ich dziecko, które chce zatrzymać dom dla rodziców, albo jest im wstyd przed znajomymi i nie chcą sprzedawać, albo mąż nie może dogadać się z żoną. I ostatecznie wszystko jest na agencję. W tym przypadku na mnie, Virginię albo na „Mavi Guevarę", jak się nazywa moja firma. Niektórzy wystawiają swój dom lub posesję na sprzedaż tylko po to, żeby dowiedzieć się, ile naprawdę jest wart, o ile wzrosła jego wartość, od kiedy go kupili, bo nie wystarcza im oszacowanie ceny, tylko potrzebują stanąć twarzą w twarz z kimś, kto chce tego, co oni mają, i trzyma w ręku pieniądze potrzebne na zakup. I wtedy mówią, że nie, że nie sprzedają. „Chcę tę posesję", powtórzył Tano. „Postaram się", pamiętam, że odpowiedziałam. „To mi nie wystarcza", odparł głosem spokojnym, ale zarazem stanowczym, który sparaliżował mnie tak, jak jego żonę paraliżowały obcasy zapadające się w gruncie. Nie wiedziałam, co odpowiedzieć. Tano naciskał tak, jakby przysuwał szpikulec szpady do przeciwnika, który już leży na ziemi i zamierza się poddać. „Chcę tę posesję". Wahałam się jeszcze przez chwilę, przez jedną chwilę, bo potem nagle, jak w jakimś objawieniu, zdałam sobie sprawę, że mówię: „Możesz uznać sprawę za załatwioną, ten dom będzie twój". I to nie był frazes czy deklaracja woli, nie miało to nawet związku z moimi realnymi możliwościami załatwienia sprawy. Wręcz przeciwnie. Było to absolutne przekonanie, że stojący przede mną mężczyzna, Tano Scaglia, którego właśnie poznałam, zawsze dostaje od życia to czego chce.

I od śmierci.

6

Samochód zatrzymał się przed szlabanem. Ernesto otworzył okno, po raz pierwszy przesunął kartą przed czytnikiem i szlaban się uniósł. Strażnik pozdrowił ich uśmiechem. Dziewczynka patrzyła na niego ze swojego siedzenia. Strażnik pomachał ręką przed szybą, ale nie zareagowała. Mariana też opuściła szybę i przesadnie głęboko nabrała powietrza, jakby było tu lepsze niż gdzie indziej. Nie było takie słodkie, jak się jej wydawało dwa lata wcześniej, kiedy pierwszy raz znalazła się w La Cascadzie. Wtedy wjeżdżała inną bramą, tą dla gości. I była wiosna, a nie jesień jak teraz. Kazali jej nawet podać numer dowodu osobistego, zanim pozwolono jej wjechać. Trzymali ją tam z piętnaście minut, bo nie mogli znaleźć nikogo, kto by wyraził zgodę na jej wjazd. Wtedy przyjechali na grilla do klienta Ernesta. Do kogoś, kto miał u niego dług wdzięczności za szansę na zrobienie interesu, jakiej by nie miał bez jego pomocy. A takie przysługi są długami jak wszystkie inne, uważał Ernesto. Przede wszystkim jeśli pozwalają takiemu dłużnikowi zarobić dużo pieniędzy. Kiedy przyjechali na tego grilla, uznali, że Altos de la

Cascada to miejsce, w którym chcą zamieszkać, gdy będą mieć dzieci. A teraz je mieli. Mieli dwójkę, chcieli tylko jedno, ale wybór był albo dwoje, albo dalsze czekanie. A Mariana nie miała siły na to, żeby dłużej czekać. Niecały miesiąc wcześniej sędzia przydzielił im opiekę i czekanie się skończyło. Byli już o krok od kupienia dziecka w Chaco, ktoś im powiedział o kobiecie, która przyjmuje zamówienia, lecz na szczęście objawił się jakiś nowy klient Ernesta, okazało się, że zna tego sędziego, i sprawa ruszyła z kopyta.

Samochód państwa Andrade jechał powoli obsadzoną drzewami aleją otaczającą pole golfowe. Uliczki La Cascady rywalizowały między sobą w żółciach i czerwieniach. Żaden obraz nawet najlepszego malarza nie może równać się z tym, co widać za oknem, myślała Mariana. Czerwone ambrowce, żółte miłorzęby, rudawe dęby. Obok dziewczynki w foteliku spał Pedro. Dziewczynka poczuła, że przez otwarte okno trochę wieje, i poprawiła mu kocyk. Sama podciągnęła nóżki i schowała pod nową sukienką. Wyjrzała przez okno i zobaczyła znak z napisem: „Uwaga, dzieci! Maksymalna prędkość 20 km/h", ale nie mogła go odczytać, bo nie umiała.

Mariana przestała wpatrywać się w widoki i spojrzała na dzieci w lusterku wstecznym, udając, że poprawia kosmyk włosów; zastanawiała się, jaka więź łączy to rodzeństwo, które ona przecież ledwo znała. Imię dla chłopca miała od bardzo dawna, od kiedy byli jeszcze z Ernestem narzeczeństwem. Dziewczynka już miała swoje imię: Ramona, Mariana nie była w stanie pojąć, jak ktoś w dzisiejszych czasach mógł tak nazwać dziewczynkę. Ramona to było imię dla kogoś innego, nie dla dziecka. Przez te wszystkie lata zabiegów i oczekiwania rozważała różne wersje. Camila, Victoria, Sofía, Delfina, Valentina, nawet Inés, jak jej babcia ze strony matki. Dziewczynka jednak miała już imię. I sędzia nie zezwolił na zmianę. Dlatego Mariana postanowiła mówić do niej Romina, nikogo nie prosząc o zgodę, jakby ta zmiana wynikała tylko z błędnego zapisu samogłosek. Na szczęście dziewczynka nie umiała powiedzieć w sądzie, jak ma na imię chłopiec, o ile jakieś miał, i nazywała go po prostu „mały", tak zwyczajnie.

Kiedy przyjechali, Antonia już czekała w drzwiach; właśnie powsadzała do wazonu kwiaty przysłane przez Virginię Guevarę. Ustawiła go pośrodku nowego stołu z sosnowego drewna. Miała na sobie błękitny strój roboczy z białymi haftami na mankietach. Był zupełnie nowy, bo kiedy mieszkali w dzielnicy Palermo, nie nosiła uniformu. I nie nocowała u nich. Ale ze względu na przeprowadzkę i pojawienie się dzieci musiała zgodzić się na te zmiany albo szukać sobie nowej pracy. Kiedy auto wjechało na wysypaną żwirem alejkę, rozległ się hałas jakby letniego deszczu, który przestraszył dziewczynkę. Wyjrzała przez szybę na słoneczne niebo. Padają niewidzialne kamienie, pomyślała. Pierwsza wysiadła Mariana. Podeszła do Antonii i podała jej torebkę oraz torbę z resztą ubrań, które nie zostały zabrane poprzedniego dnia wraz z transportem mebli. Natychmiast wróciła do auta, otworzyła tylne drzwi i odpięła pas trzymający fotelik małego. Dziewczynka patrzyła, jak Mariana podnosi jej brata. Mariana powiedziała coś w rodzaju „Chodź tu do mnie, malutki" i wyjęła go z samochodu. Kocyk zsunął się na żwirową alejkę. „Widzisz, Antonio, jak ślicznie dziś się prezentuje nasz Pedro?" Antonia przytaknęła. „Idź, podgrzej mu butelkę, bo pewnie kona z głodu". Antonia weszła do domu z torbą i torebką. Mariana z Pedrem na rękach spojrzała na samochód, jakby czegoś szukała. „Ernesto?", odezwała się, a on wynurzył się zza auta, trzymając rakiety tenisowe i wieszak na foteliku małego. Podszedł do Mariany i razem weszli do domu. Dziewczynka patrzyła, jak zamykają się za nimi drzwi. Przez przednią szybę patrzyła na dom. Wydał się jej czymś najpiękniejszym na świecie. Wyglądał, jakby go zrobiono z bitej śmietany i karmelu, jak w tej bajce, którą usłyszała kiedyś w parafii w Caá Catí. Chciała wyjść z auta i pobiegać po trawie, która wyglądała jak dywan, ale nie mogła, nie wiedziała, jak odpiąć pas. Próbowała, lecz nie udawało się jej, i bała się, że coś popsuje i dostanie lanie, a nie chciała, żeby ktoś ją bił.

Minęło trochę czasu. Dziewczynka dla rozrywki patrzyła na ulicę. Jakaś kobieta wyprowadzała psa na łańcuszku, inna kobieta w takim uniformie, jaki miała Antonia, pchała wózek z dzieckiem, chłopiec jechał na rowerze, dziewczynka na wrotkach. Też bym chciała kiedyś pojechać na wrotkach, pomyślała. Nigdy nie widziała pary wrotek z bliska, a dziewczynka przejechała zbyt szybko. Były różowe, to zauważyła. Jej ulubiony kolor.

Drzwi się otwarły i wyszła Antonia. Podeszła do samochodu. „A ty co tam ciągle robisz? Chodź, no chodź", mówiła rozpinając niezręcznie pas, ona też nie była przyzwyczajona do pasów w samochodzie. Złapała ją za rękę i zaprowadziła do domu. Do jej domu.

W poniedziałek po przeprowadzce dziewczynka zaczynała szkołę. Nigdy wcześniej nie chodziła do szkoły. W Lakelands School, angielskiej szkole wymarzonej przez Marianę i Ernesta dla ich pierwszego dziecka, udało się załatwić przyjęcie do pierwszej klasy, choć dziewczynka w ogóle nie znała jeszcze języka. Kiedy mówiono o „języku", chodziło oczywiście o angielski. Dziewczynce nie miało być łatwo. Lekcje zaczęły się niemal dwa miesiące wcześniej. Dyrektorka powiedziała, że muszą stawić czoło wyzwaniu wszyscy razem: oni poświęcą jej szczególną uwagę, żeby nadgoniła resztę uczniów w ich *English skills*, ale Mariana musiała obiecać, że zadba o dodatkowe wsparcie. Nie chodziło o prywatną nauczycielkę, tylko o coacha. Mariana się zgodziła. Muszą spróbować. Pedro na pewno pójdzie do Lakelands, zacznie od grupy dwulatków, jak wszyscy inni. A z przyczyn praktycznych lepiej, żeby Pedro i mała chodzili do jednej szkoły.

Mariana nie miała zbyt wielkich oczekiwań wobec pierwszych szkolnych kroków Rominy. Nauczyła się hamować oczekiwania, żeby potem się nie frustrować, w ciągu lat walki z niepłodnością, kiedy to miesiąc po miesiącu szła do łazienki, bojąc się, że stanie się to, co się stawało. Plamka, która wszystkiemu nadawała kolor porażki, i kalendarz, który zaczynał się od nowa. Aż w końcu w Stanach zdiagnozowano jej „wadliwe komórki jajowe bez możliwości poprawy", a ona była wdzięczna za szczerość. Ze szkołą dziewczynki chciała zrobić tak samo: wymazać wszelkie oczekiwania, żyć w przekonaniu, że wszystko pójdzie źle, czyli ulżyć przyszłemu rozczarowaniu, z góry się na nie nastawiając. Niemniej kiedy jednak przyszło co do czego, czuła pewne zdenerwowanie. W poprzedzający wieczór wszystko przygotowała, osobiście odprasowała jej mundurek, aby mieć pewność, że plisy spódnicy są idealnie symetryczne, i świeżo wyprasowane ubranie rozłożyła na krześle. Biała bluza, sweter niebieski z elementami żywej czerwieni i zieleni, spódniczka w szkocką kratę. Dziewczynka spała. Jej czarne włosy błyszczały w ciemnym pokoju.

Mariana zeszła do salonu, włączyła telewizor i zapaliła papierosa. Ernesto pracował na komputerze. Przełączała z kanału na kanał, nie wiedząc nawet, co ogląda. Chciała tylko, żeby czas szybciej zleciał, żeby już było jutro, a potem następny dzień i następny, i wreszcie ten, gdy zapomni, kim są jej dzieci i skąd pochodzą. Przede wszystkim dziewczynka. Pedro to co innego, miał ledwie trzy miesiące. Natychmiast zatrą mu się zapachy, specyficzny oddech, głos, uderzenie, cios. Chłopczyka wychowa na swoje podobieństwo. Ale dziewczynkę już nie. Jej oczy widziały zbyt wiele. To się czuło. Mariana z trudem wytrzymywała jej spojrzenie, bała się go. Jakby te ciemne oczy mogły jej pokazać, co kiedyś widziały.

Budzik zadzwonił o siódmej trzydzieści. Mariana wstała, ubrała się i zeszła na śniadanie. Dopiero wtedy poprosiła Antonię, żeby obudziła Rominę, przyprowadziła na śniadanie i ubrała. Potem sama ją uczesze. Ernesto nie pójdzie z nimi. A miałby na to ochotę, bo na tego rodzaju uroczystościach zawsze można poznać kogoś, kto może stać się dobrym kontaktem albo dobrym klientem, a on chciał zacząć poznawać społeczność, której stał się członkiem. Mariana jednak poprosiła, żeby został w domu z Pedrem. Mały całą noc kaszlał, martwiła się tym. A zmartwiona Mariana to znacznie gorsza sprawa niż utrata jakiegoś interesu, dobrze o tym wiedział.

Mariana weszła do pokoju małej. Uczesała ją, jak najlepiej potrafiła. Włosy dziewczynki były czarne, błyszczące i sztywne jak druty. W dniu kiedy dzieci zostały przywiezione ze stanu Corrientes, czekał na nie fryzjer. Mieszkali jeszcze w kamienicy w stolicy. W mniej niż pięć minut główka małego była całkowicie ogolona. Z dziewczynką Mariana nie mogła zrobić tak samo. Choć miałaby ochotę. Tego dnia dziewczynka bawiła się kosmykami włosów swojego brata rozrzuconymi po podłodze kuchni, a Mariana, stojąc z boku, udzielała wskazówek fryzjerowi. „Nie tak krótko, ma takie ładne włosy", stwierdził fryzjer. Mariana zawahała się, spojrzała na nią, dziewczynka siedziała na podłodze i wpatrywała się w mozaikę. Miotła, którą Antonia sprzątała ścięte włosy jej brata, podrapała ją w rękę. „Proszę jej podciąć końce i trochę wycieniować", poleciła Mariana. Ale fryzjer nie dał rady. Ilekroć zbliżał się z nożyczkami, mała dostawała ataku paniki. „Wygląda jak kot w pułapce", powiedziała Antonia. „Raczej jak ranny kot", poprawił fryzjer. Dziewczynka się bała, Mariana też. Chociaż od tego pierwszego wieczoru razem minął już ponad miesiąc, za każdym razem kiedy Mariana ją czesała, dziewczynka dygotała. „Nie wierć się tak, nie jestem w stanie cię uczesać", mówiła jej wciąż, a mała tak się spinała, by siedzieć spokojnie, że w końcu cała była obolała i zmęczona. Przewiązała jej włosy wstążką w szkocką kratę, taką samą jak wzór na spódnicy od mundurka, prócz tego wpięła dwie spinki z brązowego szylkretu po dwóch stronach, acz błyszczały mniej niż włosy. Mariana zastanawiała się, gdzie ona mogła się urodzić. I gdzie się urodzili jej rodzice. To, że przywieziono dzieci z Corrientes, niczego nie rozstrzygało. Co do chłopca – wiadomo, matka przebywała w szpitalu w Goya. Ale podobno wcale stamtąd nie pochodziła. Dziewczynka mogła się urodzić w Corrientes, choć równie dobrze w Misiones, Chaco czy Tucumánie. Mariana wyobrażała ją sobie za kilka lat, krzepką i masywną jak ta kobieta z Tucumánu, co pracowała jako gosposia w domu jej przyjaciółki Sary. Pedro też był krzepkiej budowy, lecz to stopniowo się zmieni. Przy odrobinie szczęścia okaże się, że są dziećmi różnych ojców, i wtedy genetyka będzie po jego stronie, myślała. Brat przyrodni. Kiedy miał ogoloną głowę, prawie nie byli do siebie podobni. Póki będzie malutki, zamierzała golić go raz na tydzień, jeśli będzie trzeba. A jak podrośnie, będzie się go strzygło króciutko, tak jak Ernesta, jeśli zaś będzie masywnej budowy ciała, tym lepiej, wezmą go na pewno do szkolnej drużyny rugby. Poza tym będzie zawsze karmiony zdrową i najlepszą żywnością, a to mu pomoże, myślała. No i sport, dużo sportu. Dziewczynka, choćby się ją trzymało na diecie i katowało ćwiczeniami, i tak ma łydki jak donice, a na to, o czym Mariana dobrze wiedziała, nie ma żadnej rady.

Wyjęła jej spinki, a potem znów je wsunęła. Trochę wyżej. Dziewczynka patrzyła na nią, prawie nie mrugając. Mariana opowiadała jej o nowej szkole, o wielkiej szansie, jaka przed nią staje, że człowiek do niczego nie dojdzie, jeśli nie mówi po angielsku, że będzie musiała bardzo się starać. Potem przestała opowiadać, miała wrażenie, że dziewczynka nie słucha. Podniosła jej plecak i wyszła. Mała szła kilka kroków za nią. Kiedy mijała pokój Pedra, wślizgnęła się do środka. „Pa, mały", usłyszała Mariana na korytarzu. Poszła po nią. „Nie budź go, kaszlał całą noc", powiedziała. Kiedy szły po schodach, dodała: „Nie powinnaś mówić do niego mały, tylko Pedro". „Mały" powtórzyła dziewczynka i Mariana nic nie powiedziała.

Uczniowie ustawili się na dziedzińcu. Mariana sprawdziła, w którym rzędzie stoją pierwszaki, i podprowadziła tam Rominę. Przyglądała się jej z oddali. Była najwyższa w klasie. Najbardziej wyrośnięta. I najciemniejsza. Poranne słońce odbijało się od jej włosów. Mariana stanęła z boku. Niektórzy rodzice czekali tam aż do podniesienia flagi. Kobieta obok coś do niej mówiła. Też była tu nowa. Właśnie się przeprowadzili, tak samo jak oni. „W jakiej szkole córka była przedtem?", zapytała. Mariana udała, że nie słyszy. Policzyła głowy wszystkich dziewczynek w szeregu klasy pierwszej A. Sześć blondynek, osiem jasnokasztanowych, dwie ciemnokasztanowe. I jej dziewczynka. „Która to twoja?", dopytywała kobieta obok. „Tamta", odpowiedziała Mariana, nie pokazując ręką. „Ta blondyneczka z niebieską wstążką?" „Nie, ta duża ciemnowłosa". Kobieta szukała spojrzeniem, ale zanim znalazła, Mariana dodała: „Jest adoptowana".

Zabrzmiały pierwsze takty hymnu.

7

Pierwszy sygnał zwiastujący, że staniemy się członkami najbliższego kręgu znajomych państwa Scagliów, dotarł do nas kilka miesięcy po ich przeprowadzce. Właśnie wchodziłam pod prysznic, w pośpiechu, umówiłam się z jednym klientem, żeby mu pokazać dom, który był na sprzedaż, i przysnęło mi się. Kurs jeden do jednego ożywił rynek. Nie bardzo rozumiałam dlaczego właściwie, skoro ceny posesji w dolarach szły ciągle w górę; nigdy nie mogłam się połapać w tych wskaźnikach gospodarczych i wzajemnych wpływach, ale skoro ludzie mający środki na inwestycje byli zadowoleni, to ja też. Zadzwonił telefon. Popędziłam odebrać przekonana, że to mój klient. O mało się nie wywaliłam na mokrych płytkach. To była Teresa. „Chcielibyśmy was zaprosić do nas w czwartek wieczór, Virginio, tak na dziewiątą. Będzie jakieś dziesięć zaprzyjaźnionych par i bardzo byśmy się ucieszyli z waszego przyjścia, Tano ma urodziny".

Przed tym pierwszym zaproszeniem Ronie parę razy spotkał się z Tanem na kortach i zdarzało im się wypić drinka po meczu. Ja nie widziałam się z nimi od wizyty u notariusza; podczas przebudowy widywało się ich tylko w otoczeniu architektów i choć korciło mnie parę razy, żeby tam zajrzeć, sposób bycia Tana zniechęcał do jakichkolwiek prób zbliżenia. Z tego, co wiedziałam, nie tylko na mnie tak działał. Nie ulegało wątpliwości, że to Tano wybiera, z kim ma ochotę się zadawać, a z kim nie. Nie można było sobie pozwolić na inicjatywę i próbować się do niego zbliżyć, jeżeli sam nie dał uprzednio jasnego znaku. Również odrzucenie jego zaproszenia nie było łatwą decyzją. Zaniosłam im kwiaty w dniu przeprowadzki z karteczką z napisem „Możecie na mnie liczyć w każdej sprawie, Wasza sąsiadka Virginia". Wszystkim klientom, ledwie się wprowadzili, posyłałam kwiaty z takim liścikiem. Chodziło o próbę wyjścia z roli pośredniczki w obrocie nieruchomościami już po sfinalizowaniu całej transakcji, dlatego podpisywałam się wtedy Virginia, a nie Mavi, czyli skrót od María Virginia, którego używałam jako podpisu służbowego. Inaczej znajomi nigdy nie przestaliby być potencjalnymi klientami, a klienci nie mogliby stać się potencjalnymi przyjaciółmi. Mam to zapisane w swoim czerwonym kajecie. W La Cascadzie wszystko się dziwnie miesza. Może dlatego, że w tym miejscu definicja słowa „przyjaźń" jest na tyle szeroka, że ostatecznie robi się strasznie wąska.

Stawiliśmy się z punktualnością typową dla Roniego. Byliśmy pierwsi. Otworzył nam Tano z takim uśmiechem powitalnym, że odnieśliśmy wrażenie, że jesteśmy bardziej oczekiwani, niż można by sądzić.

„Jak dobrze, że jesteście!" Ronie wręczył mu prezent. Koszulkę tenisową, klasyczną, z pro shopu otwartego przy kortach. Sama ją kupiłam. Zawsze daję w prezencie tego rodzaju rzeczy. Koszulka to prezent politycznie poprawny i łatwo można ją wymienić. Wydaje mi się rzeczą trudną i absurdalnie ryzykowną kupowanie czegoś dla osoby, którą słabo znam. Nigdy nie kupiłabym książki, tym bardziej mężczyźnie, bo ci, jeśli w ogóle czytają, to jakąś aktualną publicystykę, interesują ich tematy polityczne czy gospodarcze, raczej nie powieści. Możesz mieć pecha i podarować książkę, która mówi „A", komuś, kto myśli „B". To jakby wręczać koszulkę Boca Juniors kibicowi River Plate. Szkoda zachodu. Z muzyką jest tak samo, a do tego o muzyce nie mam pojęcia. Juani się zna, ale denerwuje się, kiedy go proszę o radę, a wtedy był jeszcze dość mały. Koszulka zawsze okazywała się ratunkiem. Jeśli solenizant grywa w golfa, koszulka golfowa, z guziczkami i kołnierzykiem, w żadnym razie okrągły dekolt, to zakazane dla grających w ten sport. Jeśli uprawia jogging, koszulka do ćwiczeń dri-fit, z materiału odprowadzającego pot. Jeśli grywa w tenisa, klasyczna koszulka biało-niebieska albo błękitna, nic odważniejszego, jeśli to ktoś krótko znany, i zawsze w pro shopie w Altos de la Cascada, gdzie nie dają faktur i bez problemu możesz wszystko wymienić nawet bez oryginalnego opakowania.

A jedną z niewielu rzeczy, jakie wiedziałam o Tano, kiedy szliśmy na jego pierwsze urodziny w La Cascadzie, było to, że uwielbia tenis. Okazało się zresztą, że większość gości zaproszonych na jego urodziny miała jakiś związek z tym sportem. Roberto Cánepa, przewodniczący Komisji Tenisowej, razem z żoną Anitą; Fabián, trener Tana, z narzeczoną; Alfredo Insúa, najlepsza rakieta La Cascady do pojawienia się Tana – po trzech meczach pod rząd przegranych z Tanem przerzucił się na golfa – z Carmen, swoją żoną, która razem z Teresą zajmowała się organizacją turnieju remika liczbowego na rzecz jadłodajni dla ubogich w Santa María de los Tigrecitos. Jak się okazało, związku z tenisem nie miała jedynie para z sąsiedniego osiedla, Malena i Luis Cianchi, którzy zaprzyjaźnili się z Teresą, bo ich dzieci chodziły razem do szkoły. Oraz Mariana i Ernesto Andrade, nowi sąsiedzi na naszym osiedlu, ale Tano znał ich przez jakieś interesy załatwiane przez Andradego. Nie było tam żadnych krewnych, żadnych przyjaciół nie mieszkających w Altos de la Cascada czy innym osiedlu oddalonym od nas bardziej niż o dwa mosty. „A bo to straszne zamieszanie, jak się zaprasza bardzo różnych gości, jedni trzymają się jednej ściany, inni drugiej, nikt ze sobą nie rozmawia i wszystko spada na twoją głowę, biegasz z kąta w kąt i nie masz z tego żadnej przyjemności", tłumaczyła Malena, sięgając po kanapeczkę z tacy podsuniętej przez służącą Scagliów. „Pewnie, a do tego robisz im kłopot, bo muszą jechać aż tutaj, taka długa jazda po zmroku na dwie czy trzy godziny, w środę... dla nich lepiej zrobić grilla w weekend – przytaknęła Teresa czujnie obserwująca służącą. – Przynieś jeszcze wina, Marío". „Tak mówisz teraz, bo się dopiero przeprowadziłaś, za parę miesięcy nie będziesz nikogo zapraszać. Zwalają ci się do domu, zapraszasz ich na grilla w południe, a oni ci siedzą do ósmej i jeśli masz szczęście, nie zostają na noc. Używają twojego domu jak letniskowego, nie ma co", dodała któraś. „Słuchaj, a skąd masz tę służącą?"

Na tym etapie wieczora kobiety skupiły się po jednej, a mężczyźni po drugiej stronie. Oprócz mnie. Ja zawsze lubiłam kręcić się to tu, to tam. Kiedy przebywam wśród kobiet, ciekawi mnie, o czym rozmawiają mężczyźni, a kiedy jestem z mężczyznami, chcę wiedzieć, z czego śmieją się kobiety. Mogłam zaangażować się w rozmowę o butach i torebkach równie dobrze jak w dyskusję o wzlotach i upadkach na giełdzie, o obniżeniu stóp procentowych po usztywnieniu kursu peso i o wadach i zaletach Mercosuru. Albo mogłam nudzić się i tu, i tu. Siedząc na poręczy fotela, na którym Ronie dyskutował z Luisem Cianchim o jakichś chwytach finansowych w związku z jego nowym przedsięwzięciem, zobaczyłam, że Teresa odłącza się od grupki kobiet, zachowując się z przesadną tajemniczością. Odprowadziłam ją wzrokiem. Wyszła korytarzykiem prowadzącym do pomieszczenia dla służby. Pięć minut później wróciła z triumfalną miną. Podążał za nią prestidigitator. „Kochanie, ty wprawdzie masz wszystko, ale oto mój tegoroczny prezent: odrobina magii". Teresa się uśmiechnęła, sztukmistrz też uśmiechnął się za jej plecami. Tano się nie uśmiechał. Poczułam się niezręcznie, jakbym to ja ponosiła odpowiedzialność za coś, co widzę, tylko dlatego, że jestem tego świadkiem. Choćby człowiek wciąż powtarzał sobie, że jest odpowiedzialny tylko za swoje czyny, patrzenie też jest czynem, zapisałam tego dnia w swoim czerwonym kajecie. To był moment, lecz miałam wrażenie, że trwa wiecznie. Wtedy wpadłam na pomysł, żeby zacząć klaskać, jakbym wysłuchała jakiejś przemowy. Rozejrzałam się wokół, szukając towarzystwa do aplauzu. Reszta poszła w moje ślady, choć bez takiego zapału, ale klaskano głośno. Nawet Tano zaczął bić brawo. Poczułam lekką ulgę, choć dłonie mnie bolały, pierścionek wygrany na ostatnim turnieju remika liczbowego przekręcił mi się na palcu i wbijał mi się przy każdym klaśnięciu.

Sztukmistrz rozpoczął swój pokaz i Teresa przysiadła się do męża. Stała już blisko niego, tuż przy nim, i mogłam odczytać z jego ust: „Kto cię o to prosił? Następnym razem zapytaj mnie o zdanie". Powiedział to spokojnie, patrząc przed siebie, lecz stanowczo. Reszty rozmowy domyśliłam się, nalewając sobie wina. Kolejny raz przekonałam się o mocy spokojnego opanowanego głosu Tana, którego nawet za dobrze nie słyszałam, ale przeczuwałam go jak wtedy, kiedy powiedział: „Chcę ten dom". Zastanowiłam się nad swoim głosem. Nad swoimi krzykami. Wiedziałam, że od dłuższego czasu moje krzyki nie przynoszą żadnego efektu ani w przypadku Roniego, ani Juaniego. Mimo to krzyczałam. Z pewnością bardziej po to, żeby sobie ulżyć, niż żeby mnie usłuchali. Gdybym tak nauczyła się czegoś od Tana, pomyślałam na tych jego pierwszych urodzinach.

Przeszłam przed Teresą i jej mężem z pełnym kieliszkiem w ręku, Tano uśmiechnął się do mnie. Odpowiedziałam tym samym. Usiadłam na podłodze w pierwszym szeregu. Pokaz był taki sobie, sztukmistrz w tym swoim znoszonym ubraniu, powtarzający wyuczone żarty głosem bez żadnej intonacji, nie był w stanie przekonać nikogo. Ja i tak klaskałam, a wszyscy podążali za moim przykładem. Zdjęłam pierścionek i schowałam go do kieszeni spodni. Co chwilę odwracałam się, żeby zerknąć na Tana i Teresę siedzących obok siebie; Tano objął ją ręką w dwuznacznym geście, tak że nie było wiadomo, czy ją przytula czy przytrzymuje. „Przekonajmy się, czy jubilat zechce pokazać nam sztuczkę", powiedział magik. Tano nie drgnął. Jakby nie o nim była mowa. „Pan ma dzisiaj urodziny, prawda?" „Nie", odpowiedział Tano, jak to on potrafi. Sztukmistrz stanął skołowany, Teresa spłoszona spojrzała na męża, ale nic nie powiedziała. Natomiast Tano siedział jakby nigdy nic. Reszta nie wiedziała, czy śmiać się czy martwić, a nikt nie chciał ryzykować żadnej z tych opcji. Mnie się wydawało, że wiem, co zrobić, lecz nie odważyłam się na nic. Ronie zrobił to, na co ja się nie ośmieliłam. I zaskoczyło mnie, że wciąż tak dobrze się uzupełniamy, chociaż już nie wiedziałam, dlaczego wciąż jesteśmy ze sobą. Funkcjonowaliśmy tak, jakby gdzieś przepadło wszystko, co nas kiedyś łączyło, nie licząc dokładnego podziału ról i obowiązków, który wciąż trzymał razem to, co wspólnie osiągnęliśmy raczej siłą woli niż za sprawą jakiejś namiętności czy uczucia. Ronie wstał i powiedział: „Jubilatem jestem ja". Magik

not przykleił mu się do palców. „Dziękuję panu... to bardzo uprzejme", powiedział i wrócił na scenę, starając się na nikogo nie nadepnąć.

Sztuczka polegała na tym, że należało zapisać numer banknotu, złożyć go, schować w pudełku, papierosem przepalić to pudełko na wylot, a potem banknot pojawiał się znów cały i zdrowy. „Przed laty zamiast tego numeru robiłem sztuczkę z asystentką, którą przecinałem piłą – mówił magik, wkładając banknot do pudełka – ale teraz numer z banknotem wzbudza w pewnych widzach większe emocje".

Zaśmialiśmy się. Był to pierwszy żart, który mu się udał. Nawet Tano się roześmiał i miało się wrażenie, że napięcie opada. Magik robił swoje. Poprosił Marianę Andrade o papierosa, którego paliła. Kazał jej przepalić pudełko z banknotem; dymu przybyło i zrobił się ciemny. Papieros przeszedł na wylot przez pudełko, pokazał się z drugiej strony trochę sponiewierany. Kropla potu ściekała po twarzy magika i zaczynałam się obawiać, że sztuczka nie wyszła. Ale nie. Oddał papierosa, kazał Roniemu otworzyć pudełko, wyjąć banknot, rozłożyć go i pokazać publiczności: wyglądał jak należy – cały, nietknięty, zdatny do użytku. Ronie sprawdził numery. Był to ten sam banknot. Rozległy się szczere oklaski, bardziej z ulgi, że pokaz dobiega końca, niż w uznaniu dla sztuczki. Magik podał banknot Tanowi. „Dopisz to do rachunku. Z pewnością wyniesie mnie to więcej niż sto pesos". Banknot zawisł na chwilę między nimi w powietrzu, a potem sztukmistrz złożył go staranniej i skrupulatniej niż podczas pokazu, wsadził sobie do kieszeni, skłonił się i powtórzył: „Dziękuję panu, to bardzo miłe z pańskiej strony".

Wychodziliśmy ostatni. Gospodarze odprowadzili nas do drzwi. Tano obejmował w drzwiach żonę z tą samą dwuznacznością, z jaką robił to przez cały wieczór. „Świetnie się bawiliśmy, dziękujemy", powiedziałam jak należało. „Przyjemnie było, prawda?", odparła Teresa. Spojrzałam na Roniego, spodziewając się, że zareaguje, ale on nic nie mówił, więc szybko zamaskowałam jego milczenie. „Tak, bardzo przyjemnie, dzięki!" Martwiło mnie, że Ronie nawet monosylabami nie potwierdza moich słów. Spojrzałam na niego jeszcze raz, dając mu szansę. Przez chwilę milczał, a potem powiedział: „Wiesz, jaki tu będziesz miał problem, Tano?" Tano się zawahał. „Taki, że nie masz żadnego przeciwnika". Wszyscy troje zamilkliśmy, najpewniej żadne z nas nie do końca rozumiało, co Ronie miał na myśli, a ja z kolei poczułam lekką obawę. „Nikt nie będzie w stanie stawić ci czoła, w końcu zaczniesz się nudzić. Potrzebni ci są nowi ludzie, którzy będą grali w tenisa na twoim poziomie, Tano". Wtedy Tano się uśmiechnął. Ja też. „To zalecenie dla ciebie, Virginio, w odniesieniu do przyszłych nabywców nieruchomości, numer jeden w kwestionariuszu dla zainteresowanych: doskonały poziom tenisa. Jeśli nie, notariusz nie będzie potrzebny". Kolejny raz tego wieczora zaśmialiśmy się z żartu, który wcale nas nie rozśmieszył. Pożegnaliśmy się w końcu i poszliśmy powoli, prawie nie robiąc hałasu, po zroszonej trawie. Za plecami usłyszeliśmy zamykające się drzwi Scagliów. Ciężkie drzwi z wizjerem działającym z zegarmistrzowską precyzją.

Przeszliśmy jeszcze trochę w milczeniu, a kiedy wiedziałam, że chroni mnie odległość, powiedziałam: „Założę się, że teraz ją beszta za tego magika". Ronie spojrzał na mnie i pokręcił głową: „Założę się, że zastanawia się nad dobrym przeciwnikiem do tenisa".

8

Pierwsze lata w Altos de la Cascada Virginia poświęciła na wychowywanie Juaniego i cieszenie się sportem, na spacery w cieniu drzew i nowe znajomości. Była jeszcze jedną taką jak my. Jeśli zdarzyło się, że sprzedała albo wynajęła w tamtym czasie komuś dom, były to przypadki pojedyncze, w które angażowała się tylko dlatego, że znała którąś ze stron. Oficjalnie pośrednictwem w obrocie nieruchomościami zaczęła zajmować się sześć lat później, kiedy Ronie stracił pracę. Przez wiele lat administrował terenami będącymi własnością zaprzyjaźnionej rodziny, więc należała mu się suta odprawa, dzięki której mogli żyć bez specjalnych trosk przez jakiś czas. Dłuższy albo krótszy, w zależności od zakładanego poziomu wydatków. I Ronie tak do tego podszedł, uznał to za wolne na czas nieokreślony. Zanim ten czas upłynie, on znajdzie inne źródło przychodów, myślał. Ale Mavi nie podzielała jego zdania, choć mu o tym nie mówiła. Domyślała się, z jakimi problemami może się zmierzyć jej mąż, kiedy zacznie szukać nowej pracy, i nie chciała patrzeć, jak wyciekają im oszczędności, bez żadnej szansy na zatamowanie tego krwotoku. Redukcja kosztów, powiedzieli Roniemu, a po miesiącu sprowadzili sobie inżyniera agronoma świeżo po dyplomie, żeby wyuczył się tego, co on robił przez lata bez żadnego tytułu. W tym samym czasie, jakby w lustrzanym odbiciu na opak, pracę zapewnił sobie nasz prezydent, ten całego kraju, dzięki zmianie w Konstytucji, która dawała mu szansę na reelekcję. Ronie nie miał takiego szczęścia. Choć w tamtym roku, naznaczonym śmiercią, utrata pracy spotkała wielu i wcale nie była najgorszym nieszczęściem. Niecały rok po ataku na siedzibę organizacji żydowskiej zabił się syn prezydenta w katastrofie helikoptera, doszło do wybuchu w fabryce broni w Río Tercero, w wyniku której zginęło siedem osób, a także przepadali idole, tacy jak bokser, który wyrzucił swoją żonę za okno, albo pierwszy argentyński mistrz Formuły 1, którego całe Belcarce uczciło jednoczesnym zapaleniem silników aut w chwili rozpoczęcia pogrzebu. Ale śmierć, ta nasza, bliska, była w tym czasie jeszcze od nas daleko.

„Mavi Guevara" była pierwszą agencją pośrednictwa nieruchomości prowadzoną przez kogoś, kto naprawdę znał La Cascadę. I kogo myśmy znali. María Virginia Guevara. Virginia; nigdy nie używaliśmy pełnej wersji jej imion ani wersji skróconej, jakby to miało jakieś znaczenie, bo María Virginia odnosiła się do nieznanej nam przeszłości, a Mavi to imię związane z interesami. Zanim pojawiła się Virginia, domy sprzedawaliśmy i kupowaliśmy za pośrednictwem agencji z San Isidro, Martínez, a nawet z samej stolicy, gdzie obsługa była bezosobowa, nikt nie znał nikogo, agenci zaś pokazywali nam budynki, jakby je można oddzielić od terenu, na którym stały. Virginia wprowadziła inny styl. Nikt tak jak ona nie znał wszystkich atutów każdego domu. Ani jego defektów. Wiedziała, że ulice nie są tu równoległe jak w mieście, że nie wytyczono ich zgodnie z typowymi schematami. Po pokazaniu trzech domów agent ze zwykłej firmy pośredniczącej był w stanie pomylić zachód ze wschodem i wzywać ochronę na pomoc, bo Altos de la Cascada okazywało się dla niego labiryntem, z którego nie był w stanie wyjść, nawet wracając tą samą drogą. Jak Małgosia w bajce, gdy ptaszki zjadły jej okruchy chleba, obcy w La Cascadzie tracą orientację w terenie, osiedle osacza ich na swoich ścieżkach, gdzie wszystko wygląda tak samo i jednocześnie inaczej. Virginia umiała znaleźć drogę z zamkniętymi oczami. Każdy z nas tak potrafił. Wiedzieliśmy doskonale, zza którego drzewa wyjdzie słońce. Za czyim domem zajdzie. Latem i zimą, bo to przecież nie to samo. O której godzinie zaśpiewa pierwszy ptak, gdzie można natknąć się na nietoperza albo łasicę. Potencjalni mieszkańcy, których nikt nie uprzedził, mogą sądzić, że trafiwszy do Altos de la Cascada, znaleźli się w raju, i jeśli takie zwierzę przebiegnie im niespodziewanie drogę, może ich nieźle przestraszyć. Nietoperzy ani łasic nie zatrzyma żadna z trzech barier ani ogrodzenie z siatki. Z czasem człowiek się oswaja, nawet zaczyna je lubić, lecz pierwszy kontakt jest uderzający, takie mocne rozczarowanie. My, którzy przybywamy z miasta, przynosimy ze sobą liczne fantazje, ale też lęki. „A dla pośrednictwa nieruchomości dobrze jest, jeśli zachowamy fantazje i pozbędziemy się lęków", zapisała sobie Virginia w swoim kajecie w rozdziale zatytułowanym „Nietoperze, łasice i inne zwierzęta w La Cascadzie". „W każdym razie przynajmniej do dnia dokonania wpisu notarialnego", dodała w nawiasie. W czerwonym zeszycie, właściwie kołonotatniku, będącym czymś w rodzaju dziennika jej procesu uczenia się branży nieruchomościowej, który zawsze wszędzie ze sobą nosiła. Natomiast zając może okazać się dobrym detalem podczas pokazywania komuś domu, zwłaszcza kiedy chodzi o rodzinę z dziećmi, „to jest część świata natury, która się ludziom podoba".

Jej czerwony zeszyt zyskiwał na wartości z biegiem lat i z przyrostem doświadczenia. W jakiś sposób stał się osiedlową legendą. Stanowił część mitu Mavi Guevary. Wszyscy wiedzieliśmy, że istnieje, i choć niektórzy twierdzili inaczej, nikt go nie czytał. Obawialiśmy się, że możemy się w nim pojawiać, ale też że być może nie pojawiamy się wcale. I podejrzewaliśmy błędnie, że wszyscy razem potrafimy ustnie zebrać tę układankę, którą ona stworzyła, gromadząc pojedyncze zdania zasłyszane przez te wszystkie lata i domyślając się reszty. Powtarzając po niej frazy tak, jak je zapamiętaliśmy, wspólnie układaliśmy wyimaginowaną wersję czerwonego kajetu, w naszym przekonaniu równie prawdziwą. I Virginia nie zaprzeczała temu. „Lepiej bądź grzeczny, bo cię zapiszę w moim czerwonym kajecie", groziła ze śmiechem. Twierdziła, że zapisuje wszystko, choć nie ma pewności, czy wszystkie zapiski do czegoś się jej przydadzą. Dokąd prowadzi kanalizacja. Jaka część bywa zalewana. Jaki jest najlepszy elektryk w okolicy. I najlepszy ślusarz. Z jakim sąsiadem nie da się dogadać. Kto nie zajmuje się odpowiednio swoim zwierzęciem. Kto zaniedbuje dzieci. Niektórzy twierdzą, że notuje nawet, kto zdradza żonę albo nie płaci służbie domowej. Ale to pewnie wszystko plotki, bo jakie to ma znaczenie, kiedy się sprzedaje albo kupuje dom? A oprócz czerwonego zeszytu prowadziła też alfabetyczny katalog z białymi fiszkami w linie. Państwo Insúa. Masottowie. Scagliowie. Urovichowie. Wszystkich miała skatalogowanych, domy na sprzedaż i te, co na sprzedaż nie są. Dodała te, co nie są, krótko po tym, jak się dowiedziała, że niektóre dzienniki mają już gotowe nekrologi niektórych znanych postaci jeszcze przed ich śmiercią. „Żeby być do przodu – mówiła. – Trochę to mniej makabryczne niż w ich przypadku". I choć niektórym nie podobało się, że figurują w jej spisie *premortem*, z upływem lat okazywało się, że miała rację. Kryzysy wszelkiego rodzaju sprawiły, że domy pomyślane na całe życie jednak się nimi nie okazywały. Pieniądze potrzebne do życia w miejscu takim jak to z czasem przechodzą z rąk do rąk. A Mavi nie katalogowała tych domów ani ze wścibstwa, ani z zawiści, jak jej kiedyś wykrzyczała w twarz Leticia Hurtado krótko po zlicytowaniu jej domu. Robiła to, bo wcześniej niż wszyscy zdała sobie sprawę, o co w tym wszystkim chodzi, tak że swój dom też miała uwzględniony w katalogu.

Na prawie każdym domu, który w ostatnich latach został sprzedany bądź wynajęty w Altos de la Cascada, wisiał napis „Mavi Guevara, pośrednictwo nieruchomości". Nikt nigdy nie był w stanie konkurować z nią w obsłudze klienta. Virginia za nic nie uznałaby dnia pracy za skończony, gdyby nie napiła się z klientami kawy, nie pogadała z nimi na jakiś luźny temat, a w każdym razie póki nie wyrobiła sobie przynajmniej mglistego pojęcia, kim jest osoba podpisująca papiery po drugiej stronie biurka. „Nie byłabym w stanie sprzedać domu zaprzyjaźnionej osoby byle komu. W Altos de la Cascada wszystkie domy należą bądź należały do kogoś zaprzyjaźnionego. A wszyscy nowi są potencjalnymi przyjaciółmi" – podobno tak ma zapisane na jednej z pierwszych stron swojego kajetu. Podobno widziała go kiedyś Carmen Insúa, kiedy nie była już tą osobą co kiedyś. „Każdy punkt transakcji nieruchomościowej, czy zostanie ostatecznie zawarta czy nie, musi być absolutnie jasny. Nikt nie może sobie pozwolić na luksus zadarcia z kimś innym, bo prędzej czy później ich ścieżki w La Cascadzie się przetną". A po kłótni z Carlosem Rodríguezem Alonsem, który odmówił jej wypłaty ustalonej prowizji za sprzedaż domu, twierdząc, że przecież są znajomymi, więc sądził, że przekazała mu informację grzecznościowo, podobno dopisała obok poprzedniej notatki: „Czy można naprawdę zaprzyjaźnić się z kimś, kogo poznaje się poprzez kieszeń?". I odpowiedziała sobie sama na dole strony: „Wszystkie trudności przechodzą przez kieszeń".

9

Romina wyszła już do szkoły. Zawoziła ją taksówka. Marianę wczesne wstawanie wprawiało w fatalny humor, więc jeśli się jej to zdarzało, ranek był spisany na straty. Romina też nie wstawała w lepszym nastroju. Kiedy trzeba było zawieźć gdzieś Pedra, oczywiście Mariana wstawała, ale uważała, że dla dziewczynki, teraz jej córki, lepiej jechać taksówką w towarzystwie Antonii, niż znosić jej poranne fochy. Mariana weszła pod prysznic i stała w strumieniu wody, póki oszołomienie po śnie nie zaczęło ustępować. Kiedy wyszła z łazienki owinięta ręcznikiem, Antonia zdążyła już wrócić ze szkoły, ogarnęła jej pokój, postawiła tackę ze śniadaniem na stoliku nocnym i zbierała ubrania rzucone pod łóżkiem. Ewidentnie te kobiety mają inny biorytm, myślała Mariana, są jak juczne muły. I położyła się jeszcze na pięć minut do łóżka. Antonia pochyliła się, żeby podnieść z podłogi koszulkę z lycry z błyszczącymi kamyczkami, którą Mariana miała na sobie poprzedniego wieczoru, i zauważyła małą dziurkę. „Proszę pani, pani to widziała?" Mariana przysunęła się i przyjrzała koszulce. „Wygląda jak od żaru", powiedziała Antonia. „Pewnie papieros jakiegoś idioty. Sto dolarów spalone przez jakiś głupi ruch..." Mariana położyła koszulkę na stos brudnych ubrań trzymany przez Antonię i zaczęła rozczesywać sobie włosy. Antonia przyglądała się małej dziurce pod pachą. „Może pani chce, żebym to zacerowała?", zapytała nieśmiało. Mariana spojrzała na nią. „Widziałaś, żebym kiedyś miała na sobie coś cerowanego?"

Antonia wyszła i skierowała się do pralni. Była zadowolona. Gdy Mariana przestawała nosić jakieś ubranie, dawała jej w prezencie, a taka koszulka jest wprost wymarzonym prezentem dla córki na następne urodziny. Przyjrzała się jej przed ręcznym praniem. Na czarnym materiale błyszczące kamyczki układały się w koncentryczne kręgi, od których prawie kręciło się jej w głowie. Wszystkie kamyczki były na miejscu, nietknięte, a wystarczą dwa ruchy igłą i po dziurce nie będzie śladu.

Kiedy koszulka została już wyprana i wyprasowana, Antonia położyła ją w szafie Mariany, poskładaną umieściła w szufladzie z innymi czarnymi koszulkami. Wiedziała, że niedługo będzie należała do niej, oby jeszcze przed urodzinami Paulity, pomyślała, ale nie mogła sobie pozwolić na zatrzymanie ubrania bez wyraźnego pozwolenia pani.

Kilka dni później do Mariany przyszły trzy sąsiadki na herbatę. Kobiety prowadziły – między innymi – stołówkę dla dzieci, znajdowała się kilka przecznic od wjazdu do Altos de la Cascada. Nazywały się „Damami z Altos" i zakładały właśnie fundację. Teresa Scaglia,

do Misiones i rozdzielić między rodzinę. „Wiesz, która to Nane, prawda? Ta ładna blondynka, co tu była na herbacie parę dni temu". Antonia przytakiwała, choć nic nie wiedziała i nie rozumiała, dlaczego ta koszulka, co już była prawie jej własnością, ma trafić do rąk jakiejś ładnej blondynki. Przecież taka dama też nie będzie nosić cerowanych ubrań. Nie ośmieliła się pytać, poszukała torby i wpakowała wszystko do środka. „A, gdyby cię to interesowało, w piątek w południe robimy w domu Nane kiermasz ze zbiórką pieniędzy na tę stołówkę dziecięcą. Przeznaczony jest wyłącznie dla służby domowej, więc możesz być spokojna, ceny będą rozsądne. Wszyscy, jedni mniej, drudzy więcej, musimy wykazać się solidarnością, prawda?" Antonia przytaknęła, lecz nie wiedziała, czy to prawda, bo nie bardzo rozumiała. Albo nie słuchała, myślała tylko o czarnej koszulce z błyskotkami. Może będzie mogła ją kupić. Rozsądne ceny, tak powiedziała pani. Ale ona nie wiedziała, jakie ceny są rozsądne dla jej pracodawczyni. Tak do dziesięciu dałaby radę. Może nawet piętnaście, bo koszulka była bardzo porządna, pani kupiła ją w Miami, a wystarczą dwa ruchy igłą i po dziurce ślad nie zostanie.

W piątek Antonia poszła na kiermasz w porze sjesty, kiedy oporządziła już kuchnię. W środku kręciły się dwie czy trzy dziewczyny, znała je z busa, którym jeździły w soboty w południe. Przywitała się z nimi, nie wdały się jednak w rozmowę. Była ta ładna blondynka, właścicielka garażu, w którym wystawiono ubrania, i trzy kobiety, które znała z widzenia z domu swojej pani. Rozmawiały, śmiały się i popijały kawę. Co chwilę podchodziły i odpowiadały na pytania o cenę ubrań. Jedna z dziewczyn z busa wybrała jedwabną sukienkę w kolorze koralu. Była śliczna, ale z dwiema plamkami na skraju, wyglądało to jak od wybielacza. Gdyby miała niebieski kolor, Antonia mogłaby to łatwo naprawić, kiedyś zachlapały się jej wybielaczem spodnie gimnastyczne Rominy, pokolorowała długopisem i Mariana nigdy się nie zorientowała. Romina na to wpadła, gdy zobaczyła, że Antonia martwi się plamą. Romina zawsze jej pomagała, to dość szorstka, ale inteligentna dziewczyna, nie to co ja, myślała. Z czerwienią jednak kłopot. Panie policzyły dziewczynie z busa pięć pesos. Antonia pomyślała, że jeśli ceny są takie, to ją stać. Tyle że nigdzie nie widziała koszulki z błyskotkami swojej pani. Przejrzała wszystkie stosy ubrań i nie było jej. Ośmieliła się zapytać, za bardzo jej zależało. „Czarna koszulka, nie, chyba nie mamy żadnej. Nane, kojarzysz jakąś czarną koszulkę tak rozmiarowo na nią?", zapytała pierwsza z pań tę drugą. „Nie, czarnych nie było. A po co ci czarna? To nie dla ciebie kolor, przygasi cię. Weź sobie coś, co cię ożywi trochę, co ci rozjaśni twarz. Popatrz na ten stosik", włączyła się Teresa. „To nie dla mnie, tylko dla córki", odpowiedziała Antonia, lecz nie słuchały jej, bo znów zajęły się rozmową między sobą.

Antonia dalej przeglądała stosy, ale już nie szukała. Jeśli nie ma czarnej koszulki pani, to nic nie weźmie. Tę jedną chciała, na prezent dla Paulity. „Dziękuję", powiedziała i wyszła z pustymi rękami. W ciągu następnych dni Antonia dużo myślała o czarnej koszulce, która nie stała się jej własnością. Zastanawiała się, kto mógł ją zabrać. W ten weekend pytała nawet w busie, nikt jednak jej nie widział. Potem zapomniała, w końcu jakaś koszulka to nic wielkiego, pomyślała.

Aż przyszło Haloween. Mariana kupiła cukierki, żeby mieć dla dzieci pukających do drzwi tego wieczoru. Rominie sprawiła strój czarownicy, by mogła wyjść na ulice i powtarzać *„Sweet or trick"*, pukając do drzwi sąsiadów, ale dziewczynka ledwie wróciła ze szkoły, zamknęła się w swoim pokoju, a Mariana nie miała ochoty błagać pod drzwiami. Pedro był jeszcze za mały, żeby tak chodzić po ulicy, no i płakał na widok poprzebieranych ludzi. Do drzwi państwa Andrade pukano kilka razy. Pukały dzieci znajomych, koledzy Rominy z klasy. „Dzieci mające ochotę na zdrową zabawę", powiedziała Mariana córce tonem wymówki. Cukierki kupiła w markecie kilka dni wcześniej i trzymała je w szafce w salonie, gdzie chowała wszystko to, czego nie należało jeść. Do dziewiątej wieczorem przeszły już trzy grupki dzieci. Piętnaście po dziewiątej znów rozległ się dzwonek. Poszła otworzyć Antonia, miała rozdać pozostałe cukierki i odprawić dzieci. Marianę irytowało, kiedy ktoś przeszkadzał w porze kolacji. Za drzwiami Antonia zobaczyła grupkę dzieci wysiadających z bagażnika samochodu terenowego prowadzonego przez Nane Pérez Ayerrę. Ona także wysiadła i powiedziała Antonii, żeby poprosiła panią. Musiała jej to powtórzyć dwa razy, bo Antonia znieruchomiała i zagapiła się w jej córkę, ośmioletnią dziewczynkę przebraną za czarownicę, ze srebrnymi paznokciami i ostrymi kłami, z czerwoną kreską biegnącą na twarzy od ust, ubraną w sięgającą ziemi spódnicę i koszulkę z błyszczącymi kamyczkami, kiedyś należącą do jej pani. „Chciałam ci to pokazać", powiedziała Nane do Mariany, kiedy ta wyszła na próg. „No nie, to moja koszulka!" Antonia dodała: „Tak, to ona", lecz nikt jej nie słuchał. „Wiesz, jakie są dziewczynki w tym wieku, zobaczyła ją, kiedy segregowałam rzeczy na kiermasz, i uparła się, że ją chce na Halloween, więc zostawiłam ją sobie. Ale ona wie, że potem ma mi ją oddać, prawda?" Dziewczynka nie odpowiedziała, wciąż trzymała koszyk pełen cukierków, które nasypała jej Antonia. „Niech się nacieszy, bo na następnym kiermaszu wystawię ją na sprzedaż". „Och, nie, jeśli tak się jej podoba, niech sobie zatrzyma. Prezent od cioci Mariany", powiedziała i pochyliła się, żeby dać jej buziaka. „Dobrze, ale w takim razie będziesz musiała wybrać jedną ze swoich koszulek i dać mi ją w zamian, bo wszyscy musimy uczyć się solidarności od dziecka, jeśli chcemy, żeby ten świat się zmienił na lepsze, prawda?", powiedziała jej mama, lecz dziewczynka nie mogła odpowiedzieć, bo miała usta zapchane gigantycznym karmelkiem i nie mogła go połknąć. Antonia stała tam cały czas wpatrzona w koszulkę. Doliczyła się pięciu kamyczków brakujących w koncentrycznych kręgach. Na szczęście nie były to bardzo widoczne miejsca, oderwały się dwa z jednego boku, prawie przy szwie, dwa przy zakładce, jeden pod piersią. Zrobiło się jej przykro,

10

Jednego lata plac zabaw w Altos de la Cascada został całkowicie odnowiony. Na remont wybrano tę porę roku, bo wtedy na osiedlu jest najmniej ludzi, a wiele z tych osób to mieszkańcy tymczasowi, wynajmujący nasze domy na wakacje, podczas gdy my spędzamy urlopy gdzie indziej. Najgorzej tego roku wyszli ci, co pojechali do Pinamaru, bo tego lata mówiło się tam tylko o zabójstwie fotografa, który zrobił zdjęcie właściciela prywatnej firmy kurierskiej spacerującego po plaży. Komitet do spraw Dzieci przedstawił Radzie Administracyjnej szczegółowy raport uwzględniający wszystkie urządzenia, które miały zostać zmienione. Nasz osiedle rozrastało się w kilku miejscach i nie mogło być tak, żeby plac zabaw zatrzymał się w czasie – tak brzmiał kluczowy argument prezentacji. A całość tekstu zamykało zdanie: „Nie bądźmy ślepi, dzieci to nasza przyszłość". Zatrudniono dwóch architektów wyspecjalizowanych w placach zabaw, tych, którzy zaprojektowali takie place w kilku osiedlach w okolicy i w dwóch centrach handlowych; narysowali projekt, poproszono o trzy wersje budżetu i przyjęto najstosowniejszy. I wreszcie huśtawki i zjeżdżalnie z żelaza i drewna, stojące tu od początku istnienia osiedla, zostały zastąpione konstrukcjami plastikowymi w stylu Fisher Price. Przykro było patrzeć, kiedy monterzy likwidowali najwyższą zjeżdżalnię, jaką kiedykolwiek dziecko widziało w La Cascadzie. Jednak w raporcie wyraźnie było napisane, że te nowe są nowocześniejsze, bezpieczniejsze i nie wymagają tylu prac związanych z utrzymaniem. Więc je wymieniono. Zasadzono nowe rośliny wzdłuż ścieżki prowadzącej na plac zabaw i usunięto tradycyjne wodopoje, przy których, choć były dość brudne, świetnie bawiły się latem dzieci, wstawiono w ich miejsce dozowniki wody mineralnej. Tego w oryginalnym projekcie nie było, ale uwzględniono tę zmianę pod wpływem telewizyjnego programu, w którym mówiono, że miejscowe wody gruntowe mogą być zanieczyszczone jakąś substancją, choć żadne analizy nie wykazały jej obecności.

Kiedy pojawiły się nowe urządzenia, odgłosy placu zabaw zaczęły też brzmieć inaczej. Dobiegające z piaskownicy zmieniały się stopniowo, tak że nikt na to nie zwracał uwagi, aż jednego dnia stało się to ewidentne. Były to wciąż te same śmiechy i krzyki dzieci, lecz różnica tkwiła w głosach dorosłych. Do początku lat dziewięćdziesiątych dominował zaśpiew z krajowych prowincji z interioru i akcent paragwajski. To były czasy, kiedy słyszało się wszędzie, jak gosposie i opiekunki zwracały się do swoich przełożonych „*patrona*", albo „*che, patrona*". Ale od lat dziewięćdziesiątych nowa melodia, peruwiańska, zaczęła wypierać tamte. Wypierać, choć brzmiała słodziej, łagodniej, grzeczniej. „Wyrzuć to, bo się upaprzesz..." „Ten chłopak to istny szaleniec". „Ta mała ciągle gania na golasa". „Ja widziałam, ta mała sypała piaskiem i przeszkadzała tamtym dzieciom". Z charakterystycznymi słowami peruwiańskimi, z tym że wszystko mówione było cicho, jakby opiekunki nie chciały nikomu przeszkadzać. A do tego rozbrzmiewały jak zawsze śmiechy i krzyki dzieci wspinających się po różnokolorowych konstrukcjach.

Po remoncie pojawiły się zjeżdżalnie żółte, czerwone i niebieskie, tunele i mostki. Były poręcze do przechodzenia na rękach, wisiało się nad piaskiem. Huśtawki z plastiku udającego drewno dla starszych i zielone dla młodszych, z zapinką dla bezpieczeństwa. Równoważnie, wieże, drążki i karuzela. Na specjalnych słupach postawiono domek z niebieskim dachem i żółtymi drzwiami sprowadzony prosto ze Stanów do Altos de la Cascada, coś w rodzaju „domku na drzewie" z siatkami w oknach, żeby dzieci mogły wyglądać, ale nie wypadły, a z niego można było po wiszącej kładce przejść na zjeżdżalnie. Plac, czystszy niż kiedykolwiek, błyszczał swoimi podstawowymi kolorami. Jedyną rzeczą, która została po starym placu, były łańcuchy u huśtawek, grube łańcuchy, jakich nikt już nie produkuje. Architekci nie zdołali nikogo przekonać, że plastikowe liny dopasowane do nowych urządzeń pozwolą rozbujać się i huśtać aż do nieba, jak to się działo w przypadku łańcuchów.

11

Romina i Juani poznali się na placu zabaw w La Cascadzie. Chociaż chodzą do tej samej szkoły, wcześniej się nie spotkali. Poznali się pewnego popołudnia, gdy Juani przyjechał na rowerze. Sam. Jest jednym z nielicznych dzieci, które same przychodzą na plac. Cała reszta zawsze jest odprowadzana. Przez swoje „opiekunki". Pomoce domowe pracujące przy ich rodzinach. Juani nie ma już opiekunki; kiedyś miał, lecz już nie ma, tylko rankami przychodzi jedna kobieta na sprzątanie, no ale rankami to on idzie do szkoły. Dzieci huśtają się za mocno. Niektóre okręcają się na huśtawkach i strasznie głośno krzyczą. Romina nie patrzy na nie, żeby się nie posikać. Rysuje gałązką na piasku. Rysuje dom i rzekę. Zamazuje je. Bardzo wysoki chłopak zaczepia łańcuch huśtawki o poprzeczny pręt, żeby być dalej od ziemi. Antonia kołysze Pedra na huśtawce dla małych dzieci i rozmawia z inną opiekunką. Mówią tym samym językiem, który jednak brzmi inaczej. Bardzo wysoki chłopak nudzi się i odchodzi. Juani wchodzi na pozostawioną przez niego huśtawkę. Odczepia ją. Huśta się sam. Dwie dziewczynki kłócą się o drugą huśtawkę. Ta w haftowanych dżinsach ciągnie za włosy drugą w różowej sukience. Ta druga płacze. Nikt tego nie widzi, tylko Romina. Dziewczynka płacze głośniej. Krzyczy. Wtedy podchodzą opiekujące się nimi kobiety. „Ale z ciebie niegrzeczne dziecko", mówi jedna z nich do tej, co nie płacze. Ta w różowej sukience płacze jeszcze głośniej. Juani zsiada z huśtawki i przyciąga siedzenie do tej płaczącej. „Masz", mówi. Romina patrzy, nie przestając rysować. „Ja chcę tamtą", odpowiada dziewczynka. Juani przesuwa swoją huśtawkę w stronę tej, co nie płacze, i proponuje, żeby się wymieniła za tę, której chce płacząca. Ta, co nie płacze, też się nie zgadza. Juani traci cierpliwość i znów zaczyna się huśtać, coraz wyżej. „Powiem twojej mamie", mówi opiekunka do dziewczynki, która nie płacze i nie chce opuścić huśtawki. „Dziwka", odpowiada jej dziewczynka i ucieka. Ta, co płakała, przestaje płakać i biegnie za koleżanką. Rozdeptują rysunek Rominy. Włażą na żółtą zjeżdżalnię, zjeżdżają i śmieją się. Opiekunki znów siadają na ławce i rozmawiają. Jedna skarży się, że pracodawczyni nie pozwala jej odsypiać sjesty, dlatego nogi jej puchną. Juani huśta się coraz wyżej. Romina patrzy na niego. Zagrzebuje rozdeptany rysunek, przesuwając po nim patykiem, i znów patrzy na chłopca. Z jej miejsca wygląda to tak, jakby dotykał brązowymi butami nieba. Brakuje mu jednej sznurówki. Romina wstaje, podchodzi do drugiej huśtawki. Huśta się. Próbuje rozbujać się tak samo wysoko. Kiedy już się jej wydaje, że zaraz to osiągnie, Juani zeskakuje z wysokości i rzuca się na piasek. Pusta huśtawka dalej się kołysze, ale teraz nie jest już obciążona, porusza się niepewnie. Romina też chce skoczyć, lecz nie ma odwagi. „Dawaj, skacz, nic ci nie będzie", woła do niej Juani z dołu. Ona wciąż się kołysze i nie może się zdecydować. „Dawaj, czekam tu na ciebie". Romina się rzuca. Wylatuje w powietrze i po raz pierwszy od przyjazdu z Corrientes czuje się lekka. Upada na piasek i skręca sobie kostkę. Juani pomaga jej wstać. „Zrobiłaś sobie coś?", pyta. „Nie", odpowiada Romina ze śmiechem. „Jak masz na imię?", pyta Juani. „Ramona", pisze dziewczynka na piasku.

sadzone przez speców od terenów zielonych, odnawiane co sezon i strzyżone co tydzień. Są automatyczne zraszacze trawników włączające się zawsze nocą. Nawozy, środki owadobójcze i użyźniające. Potok mijający dołek piętnasty płynął tu jeszcze przed powstaniem osiedla. Oczyściliśmy go jednak. Teraz ma kolor zieleni bardziej turkusowej dzięki odpowiedniej procedurze filtrowania wody i specjalnym algom dotleniającym cały ekosystem. Ryby pływające tu przed oczyszczeniem wyzdychały. Takie ryby bez nazwy, coś w rodzaju brązowawych okoni. My wprowadziliśmy tu pomarańczowe karasie chińskie, które się rozmnożyły i dziś panują w całym potoku. One, nutrie i kaczki. Choć nutrii i kaczek z roku na rok ubywa. Niektórzy twierdzą, że zabijają je jacyś ludzie. Żeby je jeść. Ale to raczej mało prawdopodobne. Nawet gdyby ktoś to rzeczywiście robił, ludzie z obsługi technicznej, pomocnicy noszący kije golfowe, ogrodnicy czy kto by się tam odważył, niemożliwe, by zdołali wynieść swój łup przez bramy naszego osiedla. Kiedyś przyłapano jednego faceta od kijów, jak przerzuca przez płot kaczkę, po drugiej stronie czekała jego żona. Powiedział, że zabił ją przypadkiem piłką wybitą z dołka numer cztery. Nikt mu nie uwierzył. Brakowało tylko, żeby ta jego żona po drugiej stronie przyniosła ze sobą garnek. Został przesłuchany i osądzony przez Komisję Golfową i tę od środowiska jednocześnie. Oczka wodne to tak naprawdę jedyne pozostałości po moczarach. Ale nikt nie jest w stanie się tego domyślić. Pewnie nie ma żadnego pola golfowego, które by nie miało jakiegoś stawku. Dzięki systemowi pomp przepompowujemy do nich nadmiar wody, która po deszczach zbiera się w rowach całego osiedla, żeby uniknąć podtopień; przepompowana woda wypływa z potokiem poza teren osiedla. Parę razy zdarzyły się skargi władz miejskich, bo teraz problem z wodą pojawia się w osadzie Santa María de los Tigrecitos, lecz odbyły się spotkania ludzi z miasta i od nas i jakoś się udało sprawę załatwić. To tak samo jakby mieć pretensje do Córdoby o powodzie w Santa Fe. Trzeba było przeprowadzić drobne prace niewielkim kosztem. Ostatnią ważną inwestycją były porządne łazienki, które stały się niezbędne, kiedy w golfa zaczęły grywać masowo kobiety. Mężczyzna, jak go przyciśnie, może się wysikać gdziekolwiek. Za drzewem, za krzakami. Nawet na polu golfowym. Kobieta nie.

Nasze pole jest obsiewane trawą co roku. Nie wszędzie tak robią. W większości przypadków obsiewa się tylko okolice każdego dołka. Obszary greenów i fairwayów. Te zasiewy, razem z kosztem sprzętu, pracowników, systemu podlewania i odprowadzania wody i tak dalej, sprawiają, że koszty utrzymania pola golfowego stanowią jedną z najwyższych pozycji w budżecie. Tenisiści narzekają. Jest pewne napięcie między zwolennikami tych dwóch sportów. Skarżą się, że osiedle inwestuje znacznie więcej w golfa niż w tenisa, a wszystko idzie z tych samych środków, z tych samych kieszeni. Ale inwestycja w pole golfowe to nie tylko kwestia sportu. Mieszkańcy mogą sobie spacerować po polu, napić się czegoś w knajpce przy dołku numer dziewięć, posłuchać muzyki, patrząc na zachód słońca przy piętnastym dołku, organizować sobie fotograficzne safari w poszukiwaniu różnych gatunków ptaków. Komisja Środowiska zrobiła kawał dobrej roboty promującej pole i przy każdym dołku stoi drewniana tablica z obrazkiem przedstawiającym różne spotykane tu ptaki i opisem jego zasadniczych cech. Prócz przyjemności, jaką każdy może czerpać z naszego pola, jest jeszcze istotny czynnik ekonomiczny, o którym wszyscy wiemy. Wartość naszych domów bezpośrednio się wiąże – procent trudno określić, lecz bez wątpienia jest spory – z bliskością dobrych terenów golfowych. Ten sam dom na osiedlu bez pola golfowego nie byłby wart tyle samo.

Lata temu golf był bardzo ekskluzywną dyscypliną. W innych krajach wciąż tak jest. W Argentynie już nie. Jest drogi, ale kurs jeden do jednego skrócił wiele dystansów, więc „drogi" i „ekskluzywny" przestały być synonimami. W barze golfowym wiszą drewniane plakietki z nazwiskami zwycięzców dorocznych turniejów golfowych. I wyryte tam nazwiska z upływem lat stają się coraz pospolitsze. W 1975 roku wygrał Menéndez Behety. W 1985 niejaki Mc Allister. A w 1995 – García. I to nie jakiś García Moreno. Ani García Lynch. Albo García Nieto. Po prostu García. W środy pole zalewają Japończycy. W czwartki wynajmujemy je firmom. Kierownik pola otrzymał instrukcję, że jeśli dzwonią Koreańczycy, ma kłamać, że już nie ma miejsc, albo wyśrubować green fee, czyli opłatę za korzystanie z pola dla osób niebędących mieszkańcami. Podobno Koreańczycy nie są dobrze widziani na żadnym polu golfowym, nie tylko u nas. Golfiści skarżą się, że często krzyczą, kłócą się, ruszają palikami i obstawiają absurdalne kwoty, co wywołuje gwałtowne starcia. Ale nawet nie licząc Koreańczyków, już od początku lat dziewięćdziesiątych widać było, że golf przestaje być sportem dla dżentelmenów. Coraz mniej jest graczy dbających o to, żeby mieć na sobie koszulkę z odpowiednim kołnierzykiem albo spodnie do golfa. Nawet naszym mieszkańcom zdarza się krzyczeć na polu. I zdarzają się kobiety, które chcą grać w koszulkach bez rękawów. Zdarzają się gracze, którzy wyciągają paliki, bo zrobili o uderzenie za dużo przy dołku rozstrzygającym o wyniku turnieju. Zdarzają się tacy, co grają bardzo wolno i nie ustępują drogi innym albo skarżą się na głos, bo wolniejszy gracz ich nie przepuszcza, a nawet posyłają mu piłkę dla ostrzeżenia. Zdarzają się tacy, którzy ukrywają słabszy wynik, żeby nie wypaść źle przed innymi. Takiemu golfiście jest wszystko jedno, czy gra dobrze czy źle, chce tylko móc powiedzieć, że ma handicap 10 albo jeszcze mniejszy. Zdarzają się też tacy, którzy z kolei nie deklarują dobrych wyników, żeby utrzymać wysoki handicap, a potem wyciągnąć z tego korzyści na jakimś turnieju. Krótko mówiąc, coraz większa grupa mieszkańców ukrywa swoje prawdziwe wyniki. Różne są przypadki. Ale już szczytem była ta historia z Marianem Leperą. Podczas turnieju o Puchar Osiedla zaliczył dołek jednym uderzeniem, lecz nie chciał tego uznać, żeby nie płacić za

jestr, do którego wpisuje się każdego, kto tego dokonał. Choć większość woli wpisać to do amerykańskiego rejestru, żeby ogłosić ten fakt na arenie międzynarodowej. Prosta procedura, jeden list, jakieś formularze. Trzeba mieć charakter, żeby mimo braku ubezpieczenia umieć cieszyć się jak trzeba takim strzałem. W życiu szanse na zaliczenie dołka jednym uderzeniem są niewielkie, natomiast okazji, by stracić twarz, jest bardzo dużo.

13

Kiedy za pierwszym razem wezwano mnie do szkoły Juaniego, byłam w szoku. Szkoła nazywała się Lakelands. Otwarłam jego czerwony dzienniczek i zobaczyłam, że pod zaproszeniem na uroczystość z okazji święta narodowego i przed przypomnieniem o wpłacie czesnego wklejono oficjalne wezwanie na papierze firmowym. Godłem Lakelands School jest herb z czterema słowami po angielsku dookoła. Nigdy nie mogę zapamiętać, jakie to są dokładnie słowa. „In God we Trust" – Ronie twierdzi, że tak brzmi to hasło, i wcale nie śmieje się ze swojego żartu. Szanowni Państwo, oczekujemy Państwa w poniedziałek 15 czerwca o dziewiątej w gabinecie dyrektora, żeby porozmawiać o sytuacji ucznia, dwukropek, Juan Ignacio Guevara. Juani. Nigdy wcześniej nie dostałam tak oficjalnego wezwania na rozmowę o synu. Zaniepokoiłam się. Juani był w piątej klasie. Wezwanie podpisały dyrektorka i psycholog szkolna.

Wezwanie odebrałam w piątek. Przez cały weekend byłam niespokojna. Nie miałam pojęcia, dlaczego chcą ze mną rozmawiać. Zapytałam Juaniego. Też nie wiedział. Nie zgubił się na żadnej przerwie, nie był wzywany do dyrekcji ani nie podpisywał niczego w książce dyscyplinarnej. Chodziłam za nim po całym domu. „A nie pobiłeś nikogo? Nie powiedziałeś jakiegoś brzydkiego słowa?" Wszedł do łazienki, a kiedy brał prysznic, dalej pytałam. „Mamo, dość". W końcu się popłakał. Zadzwoniłam do jednej znajomej, żeby się dowiedzieć, czy jej przypadkiem też nie wezwali. Nie, nikt jej nie wzywał. Potem do jeszcze jednej. Też nie. Potem już nie dzwoniłam, nie chciałam, żeby wszyscy się dowiedzieli w sumie nie wiadomo o czym. I tak się dowiedzieli, na turnieju tenisowym w ten weekend Mariana Andrade odezwała się do mnie, kiedy zmieniałyśmy strony: „I co, zostałaś wezwana do szkoły na poniedziałek? – A potem dodała: – Mnie też lada chwila wezwą przez tę małą", miała na myśli Rominę, z którą Juani spędzał sporo czasu. „Skąd o tym wiesz?" „Leticia Liporacce mi powiedziała, spotkałyśmy się w supermarkecie". I kiedy ja się zastanawiałam, kto mógł powiedzieć Leticii Liporacce, Mariana posłała mi piłkę wzdłuż, słabą, lekką i byle jak, a ja nawet jej nie zauważyłam.

W poniedziałek punktualnie o dziewiątej stawiłam się na miejscu. Lakelands School jest oddalona od Altos de la Cascada o dwa mosty. Był taki moment, że snuliśmy wizje przeniesienia szkoły w obręb osiedla, żeby było tak jak na innych osiedlach, gdzie dzieci mogą dojeżdżać do szkoły na rolkach i rowerach. „Wspaniale byłoby odzyskać klimat dzielnicy z naszego dzieciństwa", powiedziała Teresa Scaglia na zebraniu rodzicielskim, na którym przedstawiono ten projekt. Ale opór był za duży, w szkole było zbyt wiele dzieci z innych zamkniętych osiedli i chociaż żadne *country* nie dostarczało szkole tylu uczniów co nasze, wpływy z czesnego od tamtych stanowiły sumę zbyt wysoką, by szkoła mogła sobie pozwolić na luksus zrezygnowania z nich. W głównym budynku działa szkoła podstawowa i pion administracyjny. Obok stoi budynek gimnazjum i przedszkole. Szkoła jest teoretycznie koedukacyjna. Teoretycznie, bo choć uczęszczają do niej uczniowie obu płci, to mają osobne klasy i nawet dziedzińce. Są klasy dla dziewczyn i dla chłopców. Tylko w przedszkolu są razem. Przez dziedziniec przebiega podwójna linia ciągła, taka jak na drogach, oznaczająca zakaz przekraczania, i nie mogą za nią przechodzić z jednej strony chłopcy, z drugiej dziewczynki. Juani miał zwyczaj siadać z jednej strony, a Romina z drugiej i rozmawiali na migi jak głuchoniemi. Jakaś nauczycielka źle zrozumiała jeden gest Juaniego i zakazali im kontaktów przez linię pod groźbą zawieszenia. Ale nawet wtedy nie dostałam wezwania, tylko informację w dzienniczku, po angielsku, że aż musiałam prosić Doritę Llambías, żeby mi przetłumaczyła. Kiedy poszłam zapisać Juaniego do szkoły, zapytałam dyrektorkę, czy ten podział wynika z jakiejś pedagogicznej teorii związanej z psychologią ewolucyjną i różnicami w przyswajaniu wiedzy przez obie płcie. „Coś w tym rodzaju – odpowiedziała. – W osiemdziesiątym dziewiątym musieliśmy zacząć przyjmować chłopców, bo w przeciwnym razie rodzinom z większą liczbą dzieci bardzo by się komplikowały kwestie logistyczne, jeżdżenie w tę i we w tę, uroczystości szkolne w tym samym czasie, i jeszcze tracili zniżki dla rodzeństwa; połączyliśmy ich po prostu, ale zorientowaliśmy się od razu, że to błąd, brakowało nam doświadczenia, dziewczynki siedziały z rozchylonymi nogami, pokazywały to, czego nie powinny, przeklinały i robiły inne rzeczy typowe dla chłopców. Dwa miesiące od rozpoczęcia lekcji rozdzieliliśmy dzieci i wymalowaliśmy podwójną linię. Chlubimy się tym, że potrafimy szybko reagować w takich przypadkach".

Wszystkie trzy budynki zbudowane zostały z nietynkowanej cegły i mają duże okna. Środki bezpieczeństwa widać wszędzie: budynki są tylko parterowe, żeby nie było schodów i okien wysoko, klamki okrągłe, specjalne bezpieczne szyby, klimatyzacja i centralne ogrzewanie. Trzy boiska do rugby i dwa hokejowe, sala gimnastyczna, altana, okrągła aula amfiteatralna na uroczystości, sala wideo, laboratoria, sala sztuki i muzyczna. Biblioteka robiła się z czasem coraz mniejsza, rozrastająca się szkoła pochłaniała coraz to nowe jej kawałki, żeby tworzyć nowe sale, ale jest plan powiększenia jej przy jakiejś okazji. Czekałam, siedząc przy recepcji. Krzesła z sosnowego drewna wydały mi się dość twarde. Sekretarka podała mi kawę i przeprosiła za opóźnienie. Ronie nie chciał ze mną jechać. „To pewnie jakieś głupstwo, nie każ mi odwoływać moich rzeczy, żebym sobie mógł pogawędzić z psycholog szkolną". Te jego rzeczy to był jakiś projekt albo interes wart miliony, który jakoś nie mógł dojść do skutku, podczas gdy ja musiałam odwołać dwa spotkania z klientami mogące zaprocentować prowizją, a ta pozwoliłaby nam opłacić rachunki z tego miesiąca. Skończyłam kawę, zerknęłam na zegarek. Minęło raptem pięć minut po dziewiątej, kiedy otworzyły się drzwi gabinetu. Kobiety uśmiechnęły się do mnie i zaprosiły do wnętrza, ale mimo uśmiechów wcale nie sprawiały wrażenia rozluźnionych, raczej przeciwnie. Powiedziały coś tam wstępnego, a potem przeszły do rzeczy. Miały po naszym spotkaniu naradę grona pedagogicznego i nie chciały się spóźnić. Patrzyły na mnie tak, że zanim jeszcze się odezwały, wyczułam, że mi współczują. „To delikatna sprawa, Virginio – odezwała się dyrektorka – wolałabym, żeby zreferowała ją Silvia, ona to zrobi lepiej niż ja". I psycholożka zreferowała. „Juani wymyśla bardzo dziwne historie. Martwimy się". Nie zrozumiałam. „Historie... z konotacjami seksualnymi, że tak powiem", próbowała wyjaśnić dyrektorka. Zaskoczyło mnie to. „To prawdopodobnie wynik nadmiernego pobudzenia niewłaściwego w jego wieku", włączyła się znów psycholożka. „Czy mogą panie mówić nieco jaśniej?" Powiedziały jaśniej. Otworzyły zeszyt Juaniego i kazały mi przeczytać. Było to wypracowanie. Nauczycielka poleciła im napisać coś pod tytułem „Moi sąsiedzi". I Juani napisał o Fernándezach Luengo. „Ci od strony kortów tenisowych. Ci od czarnego path findera i niebieskiego alfa romeo" – tak ich nazywał w swoim wypracowaniu pełnym błędów ortograficznych. Opowiadał, że mają dwoje dzieci, które

dla dorosłych, tak że państwo niczego nie zauważyli?"
„Nie mamy takich kanałów". „Czy często zmyśla na
takie tematy czy to pierwszy raz?" „Nie wiem". „Czy
sprawdzają państwo historię w komputerze?" „A jak to
się robi?" One też nie bardzo wiedziały, ale nauczycielka
informatyki poleciła im o to zapytać. „Czy może mieć
dostęp do stron pornograficznych?" „Nie wiem, nie
mamy komputera w domu, ja mam swój służbowy".
„A u jakiegoś kolegi?" „Czy pije dużo coca-coli przed
snem?" „Dzieje się w domu coś, co może mieć na niego
jakiś wpływ?" Kręciło mi się w głowie. Niskie ciśnie-
nie, zawroty głowy, niepokój, któraś z tych rzeczy albo
wszystkie naraz sprawiały, że robiło mi się ciemno przed
oczami i traciłam poczucie równowagi. „Może wody?"
„Nie, dziękuję". Poradziły mi, żebym poszła z nim do
psychologa. Zabrzmiało to bardziej jak rozkaz niż po-
rada. „Zważywszy na delikatność tematu, trzeba działać
jak najszybciej. Czas to rzecz kluczowa w takich sytuacjach, musimy rozwiązać tę kwestię jak najszybciej,
zanim ktoś przyjdzie ze skargą". „A kto miałby przyjść?
Fernández Luengo?" „Nie, Fernández Luengo o niczym
się nie dowie. Przecież nie możemy mu czegoś takiego
powiedzieć. Ani jemu, ani nikomu innemu. Ale niektórzy koledzy Juaniego widzieli rysunek. I nie możemy
mieć pewności, że tego nie rozpowiedzą. Rodzice boją
się takich rzeczy, czują, że ich dzieciom może coś gro-
zić, a naszym obowiązkiem jest zapewnienie ich, że ich
pociechom żadne niebezpieczeństwo nie zagraża". „Pociechom, mówi pani? A co niby miałoby im zagrażać?"

„Na razie jesteśmy zdania, że nic, czego nie bylibyśmy w stanie kontrolować, w przeciwnym razie Juani nie byłby już uczniem naszej szkoły". Ten komunikat podziałał na mnie jak policzek. „Proszę nas zawiadomić, kiedy już będzie miała pani raport od psychologa. Ma pani pytania?" Podziękowałam i wyszłam. „Musi pani podejść do tego z dystansem", poradziła mi jeszcze psycholożka przed wyjściem. Od razu przypomniał mi się obrazek Fernándeza Luengo na jego psie.

Tego dnia nie poszłam już do pracy. Chwilami czułam się winna, wstydziłam się. Czasami nachodził mnie gniew. Wyciągałam kartkę, na której Juani napisał to, co napisał, i nie mogłam w to uwierzyć. Zdobyłam namiar na jedną psycholożkę, ale nie odważyłam się zadzwonić. Nie wiedziałam, jak mam zacząć. Tak samo z Roniem. Dzwoniłam i rozłączałam się. Chwilami nie mogłam sobie przypomnieć, czy mam dzwonić do psychologa czy do pedagoga. Zjadłam obiad sama z Juanim, Ronie wracał później. Z nim też nie umiałam zacząć rozmowy. Patrzyłam na niego i zastanawiałam się, co zrobiłam źle. Albo Ronie. Albo oboje. Z pewnością wiele rzeczy. Juani poszedł się położyć. „Musi pani podejść do tego z dystansem". Prawda, ostatnio byłam z dystansem do Juaniego, pracowałam całymi dniami do późna, pokazywałam domy, wychwalałam parcele, załatwiałam hipoteki, a chłopak rósł „na własną rękę", jak by powiedziała moja matka. Pewnie, że „na własną rękę" w miejscu takim jak Altos de la Cascada różni się diametralnie od „na własną rękę" w innej okolicy. Tutaj można zostawić dzieci mniej więcej same i nie trzeba martwić się o te rzeczy, które niepokoją matki na zewnątrz. Nie ma możliwości, żeby ktoś cię porwał w obrębie osiedla; ani że ktoś ci wejdzie do domu; chłopiec w wieku Juaniego może sam pojechać i wrócić o każdej porze z *club house* na rowerze; jeśli dzieci siedzą w sali zabaw, zawsze jest tam z nimi wychowawca i strażnicy na obchodzie; są przyzwyczajone, że mogą wchodzić do domu każdego sąsiada, nawet jeśli za bardzo go nie znają, wsiadać do jakiegokolwiek samochodu. Panuje tu atmosfera ogólnego zaufania. Fraza „nie rozmawiaj z nieznajomymi" tutaj nie ma zastosowania. Jeśli ktoś mieszka w Altos de la Cascada, nie jest nieznajomym albo w krótkim czasie przestaje nim być. A jeśli przyszedł z wizytą, został sprawdzony przy bramce, co daje poczucie pewności. Albo iluzję pewności. W miarę jak upływały lata poprzedniej dekady, coraz mocniej okopywaliśmy się w środku. Było coraz więcej procedur, żeby upoważnić kogoś do wejścia, coraz więcej pracowników ochrony przy wejściach, coraz większą broń wystawiano na widok każdego, kto chciał ją zobaczyć. Od kilku miesięcy obowiązywało, dyskrecja zapewniona, okazywanie zaświadczenia o niekaralności przez każdego ogrodnika, murarza, malarza czy innego pracownika wchodzącego na teren osiedla, od kiedy okazało się, że jeden elektryk zatrudniony do opieki nad instalacją odsiedział wyrok dziesięciu lat za gwałt, a my nie mieliśmy o tym pojęcia. Był nawet plan wymiany drucianego ogrodzenia na trzymetrowy mur. Pierwotnie rozważaliśmy opcję

Ledwie słuchała, co do niej mówili. Gdyby przynajmniej ona też grała, zajęłaby czymś myśli. Lubiła tę grę. Remika liczbowego i karcianego. Choć tego dnia nie byłaby w stanie niczego wyłożyć. Carmen lubiła iść w sekwensy. Najchętniej czerwone. Chodziło jej nie tyle o zwycięstwo, ile o wykładanie sekwensów, jak najdłuższych. Ale tym razem nie grała. Wybrała znów numer Alfreda. Telefon wciąż był wyłączony. Poprosiła o papierosa. Kilka lat temu rzuciła palenie, teraz jednak potrzebowała tego tak mocno, jakby nigdy nie przestała palić. Pomyślała o kieliszku wina, lecz to nie było stosowne miejsce. Czekając, aż jakaś para skończy grę, wyjęła z torebki wyciąg z konta Alfreda i kolejny raz zaczęła go przeglądać w nadziei, że może się pomyliła. Hotel Sheraton, trzysta dolarów, 15 sierpnia. Poczuła próżnię w żołądku, taką samą jak dziś rano, kiedy to odkryła. Na stoliku nocnym Alfreda, w zasięgu wzroku każdego. Potem sprawdzała to jeszcze raz, dziesięć razy, dwadzieścia pięć, tysiąc. I zawsze było tam napisane to samo. Hotel Sheraton, trzysta dolarów, 15 sierpnia. Dokładnie wtedy, kiedy wyjechała do Córdoby na turniej remika liczbowego w ramach już nie pamiętała jakiej akcji charytatywnej. Zadzwoniła do niego wieczorem i nikt nie odebrał telefonu. Dzieci były w Pinamarze z rodzicami przyjaciół ze szkoły, a gosposia wtedy właśnie niespodziewanie się zwolniła. Alfredo powiedział, że poszedł bardzo wcześnie spać, bo miał koszmarną migrenę. Pewnie, że nie powiedział gdzie ani z kim. Uwierzyła mu. W ten weekend rozgrywany był najważniejszy turniej golfowy na osiedlu i Alfredo nie odpuściłby go nawet dla najseksowniejszej kobiety dla świecie. A może jednak... „Zapisz nam tysiąc pięćset siedemdziesiąt punktów. Z kim teraz gramy?" Carmen sprawdziła w rozpisce. Nie wiedziała, gdzie powinna patrzeć. Plątały się jej nazwiska par. Odnalazła właściwe miejsce. „Teraz z parą numer dziewięć, kiedy skończą, to ci przy stoliku dziesiątym", powiedziała niezupełnie pewna. Teresa przyglądała się jej, wzięła kartkę, na której Carmen zanotowała punkty. Skreśliła zapisane przez nią trzysta. „Mówiliście, że tysiąc pięćset siedemdziesiąt?", zapytała graczy, zanim się oddalili. Carmen wstała. Teresa patrzyła na nią, a ona nie wiedziała, po co tak stoi. „Idę zapalić na zewnątrz", powiedziała i wyszła z telefonem i wyciągiem z konta.

Z tarasu, z którego rozciąga się widok na dołek dziewiąty, zadzwoniła do hotelu. Przedstawiła się jako sekretarka pana Alfreda Insúy. „Pan Insúa mówi, że to obciążenie na trzysta dolarów się nie zgadza i że chciałby zobaczyć jakieś szczegóły tego rachunku", zmyśliła. Odpowiedzieli, że prześlą jej kopię rachunku faksem. Carmen podała numer domowy, rozłączyła się i znów przysiadła się do Teresy. „Wszystko w porządku?", zapytała Teresa. „Tak, w jak najlepszym", odpowiedziała.

Kobieta grająca przy stoliku naprzeciwko okna wychodzącego na ogród zimowy poskarżyła się, że jej przeciwniczki dają sobie znaki. Tamte się obraziły. Zaczęła się kłótnia. Reszta się przyglądała, ale nikt nie interweniował. Carmen ponownie wybrała numer Alfreda. Jedna z kobiet wstała i wyszła. Tym razem Carmen usłyszała sygnał, że jego telefon dzwoni. Partnerka obrażonej kobiety próbowała ją zatrzymać. Alfredo powiedział „cześć", Carmen nie wiedziała, co powiedzieć, i rozłączyła się. Ostatecznie poszły obie, obrażona i jej koleżanka. Alfredo wiedział przecież, z jakiego numeru odbiera połączenie. Porzucone uczestniczki turnieju podeszły do jej stolika. Carmen została sama, Teresa poszła w stronę kawiarni, żeby zająć się przygotowaniami do ceremonii wręczenia nagród. „Co za bezczelność, widziałaś to? Zapisz, że wygrałyśmy walkowerem. Tu też jest walkower jak w tenisie, prawda?" Zadzwoniła komórka Carmen, więc odebrała, nie zdążyła wcześniej odpowiedzieć kobiecie. To był Alfredo. „Tak, przerwało, tu jest słaby zasięg". Alfredo powiedział, że będzie późno, żeby na niego nie czekała. Carmen skreśliła parę, która opuściła rozgrywki. „No nic, ja tu też trochę zabawię, a potem jeszcze musimy zająć się zebranymi środkami... Tak, świetnie poszło..."

Zwycięska para otrzymała dwa srebrne naszyjniki i dwie cyrkonie ofiarowane przez sklep jubilerski Toledo. Reszta biła brawo. Teresa i Carmen pomogły zwyciężczyniom zapiąć naszyjniki. Kobiety pozowały do zdjęcia najpierw same, potem z organizatorkami. Herbatka przeciągała się bez końca. Carmen zadzwoniła do domu i rozmawiała z gosposią; pracowała dla nich od kilku miesięcy, ale od kiedy Alfredo zwolnił Gabinę, która była u nich od zawsze, nie udało się znaleźć nikogo godnego zaufania i z różnych przyczyn wszystkie szybko odchodziły. „Nie dzwonili do ciebie, żebyś włączyła faks?... Okej... jeśli zadzwonią i poproszą o sygnał, staniesz przy telefonie i jak skończy się drukowanie, oderwiesz papier, złożysz go i schowasz do szuflady w nocnym stoliku. Rozumiesz? Dobrze, powtórz, proszę..." Służąca powtórzyła. Carmen nie dosłyszała części, bo podeszła do niej jedna uczestniczka z prośbą o zwrot należnej wcześniej reszty. Rozłączyła się. Zaczęła szukać reszty. Zabrakło jej dwóch pesos. „Zostaw, niech będzie na stołówkę".

Chwilę później sala opustoszała, została tylko woń papierosów. Dwie sprzątaczki zamiatały i ustawiały krzesła. Teresa i Carmen przeliczały pieniądze. Zadzwoniła komórka Carmen. To gosposia, przyszedł faks, stała przy nim, kiedy drukował się papier, nie... dzieci nie było, oderwała, złożyła i schowała do szuflady jej stolika nocnego. Carmen pośpiesznie schowała zebrane pieniądze w metalowej skrzyneczce i zamknęła ją na klucz. Było tego więcej, niż się spodziewały. Trochę więcej, niż jej mąż wydał tamtej nocy. „Lżej się na sercu robi, że jest tyle hojnych osób, prawda?", powiedziała Teresa. „Tak – zgodziła się Carmen. – Sporo jest ludzi z gestem".

Pogasiły światła i wyszły. Miała już wsiąść do auta, ale się zawahała. Podeszła do Teresy. „Może pójdziemy coś zjeść? Alfredo późno wraca".

15

Rok 1989 był rokiem dziwnych samobójstw. Człowieka, który przekazywał łapówki w Banku Narodowym, kapitana statku, który pośredniczył w sprzedaży broni Ekwadorowi, i przedsiębiorcy z prywatnej firmy pocztowej uwiecznionego przez zamordowanego fotografa. Jednak żaden z tych epizodów nie miał wpływu na nasze życie w Los Altos, nie licząc chwilowego wrażenia przy lekturze porannej gazety czy w trakcie oglądania wiadomości w telewizji.

My rozmawialiśmy o naszych sprawach. Na przykład o Roniem Guevarze. W tym czasie zorientowaliśmy się już wszyscy, ale Virginia potrzebowała więcej czasu, tak jak zdradzany mąż zawsze dowiaduje się ostatni: Ronie nie będzie w stanie dołożyć niczego do rodzinnego budżetu prócz sporadycznych kosztownych iluzji. To ona stanowiła podporę rodziny i utrzymywanie jej działalności w tajemnicy działało na jej niekorzyść. Niektórym jej praca myliła się z „przysługą" i nieraz bywało, że ktoś okazywał zdziwienie, a nawet się obrażał, kiedy chciała pobrać swoją prowizję. „Przecież ja też znam właściciela domu, dlaczego miałbym ci płacić prowizję?" Albo zdarzył się taki, co zamiast zapłacić, podarował jej teczkę z własnej fabryki, nawet na pokrycie kosztów własnych by jej nie starczyło, „a na dobitkę była brzydka", jak zauważyła Teresa Scaglia. „W dniu, kiedy trzeba położyć na stół pieniądze, «przyjaciel» przechodzi do zupełnie innej kategorii, dla której jeszcze nie znalazłam określenia", zapisała później Virginia w swoim zeszycie. Ceny gruntów rosły na fali euforii z powodu dobrobytu lat dziewięćdziesiątych i Virginia nie chciała tej euforii przegapić. Nikt nie chciał. Wszyscy spekulowaliśmy, ile z dnia na dzień zyskują na wartości nasze domy i jak daleko może to zajść. Kiedy mnożyliśmy powierzchnię naszych posesji przez cenę metra kwadratowego, ogarniała nas przyjemność, jaką mało co może wywołać. Przyjemność z powodu algorytmu. Bo nie zamierzaliśmy naszych domów nikomu sprzedawać. Samo obliczanie, zwykłe mnożenie, sprawiało nam tę frajdę.

Nadeszła chwila, w której Virginia powinna na poważnie zająć się swoją działalnością. Kodeks Altos de la Cascada nie pozwala członkom wspólnoty prowadzić komercyjnej działalności na terenie osiedla i choć wielu łamie ten zakaz, przyjęte jest, by robić to dyskretnie. W takim miejscach zawiść prowadzi do donosu, a donos oznacza grzywnę. Umieszczenie na domu napisu głoszącego: „Mavi Guevara, pośrednictwo nieruchomości" stanowiłoby ewidentne naruszenie zasad. Ale też działanie w ukryciu przestało jej odpowiadać. Musiałaby umieścić taki napis poza ogrodzeniem, na tyle jednak blisko, żeby widzieli go ci, co przyjeżdżają, szukając domów w Altos de la Cascada, i to pomogłoby jej rozwinąć działalność.

Ronie zgadzał się z tym i wtedy często się go słyszało, jak z entuzjazmem opowiada znajomym o rozwoju miejscowej branży nieruchomościowej i o perspektywach swojej żony. Tyle że jego zaangażowanie dalej nie sięgało i nie towarzyszył jej w poszukiwaniach lokalu, który pozwoli „zrobić krok do przodu". Ona wsiadła do samochodu i objechała okoliczne dzielnice w poszukiwaniu czegoś, co nadawałoby się na siedzibę firmy. Wszyscy jeździmy tymi ulicami tam i z powrotem, czasami częściej niż raz dziennie, ale tak naprawdę nie patrzymy na nie, dopóki czegoś nie potrzebujemy. Virginia po raz pierwszy uważnie przyglądała się okolicy. Peryferie Altos de la Cascada, w każdym razie ta część najbliżej osiedla, nie wyglądają raczej na dzielnicę handlową. Pustkowia. Niektóre porośnięte trawą. Inne z budowami przerwanymi, zanim prace doszły do końca ścian, a wraz z upływem czasu ludzie pozabierali wszystko, co się zabrać dało. Trzy pola uprawne, w szeregu obok siebie, porzucone z powodu kradzieży i kosztów utrzymania przekraczających spodziewane zyski. Po przekątnej od wjazdu do La Cascady dyskretny domek młodego małżeństwa, którego nie stać było na mieszkanie wewnątrz osiedla, postawiony w nadziei na rozrost Altos de la Cascada, acz wciąż do niego nie doszło, i w pobliżu budki strażniczej, skierowanej wprawdzie w drugą stronę, ale jej widok uspokajał właścicieli.

Kawałek dalej, jadąc drogą prowadzącą w stronę głównej szosy, zaczyna się Santa María de los Tigrecitos, osada z prostymi domkami bardzo różnej jakości, niemal wszystkie postawili sami mieszkańcy albo ich krewni czy przyjaciele. Mieszkający tam ludzie utrzymują się z pracy w Altos de la Cascada. „Osiedle satelickie", tak się to nazywa w raportach naszej Komisji Bezpieczeństwa, w których pojawiają się sugestie, by dzielnicę tę wspierać, ponieważ możliwości zatrudnienia zmieniają się w zależności od rozwoju naszego osiedla, a to ma bezpośrednie przełożenie, jak twierdzi raport, na nasze bezpieczeństwo.

Domy w Santa María de los Tigrecitos rosną tak nierówno jak krzaki w Altos de la Cascada, ale nie z powodu estetycznej koncepcji, jak to ma miejsce w naszych ogrodach. W Los Tigrecitos ludzie robią, co mogą, stawiają domy, w żaden sposób nie odnosząc się do innych, a w niektórych przypadkach nie ma nawet żadnego związku między jednym piętrem a drugim. W tych domach widać wyraźnie kolejność budowania, widać okno, które wybito już po zbudowaniu pokoju i które nie trzyma linii, widać drugie piętro wzniesione na tym, co pierwotnie miało być dachem, widać łazienkę, którą ostatecznie udało się postawić, ale bez odpowiedniej wentylacji. Kraty mogą być pomalowane na fioletowo, a przyległa ściana na czerwono albo wściekle niebiesko. A obok inny dom z nietynkowanej cegły. W zamożniejszych domach jest podjazd dla samochodów, uboższe mają klepisko w oczekiwaniu na pracę, która pozwoli sfinansować wylewkę.

Mały targ, sklep mięsny, piekarnia, bar z bilardem i piłkarzykami. Santa María de los Tigrecitos to nie więcej niż sześć przecznic zbudowanych przed szosą, przy asfaltowej ulicy, którą my sfinansowaliśmy za pokaźne pieniądze, domy o różnym standardzie i w różnym zagęszczeniu rozlewające się po okolicy, boczne polne ulice zatapiane przez potok płynący rurami od bramy wjazdowej La Cascady.

Przy głównej ulicy, tej prowadzącej do szosy, są chodniki. Przed domami czasem tak, a czasem nie, bo nie płaciło za to miasto, tylko każdy mieszkaniec indywidualnie, jedne są rozwalone, inne reperowane płytkami w różnych kolorach. Przed mięsnym przy czarnej tablicy z wypisywanymi promocjami wołowiny, z których my, mieszkający w La Cascadzie, nie korzystamy, miejscowi gromadzą się i popijają mate, siedząc na drewnianych ławeczkach. Przecznicę dalej druga grupka ludzi, też siedzą, czekają na coś. Albo na nic. A naprzeciwko jeszcze inni. Patrzą na przejeżdżające auta. Niektórzy doskonale rozpoznają właścicieli po modelu i numerze rejestracyjnym. „Pan jeździ niebieskim BM 367, prawda?", zapytał kiedyś pomocnik stolarza Ernesta Andradego, który zaraz zgłosił to Radzie Administracyjnej, żeby przedłożyła sprawę Komisji Bezpieczeństwa Altos de la Cascada.

W centrum dzielnicy znajduje się – pełniąc funkcję ośrodka życia miejskiego – boisko, szkoła, kaplica, która należy do tej samej parafii co nasza kaplica w Altos de la Cascada i w której ten sam ksiądz odprawia mszę.

Kawałek dalej przychodnia z oddziałem szczepień i dyżurem pediatrycznym. A między nimi w chaosie, jak wychodzące po deszczu grzyby, domy. Więcej domów. Dużo domów jak na taki mały teren. Domy mieszczące liczne rodziny, których co najmniej jeden członek każdego dnia przemierza te dziesięć przecznic dzielących go od naszej bramy, żeby pracować jako ogrodnik, pomocnik na polu golfowym, personel domowy, murarz, malarz czy kucharka.

Ulicę za przychodnią stał niewielki budynek kiedyś pełniący funkcję wypożyczalni wideo, teraz z napisem głoszącym „Wynajmę bez pośredników" przyklejonym do starego plakatu ze Stallone'em, któremu dorysowano niebieskim pisakiem wąsy. Okolica i stan samego budynku pozwalały na otwarcie tam biura pośrednictwa nieruchomości. Podobno Virginia poważnie to rozważała, nawet skontaktowała się z właścicielem. Ale Teresa Scaglia dała jej do myślenia: „Myślisz, że ktoś, kto jeździ takim samochodem jak my, zaparkuje tam i odważy się wysiąść?". Każdy z nas poradziłby jej w tym duchu. Być może nie tak prosto z mostu, może używając jakichś eufemizmów albo półgłosem, bez tej bezkarności, jaką cieszy się Teresa. Niemniej było prawdą, że to miejsce by nie wypaliło. Raczej się nie zdarza, żebyśmy my, ludzie z Altos, zatrzymywali się w Santa María de los Tigrecitos. Przejeżdżamy tak szybko, jak tylko pozwalają nam progi spowalniające. Nie robimy tam zakupów, tamtejsze sklepy zaopatrują tylko miejscowych. Ziemne drogi, brak odpowiednich miejsc do parkowania, a przede wszystkim odległość do budek wartowniczych przy bramie wjazdowej Altos de la Cascada odstręczają nas od tego miejsca. Podobno w Los Tigrecitos do kradzieży dochodzi każdego dnia. Niektórzy twierdzą, że oni się tam okradają nawzajem, inni mówią, że to złodzieje z dalszych dzielnic. Trudno powiedzieć.

Wreszcie sprawa rozwiązała się dzięki szczęśliwemu przypadkowi. Mąż tej kobiety, która mieszkała w domu po przekątnej od naszej bramy, rzucił ją. Kobieta z trójką małych dzieci wolała przenieść się do matki, a Virginia mogła wynająć ten lokal niemal po kosztach, pod warunkiem że kiedy tylko zjawi się kupiec, ona się wyniesie. Kupiec, którego sama miała poszukać, jak już znajdzie lepsze miejsce na swoje biuro. Domek nadawał się do zamieszkania, miał przyzwoitą kuchnię, dwa pokoje chwilowo do zamknięcia oraz salon, w którym urządziła biuro. Biurko, trzy krzesła, fotel i mały stolik, który Teresa Scaglia trzymała w składziku i dała Virginii w prezencie, szafa z szufladami, z której zrobiła archiwum. Dywanem, którego nie używała, oraz kilkoma ludowymi flakonami dopełniła wystrój wnętrza „w stylu Cascady". Przed przeprowadzką wymieniła spalone żarówki, kazała odmalować ściany na biało, starą kuchenkę zastąpiła elektryczną. Jedyne, czego nie udało się jej przed otwarciem wymienić, to ciężkie drewniane drzwi wejściowe, napęczniałe od wilgoci, które trzeba było zamykać kopniakami.

16

W końcu, kiedy już nikt nie wierzył w taką moż-liwość, pojawił się godny przeciwnik dla Tana Scaglii. Gustavo Masotta. Zaparkował przed moim dopiero co otwartym biurem usytuowanym po przekątnej od bramy La Cascady już po zamknięciu, czystym przypadkiem dokładnie w chwili kiedy szarpałam się z napęczniałymi drzwiami, próbując je zamknąć. Powtarzałam tę czynność co wieczór, krótkie uderzenie w klamkę i kopniak u spodu drzwi, praktycznie równocześnie, i dopiero obrót klucza, który wtedy przekręcał się łagodnie, jakby nie było żadnego problemu. Robiłam to automatycznie, jak jakiś rytuał, a ponieważ powtarzałam codziennie, prawie nie zwracałam uwagi, że stolarz wciąż się nie zjawia, żeby zeszlifować nadmiar drewna. Na swój sposób polubiłam to. Tak jak kiedy ktoś zna jakiś swój defekt i sprawia mu przyjemność ukrywanie go przed innymi. Do tego wieczora udawało mi się, bo pilnowałam się bardzo, żeby nie walić w drzwi przy klientach. Dlatego kiedy uświadomiłam sobie, że Gustavo Masotta tam stoi, popsuł mi się humor. Zobaczyłam go w chwili, gdy podszedł, żeby pomóc mi pozbierać rzeczy rozłożone na ziemi, co zrobiłam, żeby swobodnie zająć się rytuałem z drzwiami. Mój czerwony kajet, stos segregatorów, telefon komórkowy, luźne papiery, klucze od domów na sprzedaż albo do wynajęcia, koperty z opłatami klientów i moimi, krem do rąk, nie znoszę mieć suchej skóry na dłoniach, jogurt, którego nie zdążyłam zjeść. Lekko chaotyczna, ale trafna próbka mojego naturalnego bałaganu. „Nawilgły", powiedziałam, wskazując na drzwi, nie witając się wcześniej. On też się nie przywitał. „Potrzebuję wynająć dom na rok albo dwa", powiedział, podnosząc moje rzeczy.

„Prowizja w obrocie nieruchomościami, choćby nawet niewielka, jest na tyle pożądana, zależna od przypadku i nieprzewidywalna, że nie ma sensu trzymać się wyznaczonych godzin pracy", głosi mój czerwony zeszyt w rozdziale zatytułowanym „Prowizje i inne nieszczęścia". Ale tego wieczora miałam stawić się w szkole Juaniego i myślałam o tym cały dzień. Pod koniec roku nie chcieli mi go zapisać na następny, Juani przechodził do ósmej klasy, a pedagog szkolna uważała, że nie jest tak dobrze przygotowany jak jego koledzy. Nie wyrażała się jasno, nie powiedziała wprost, w czym tak odstaje. Obawiam się, że ten epizod sprzed lat, ten rysunek Fernándeza Luengo na psie, ciążył wciąż na kartotece mojego syna. Chociaż ona nie ośmieliła się o tym wspomnieć. Powinnam była posłuchać wtedy Roniego. Uparł się, żebyśmy poszli do szkoły i powiedzieli prawdę o tym zdarzeniu, ale ja nie chciałam. To, co Fernández Luengo robi u siebie w domu, to jego sprawa, a fakt,

nie przyszło, że wiedza, który król po którym władał w Anglii albo jaki na północy Irlandii panuje klimat, jest tak ważna dla jego rozwoju. No ale wykluczenie ze szkoły oczywiście by było problemem, bo na dobre i na złe oznaczałoby wykluczenie ze świata, w którym żyjemy. Technicznie nie mogli kazać mu powtarzać klasy, bo hiszpański zaliczył, lecz pod koniec poprzedniego roku zasugerowano mi zmianę szkoły, „żeby nie skazywać jego i państwa na poświęcenie, jakim jest nauka w trakcie wakacji". Ani Ronie, ani ja nie zgodziliśmy się na to. Kazaliśmy mu przez całe lato wkuwać historię i geografię Anglii. Nie zgodził się na korepetytorkę i pomagała mu Romina Andrade, która ku zaskoczeniu matki była jedną z lepszych uczennic w klasie żeńskiej. Bardzo się zaprzyjaźnili, od kiedy pojawiła się na osiedlu i w szkole. „Widać z tym się rodzą", powiedziała mi kiedyś jej matka, a ja nie odważyłam się zapytać, co właściwie ma na myśli. Tego dnia, kiedy w drzwiach mojego biura zjawił się Gustavo Masotta, szkoła miała mi udzielić ostatecznej odpowiedzi w sprawie zapisu na nowy rok. Na tę odpowiedź czekałam ze znacznie większą niecierpliwością niż na finał jakiejkolwiek transakcji nieruchomościowej. Miałam świadomość, że wielokrotne opóźnienia z opłatą czesnego nie będą działać na moją korzyść. Ale przecież zawsze w końcu płaciłam, i to z odsetkami. „Poczekam na panią", rzekł Masotta. „Tylko że ja nie mam pojęcia, ile czasu mi to zajmie", odpowiedziałam. Choć tak naprawdę obawiałam się nie tyle czasu, ile nastroju, w jakim będę po spotkaniu.

Miewam swoje humory, ale też łatwo je przewidzieć. Nie zamierzałam godzić się na zmianę szkoły, czułam się już dostatecznie inna od naszych sąsiadów, żeby jeszcze coś do tego dorzucać. Lakelands to szkoła chlubiąca się tym, że „gwarantuje najlepszy angielski w całej okolicy". Chciałam, żeby Juani mówił tak dobrym angielskim jak wszystkie dzieci w naszym *country*, a wszystkie te dzieci chodziły do Lakelands School. Wiele razy zastanawiałam się, czy problemy Roniego z powrotem na rynek pracy nie wynikają z jego nieznajomości tego języka. Ja też nie umiem po angielsku ani słowa, lecz do sprzedawania domów to nie jest potrzebne. A nie chciałam, żeby Juanie skończył jako agent pośrednictwa nieruchomości. Dla mnie to jest w porządku, ja to lubię, z nim jest inaczej. Nie tak sobie wyobrażałam przyszłość Juaniego, nie wiem jak, jednakże nie tak jak swoją.

Gustavo podał mi ostatnią teczkę. Miał obgryzione paznokcie, co kontrastowało z jego generalnie schludnym wyglądem, nawet zostały ślady krwi z boku jednego palca, jakby dopiero co oderwał sobie skórkę. „Poważnie, poczekam, muszę załatwić tę sprawę", zapewnił i nie miałam pewności, co ma na myśli, mówiąc o „sprawie". Nie wydawało mi się, żeby chodziło mu tylko o wynajem domu. Ale moja sprawa bardziej mnie obchodziła. „A może umówimy się na weekend? O tej porze już prawie jest ciemno, a bez światła Altos de la Cascada to zupełnie co innego. Przy sztucznym świetle nie można docenić tego miejsca, a jest naprawdę wyjątkowe". Podałam mu wizytówkę, nie dając innej alter-

wymagającej szkole. To jak naturalna selekcja, pozwalamy jej działać, rozumie pani?" Rozumiałam. „Nie chodzi nam o to, żeby uczeń szedł dalej, bo bierze się pod uwagę jego odmienność od kolegów; chcemy, żeby wszyscy szli jednym rytmem", powiedziała dyrektorka z uśmiechem. „Chciałabym, żeby Juani spróbował", nalegałam. „Nie wiem, czy to najlepszy pomysł". „Tego nikt nie może wiedzieć, póki się nie spróbuje, a ja chcę dać mu szansę". „Nie podzielam pani zdania". Straciłam cierpliwość. „Proszę dać mi na papierze, że pani tak uważa, i podać powody, wtedy nie będę więcej nalegać, ale chcę mieć jakiś papier, żebym mogła go pokazać... gdzieś pokazać", powiedziałam.

Dyrektorka podpisała zapis na kolejny rok. Wyszłam z tego spotkania ze straszną ochotą, by szybko opowiedzieć Roniemu, że jego syn został przyjęty na kolejny rok do szkoły. Zaczęłam szukać telefonu, lecz nie mogłam go znaleźć. Kiedy dotarłam pod bramę La Cascady, zatrzymał mnie strażnik. „Ten pan na panią czeka. – I wskazał Gustava Masottę. – Powiedział, że znalazł pani komórkę, ale nie chciał mi zostawić, tylko dać bezpośrednio pani".

Zaparkowałam i wyszłam z samochodu. Gustavo z oddali podniósł rękę i pomachał telefonem, żebym mogła zobaczyć. To był mój aparat. „Ledwie pani odjechała, odwróciłem się i o mało go nie rozdeptałem, leżał na trawniku. Pewnie go pani odłożyła, zamykając drzwi – powiedział, naśladując moje rytualne kopniaki. – Nie byłem pewien, czy bezpiecznie jest zostawiać takie rzeczy strażnikom". „Gdyby nie było bezpiecznie, to po nas, przecież płacimy tym ludziom fortunę. Przykro mi, że zadał pan sobie tyle trudu". Zapadła cisza. Oboje zamarliśmy, jakby każde czekało na ruch drugiej osoby. Wreszcie się odezwał. „No dobrze, to co, pewnie zobaczymy się w weekend?"

Pokazałam mu to, co go interesowało, jeszcze tego wieczora. Miałam świetny humor dzięki załatwieniu sprawy Juaniego, on czekał na mnie ponad półtorej godziny, żeby oddać mi osobiście telefon, więc uznałam, że przynajmniej mogę pokazać mu kilka domów i ulżyć jakoś w tej niecierpliwości, którą starał się zamaskować. Podejrzewałam, że właśnie się rozstał z żoną i pośpiesznie szuka nowego miejsca, żeby mieć gdzie spać. Choć raczej rzadko samotni wybierają Altos de la Cascada, chyba że mają dzieci i nie wiedzą, co z nimi robić w weekendy. Albo gdy porzucona kobieta zostaje w domu stanowiącym część rodzinnego majątku. Naszego osiedla nie wybierają single. La Cascada to miejsce oczywiście dość odizolowane, co wcale nie musi być złe, może nawet jest dokładnie przeciwnie. Ale trzeba przyznać, że od reszty świata jest daleko i to, co dla jednych może stanowić najwyższą zaletę, dla innych może stać się koszmarem.

Nieświadomie przełamaliśmy jakąś barierę i zaczęłam mówić do niego „ty". „Jaki metraż cię interesuje? Masz dzieci?", pytałam, kiedy jechaliśmy uliczkami La Cascady. „Nie, żyjemy tylko z żoną. Jesteśmy małżeństwem od pięciu lat, ale dzieci jeszcze nie mamy".

tich. Był to parterowy budynek, nieduży jak na standardy osiedla, ale z bardzo gustownymi drobiazgami: drewniana stolarka, podłogi z sosny, stare okucia. Dom definitywnie nie w stylu *country*. Raczej w stylu bostońskim. „Mam jeszcze jeden do pokazania, mniej więcej w tej samej cenie, troszkę nowocześniejszy i ze znacznie większym ogrodem". „Nie, taki ogród mi starczy. Wezmę ten, tu jest w porządku. Ile powinienem zostawić ci zadatku?" „A nie chcesz najpierw pokazać żonie?" „Nie", odpowiedział i spojrzał na mnie dwuznacznie wzrokiem, w którym jakby zmagała się jego siła i słabość. Zastanawiał się jeszcze nad tym, co dodać, jakby takie stanowcze „nie" wymagało jednak wyjaśnień. „Nie chcę, żeby się dowiedziała. To niespodzianka. Prezent niespodzianka". Ewidentnie kłamał. „A, niespodzianka. Twoja żona padnie z zachwytu", też udawałam. Przez te wszystkie lata w La Cascadzie napatrzyłam się na wiele prezentów niespodzianek i straciłam zdolność dziwienia się. Mercedes van, który Insúa podarował Carmen tego wieczora, kiedy zostaliśmy zaproszeni z grupą przyjaciół na kolację do nich do domu: auto pojawiło się w trakcie kolacji, wjeżdżając prosto na trawnik, prowadzone przez szofera, w ozdobach i tak dalej. Van był przyozdobiony, nie kierowca. Firma produkcyjna, którą założył Felipe Lago swojej drugiej żonie, kiedy skończyła kurs kinowy. Wyjazd na zakupy do Miami dla Teresy Scaglii z przyjaciółką, który zafundował jej Tano na ostatnie urodziny, z wliczonym rejsem luksusowym statkiem. Ale wynajęcie domu pięćdziesiąt kilometrów od aktualnego miejsca zamieszkania bez konsultacji z żoną, to brzmiało niewiarygodnie. Gdyby kupował, to jeszcze, lecz wynajem – wykluczone.

Kiedy przygotowywałam dokumenty rezerwacji, przyglądałam mu się jednym okiem, jak spaceruje po ogrodzie. Oddycha głęboko, jakby chciał zaczerpnąć jak najwięcej powietrza. Obserwowałam mężczyznę, który właśnie wybrał dom, by zamieszkać w nim z żoną, i wcale nie musiał konsultować z nią swojej decyzji, choć zarazem absolutnie skupiał się na tym, żeby się jej spodobał pod każdym możliwym względem.

Wszedł do domu i opadł na krzesło obok mnie. Podpisaliśmy formularz rezerwacyjny, pobrałam od niego zaliczkę i poinformowałam go o wysokości mojej prowizji. Chciał zapłacić na miejscu, powiedziałam, że nie, że dopiero dziś wieczorem albo jutro skontaktuję się z właścicielem, więc jeśli wszystko będzie w porządku, w przyszłym tygodniu będą mogli podpisać umowę i uregulować płatności. „Chciałbym się przeprowadzić w ten weekend". „Musimy dokończyć sprawy papierkowe, wysprzątać porządnie dom, właściciel będzie musiał zabrać stąd parę rzeczy." „Ja się zajmę sprzątaniem. I może zostawić, co chce, mnie to nie przeszkadza". „Zrobię co w mojej mocy". „Muszę się przenieść jak najszybciej". To nie była prośba. Powiedział to z całą stanowczością. Skojarzyło mi się to z tonem, jakim lata temu Tano Scaglia oświadczył, że chce tamtą parcelę, na której zamieszkał, tę i żadną inną. Ale choć obaj byli bardzo zdecydowani, zachowywali się inaczej. Gustavo nie miał w sobie tego spokoju, nie był pewien, czy uzyska to, czego chce. W jego stanowczości kryła się nieufność i cierpienie. W przypadku Tana nic z tych rzeczy. A jednak było coś w Gustavie Masotcie, co przypominało mi Tana Scaglię, coś, co przyciągało ich jak magnesy, upodabniało mimo ewidentnych różnic. „A tak przy okazji, grasz w tenisa?", zapytałam przy wyjściu. „Grałem sporo, przed ślubem, byłem członkiem federacji". „To jak się już urządzisz, daj mi znać, bo muszę ci kogoś przedstawić: Tano Scaglia, nasz sąsiad, świetnie gra i nie może znaleźć odpowiedniego przeciwnika". „Mam nadzieję, że nie zawiodę jego oczekiwań – powiedział i zaskoczyła mnie ta jego fałszywa skromność. – Dobrze mi to zrobi, powinienem poznać jakichś nowych ludzi". „Tak, kiedy się tu przeprowadzasz, zawsze musisz poznać nowych ludzi. Wszyscy przeszliśmy przez to. Dawni znajomi nagle są za daleko". Spojrzał na mnie, uśmiechnął się, a potem znów zagapił się gdzieś przez okno. Ja przyglądałam mu się kątem oka i zastanawiałam, czy naprawdę zgubiłam ten telefon, czy może jednak wszystko zostało ukartowane przez Gustava, który potrzebował wynająć dom jeszcze tego wieczora. I nie miałam wątpliwości, jak brzmi odpowiedź.

te lata w La Cascadzie, była gra w remika liczbowego, wcześniej jej nie znała i bardzo jej się spodobała, ale od jakiegoś czasu przestała ją bawić. Nie interesowało jej już układanie sekwensów. Tak jak dla innych kobiet wyszywanie, układanie kostek na stole wydawało się jej oszustwem, bezużytecznością zamaskowaną jakimś pozorem, byle mieć zajęte ręce. Od lat odsuwała różne plany, przekonując samą siebie, że zajmie się tym, kiedy dzieci będą cały dzień w szkole. Była pewna, że wtedy sobie powetuje i będzie wreszcie miała szansę na realizowanie własnych projektów. Ale bliźniaki zbliżały się do końca gimnazjum, a Carmen wciąż nie zdecydowała, którym projektem zająć się w pierwszej kolejności. Interesował ją wystrój wnętrz, lecz kursy oferowane przez różne instytuty Alfredo uznawał za „niskich lotów, wyrzucanie pieniędzy". Lubiła rysować i malować. Może to był właściwy moment, żeby zapisać się na lekcje malowania u Liliany Richards. A może lepiej odłożyć to jeszcze na parę miesięcy. Nie mogła się zdecydować. Interesowała ją też psychologia. Nigdy nie zrobiła sobie psychoanalizy, ale zaciekawił ją ten temat po tym, jak rozmawiała z psycholożką po operacji. Histerektomia całkowita, powiedział lekarz, nigdy nie słyszała tego słowa, wiedziała jednak, o czym mówi. Od czasu tej operacji nie pomagała już przy stołówce w Santa María de los Tigrecitos. „Spróbuj, dobrze ci zrobi", namawiał ją Alfredo. Ale nie wróciła tam. Chciałaby być psychologiem. Albo studiować coaching, studia są krótsze, tak jak Sandra Levinas. To się Alfredowi akurat podobało.

Jej mężowi podobała się Sandra Levinas, mówił, że jest „miła". Z tym że każda z tych opcji wymagała zaliczenia przedmiotów, których nie zaliczyła w szkole średniej, a ponieważ nikt nie wiedział, że jej nie ukończyła, nawet Alfredo, trudno było to zrobić, nie budząc podejrzeń.

O dwunastej zeszła do ogrodu. Ustawiła leżak do słońca i położyła się, żeby poczytać pismo o dekorowaniu wnętrz, które przychodziło co miesiąc. O wpół do pierwszej zjawiła się gosposia i zapytała: „Co będzie pani jeść na lancz?". Carmen poprosiła o sałatkę z sałaty i rzeżuchy. „Przynieś mi tutaj", zawołała, kiedy kobieta prawie już zniknęła za drzwiami. Gosposia wróciła z tacką po dziesięciu minutach. Miała na niej średnią miseczkę ze wskazaną zieleniną zaprawioną oliwą i octem balsamicznym, „tak jak pani lubi", sztućce, płócienną serwetkę, kieliszek, dzbanek z wodą, talerz z szaszłykiem, „gdyby pani jednak miała ochotę". Carmen od razu oddała szaszłyk; uważała, że to bezczelność, wtrącać się w jej zwyczaje żywieniowe, nie jest Gabiną, ta kobieta ledwie ją zna. „Przynieś mi rutini, to, co piłam rano, butelkę", odezwała się surowo i gosposia oddaliła się z mięsem, a potem zaraz wróciła z winem już bez dalszych uwag.

Zjadła i zasnęła w słońcu. Miała sen. Ciężki, słodki jak to słońce, oszołomił ją. Spowijał ją i nie pozwalał wypłynąć na powierzchnię. Śniła na czerwono. Ale bez obrazów, bez historii. Obudziła ją gosposia z telefonem. „Dzwoni pani Teresa Scaglia", powiedziała. Obok leżaka leżał przewrócony kieliszek, magazyn był zaplamiony winem. Carmen wzięła słuchawkę. Teresa zapraszała ją na seminarium poświęcone feng shui, miało się zacząć za godzinę w szkole jej dzieci „na rzecz potrzebujących, nie słyszałaś?". Carmen zapytała, czy chodzi o stołówkę w Los Tigrecitos. „Nie, to inni biedni, nie nasi". Teresa miała jeden wolny bilet. Przekonywała: „Przecież uwielbiasz wystrój wnętrz, a mówię ci, że bilety były po stówie za jeden, więc prócz tego, że to charytatywne, musi być na niezłym poziomie".

Carmen się przebrała. W trakcie próbowała dodzwonić się do Alfreda. Miał zebranie, nie mógł rozmawiać. Zawsze koło południa Alfredo miał zebranie i musiał wyłączać telefon. Nie znalazła więcej śladów na wyciągach z karty, ale nie było to potrzebne, stawało się coraz ewidentniejsze, że Alfredo z kimś ją zdradza i nie przejmuje się tym, że ona wie. Może nawet chce tego, pomyślała. Tylko co on sobie wyobraża? Miałaby mu dać przyzwolenie? W życiu. Zadzwoniła raz jeszcze, potrzebowała nowej książeczki czekowej, bo stara się jej skończyła. Sekretarki też nie było. „Pewnie poszli do hotelu", pomyślała, malując się przed lustrem.

O trzeciej Teresa Scaglia zatrąbiła klaksonem ze swojego samochodu z napędem na cztery koła. Carmen wyszła. „Będzie Lala i Nane Pérez Ayerra też", powiedziała Teresa z zapałem, kiedy Carmen wsiadała do auta. Carmen zdziwiło, że Nane interesuje się czymś takim, była raczej typem sportowym, cały czas grała w tenisa albo ćwiczyła na sali. „Nie, ona nie ma pojęcia, o co chodzi, ale ma naciągnięte ścięgno w nodze, nie może się za bardzo ruszać, więc się przyłączyła".

Sala amfiteatralna w Lakelands School była pełna. Carmen doliczyła się tylko trzech mężczyzn wśród publiczności. Poza tym same kobiety. Zapachy importowanych perfum mieszały się w powietrzu i poczuła, że ogarnia ją taka sama ciężka duszność jak po lanczu. Ale nie była słodka ani czerwona. Mówca wyszedł na scenę witany oklaskami. Nie miał azjatyckich rysów, z pewnością nie był Chińczykiem. Przedstawił się jako „mistrz feng shui z Palo Alto w Kalifornii", tłumaczenie symultaniczne Carmen słyszała w prawym uchu. Rozejrzała się wokoło i zdała sobie sprawę, że niewiele kobiet ma słuchawki, nawet Teresa, która ledwie coś tam dukała po angielsku dzięki tym swoim wyjazdom do Miami. „Będę mówił nie o tradycyjnym feng shui, jakie się praktykuje na Wschodzie, tylko o feng shui w wersji zachodniej – powiedział prelegent i przerwał, zupełnie jak w programie telewizyjnym robi się emocjonujące zawieszenie przed blokiem reklam, a potem dodał: – Nie ośmieliłbym się przerabiać tych pięknych domów, które widziałem w okolicy, na osiedle z pagodami. – Publiczność uśmiechnęła się zadowolona. – Weźmy z feng shui to, co się nam przyda, a resztę zostawmy dla innych". Carmen zamyśliła się nad słowem „inni" i przegapiła następne zdanie. Zastanawiała się, czy ci inni to mają być Chińczycy czy ci, których tu nie ma i nie słuchają mistrza, a może jej ojciec, który od kiedy zostawiła go jej matka, mieszkał sam w Caballito, w jednopokojowym mieszkaniu należącym do Alfreda, a teraz spoczywał na cmentarnej kwaterze kupionej przez Alfreda. „Inni" to mogła być też sekretarka jej męża, ściślej – „inna". Albo jej matka, z którą nie rozmawiała od pogrzebu ojca i którą uważała za bardziej umarłą niż jego. Kobiety uczestniczące w turniejach remika liczbowego, które organizowała kiedyś z Lalą i Teresą, też nie były tymi „innymi", bo przecież znajdowały się tutaj, nawet do niej machały. Ci „inni" prelegenta nie zostali zdefiniowani, a może coś się zgubiło w przekładzie symultanicznym. W każdym razie nie chodziło o nich, tu obecnych.

Drugie zdanie, przez które straciła następne, brzmiało: „Mieszkanie jest jak druga skóra człowieka". Carmen zadrżała. Potarła ramiona, dostała gęsiej skórki. Zrobiło się jej jednocześnie zimno i gorąco, tak jak w dzieciństwie, gdy dostawała gorączki. Kiedy miała dreszcze i mama pędziła, żeby ją przykryć. Jak przy pierwszych razach z Alfredem. Rozejrzała się za tymi trzema mężczyznami na sali. Uznała, że żaden nie jest nic wart. Znalezienie sobie kochanka w okolicy mogło oznaczać w najlepszym przypadku spotkanie się z architektem, który zajmuje się twoim domem, a w najgorszym z ogrodnikiem. Po drodze byli: trenerzy tenisa, pomocnicy golfowi, osobisty trener, nauczyciel gry na pianinie córki koleżanki i od poniedziałku do piątku w Altos de la Cascada i okolicy niewiele więcej. O ile oczywiście nie chciało się pakować w historię z żonatym sąsiadem – w Altos de la Cascada wszyscy sąsiedzi są żonaci – co oznaczałoby pewne komplikacje, na które Carmen nie była gotowa. Najgorsza z nich to taka, że jeśli sprawa się wyda, jedno z uwikłanych – albo oboje – będzie musiało się wynieść. Tak jak Adam i Ewa wyrzuceni z raju, pomyślała, nie słuchając w ogóle słów mistrza feng shui. Alfredowi przydarzyła się taka historia w obrębie osiedla, ale z kobietą „w trakcie separacji", która wynajęła dom Urovichów na lato i którą jesień wywiała z powrotem do miasta, więc Carmen nie musiała już udawać, że niczego nie wie.

„Mieszkać w mieszkaniu oznacza: być w domu, czuć się dobrze, tworzyć atmosferę bliskości w znacznej mierze zaprojektowaną przez daną osobę". Carmen przytaknęła bez słowa. Pieniądze dał Alfredo, ale to ona urządziła dom; każde polecenie wydawała architektom ona, każdy mebel wybrała osobiście, zdecydowała o każdym kolorze. Więc za to, czy się tam czuje dobrze czy nie, odpowiada wyłącznie ona. Nie jest już dzieckiem. Dawno się nauczyła, że skargi i płacz nie przynoszą ulgi ani nie ożywiają zmarłych, ani nie przywracają macicy. Mistrz feng shui właśnie to powiedział, to o domu, o czuciu się dobrze we wnętrzu. W innym wnętrzu, nie w tym, które jej wycięli. Alfredo praktycznie nie mieszał się do spraw wystroju domu. Zainteresował się tylko swoim gabinetem i piwniczką. Tu był bardzo precyzyjny. Sam wybrał nawilżacze, termometry i zdecydował o ulokowaniu każdej półki. To Alfredo nauczył ją wąchać wino, czekać na jego aromat, odtrącać, kiedy nie był odpowiedni. A teraz narzeka, myślała. „Zaburzenia snu, brak poczucia równowagi, kryzysy małżeńskie i na- wet choroby mogą brać się z negatywnego feng shui", usłyszała słowa mistrza nawiązujące do jakiegoś innego zdania, które też przegapiła przez te duszące perfumy na widowni.

O wpół do szóstej zadzwonił jej telefon. Kilka ko- biet otwierało torebki, żeby sprawdzić, czy to nie do nich. Carmen zaplątała się w kabel od słuchawek z tłu- maczeniem i odebrała dopiero po chwili. Siedząca przed nią kobieta odwróciła się z nieprzyjazną miną. Mistrz feng shui skorzystał z okazji, by zaznaczyć, żeby nigdy nie ładować telefonów na stolikach nocnych, bo to ścią- ga negatywne fale do sypialni. Dzwonił Tadeo, jeden z bliźniaków, czekał na nią, bo umówili się na zaku- py ubraniowe. Carmen przepraszała go. „Wyskoczyła mi jedna rzecz, gosposia cię nie uprzedziła?" Tadeo się wściekł. „Jak chcesz, weź taksówkę i jedź z nią". Tadeo trzasnął słuchawką o aparat, a ona znów zaczęła słu- chać, mistrz mówił coś po angielsku, z czego zrozumia- ła tylko „Bill Clinton". Nałożyła ponownie słuchawki i usłyszała, że „w Gabinecie Owalnym w Białym Domu ustawienie mebli było złe, co przyniosło prezydentowi liczne kłopoty małżeńskie". Na widowni rozległy się śmiechy. Miała wrażenie, że rozmyślanie o ustawieniu mebli w gabinecie jej męża jest zbyt oczywiste. Ale nie mogła się oprzeć tej myśli.

Jeden z trzech mężczyzn wstał i wyszedł. Mistrz odprowadził go wzrokiem. Chciał zrobić wrażenie na wychodzącym i oświadczył tonem prawdy objawionej:

„Szefowie wielkich zachodnich imperiów gospodarczych konsultowali się z ekspertami z Tajwanu, Hongkongu i Singapuru". Carmen przypomniał się dziadek ze strony ojca, komunista z Hiszpanii, który uciekł potajemnie na statku, i zastanawiała się, co by powiedział o zachodniej wersji feng shui. Rozejrzała się na boki i zdała sobie sprawę, że nie ma pojęcia, kim byli dziadkowie towarzyszących jej koleżanek, w większości nawet ich rodziców nie znała. Ona też nie przedstawiła nikomu ojca, póki żył, wolała odwiedzać go w jego mieszkaniu raz na miesiąc, zanosiła mu pieniądze na czynsz. Podobno ojciec Nane siedział kiedyś za oszustwa. Nikt jednak nie znał żadnych szczegółów potwierdzających prawdziwość pogłoski. W każdym razie ich dom na osiedlu nominalnie zapisany był na jej matkę. Tak jej przynajmniej powiedziała w zaufaniu Mavi Guevara. Nane poprosiła o głos, by potwierdzić, że „w firmie jej męża dokonano z udziałem doradcy feng shui przeglądu wszystkich wnętrz i ostatecznie wyłożono taras tatami, żeby zrównoważyć negatywną energię". Mistrz ucieszył się z tej „tak trafnej i ciekawej uwagi". „Trzeba by przejrzeć dom Guevarów, nie?", skomentowała Nane i Teresa z Lalą parsknęły śmiechem, choć Lala dodała: „Nie bądź taka, bo jak Martín nie znajdzie szybko pracy, to ja będę musiała przebudować swój". „Albo iść do roboty", zakpiła Teresa. „Nie ma mowy", zaśmiała się Lala. „W twoim przypadku to przejściowe, ale Guevarowie jak długo już żyją z tego, co zarobi Virginia? Może Ronie nie potrafi znaleźć roboty przez to feng shui",

roku, w pierwszym tygodniu grudnia, z udziałem psychologa z tamtego talk show, który widziała Carmen, tego z chłopakiem palącym marihuanę. Rozejrzała się, ludzie krążyli z kieliszkami, prawie z nich nie pijąc. Bordowy płyn kołysał się w takt śmiechów i rozmów. Pomyślała, że może jednak, tylko usta zamoczy. Ale nie odważyła się. Pięć minut przed rozpoczęciem drugiej połowy kelnerzy pozbierali kieliszki. Niemal we wszystkich zostało trochę wina, niektóre w ogóle były nietknięte. Carmen postanowiła, że poczeka, aż wszyscy wejdą na salę, i wtedy wypije pół kieliszka w łazience. Była na to zdecydowana. Tymczasem Teresa złapała ją pod ramię i znów zaprowadziła na salę. „Ciekawe, prawda?", odezwała się Teresa, pogryzając kawałek gruyère'a. „Ciekawe", odpowiedziała Carmen, nie przestając myśleć o tych wszystkich kieliszkach z niedopitym winem, które zostały na stole.

Przez resztę seminarium mistrz feng shui zajmował się analizą przykładowych domów. Korzystając z rzutnika najnowszej generacji, pokazywał różne projekty. Na wszystkich widniał pod spodem napis „Siatka bagua", słowa te powtarzały się wiele razy w trakcie wykładu, lecz Carmen, choć bardzo się starała, nie była w stanie przypomnieć sobie, co właściwie znaczą. Mistrz objaśniał, jakie znaczenie ma każdy kąt domu, wskazując stosowne miejsca drewnianą pałeczką. Opowiadał o miejscu odpowiedzialnym za karierę lub pracę, o zakątku umiejętności, rodziny, dzieci. Kiedy mówił o miejscu związanym z bogactwem, Nane się odezwała: „No i wychodzi na to, że nasz architekt to bałwan, a jeszcze się skarży, że mu zalegamy z płatnościami za prace dodatkowe. Akurat w kącie bogactwa dał nam szafę, która zawsze jest zamknięta na klucz, uwierzycie?" „Będziesz musiała ją wyburzyć i zrobić tatami na tarasie", zasugerowała Lala. „A może najpierw spróbuj zostawiać otwarte drzwi? – wtrąciła się Teresa. – Szkoda by było rozpoczynać remont w twoim domu, kiedy jest taki ładny i zadbany. Mówiłam wam, że do mnie przyjdą w ten piątek z dodatku architektonicznego «La Nación» i będą robić zdjęcia do artykułu?" „Serio?"

Na ostatnim slajdzie mistrz z Kalifornii pokazał kąt, który feng shui wiąże ze związkiem i małżeństwem. To tylna część domu po prawej. Dokładnie tam, gdzie Alfredo kazał zbudować piwniczkę. Mistrz mówił o tym, jak ważna jest pozytywna energia tego miejsca, yin i yang, ale pozytywna, musi płynąć, nie może być tam przeszkód, trzeba neutralizować negatywne efekty za pomocą luster, szklanych ozdób i bambusa. I za wszelką cenę należy unikać zablokowanego qi, czyli energii życiowej, to znaczy żeby qi mogło swobodnie przepływać, trzeba unikać miejsc, w których ruch i wyjście są utrudnione, wilgotnych, wypełnionych jakimiś rzeczami, mało wietrzonych, zakurzonych, ciemnych, bez życia. Jak na przykład piwniczka na wina.

Teresa odstawiła ją do domu niemal o dziesiątej wieczorem. Samochodu Alfreda nie było, za wcześnie na to. Carmen wiedziała, że jej synowie pozamykali się w swoich pokojach i siedzą przy komputerach, a gosposia czyta Biblię w pomieszczeniu dla służby. „Plus służących ewangeliczek jest taki, że nie kradną, religia im tego zabrania, wiedziałaś o tym?", powiedziała jej Teresa, polecając gosposię parę miesięcy temu. Ale Teresa wolałaby Gabinę. Przeszła przez kuchnię, wzięła korkociąg i udała się do piwniczki. Otwarła drzwi. Było tam wilgotniej i zimniej niż na zewnątrz. Przejrzała butelki, nie zamierzała brać byle czego. Pominęła rutini. Zatrzymała się przy Finca la Anita. Wyjęła butelkę. Rocznik 95. Zawahała się. Odłożyła na miejsce i sześć butelek dalej zdecydowała się na jedno z trzech Vega Sicilia Único rocznik 1979, które Alfredo przywiózł ostatnim razem z Madrytu. Chciał jechać tam sam, bo musiał sfinalizować bardzo ważną tranzakcję i nie życzył sobie, żeby coś go rozpraszało. Na butelce wciąż była etykietka z ceną, dwieście siedemdziesiąt euro. Prawie tyle ile tamta noc w Sheratonie, ta na zawsze zapisana na wyciągu z karty kredytowej męża. Ta, którą spędził z kimś, może z tą samą, z którą kupił to wino. A może z inną. Otworzyła butelkę. Miała sobie nalać do kieliszka, ale zmieniła zdanie. Podniosła butelkę za zdrowie Chińczyków i feng shui i piła duszkiem, póki nie musiała zaczerpnąć powietrza.

18

Zanim Tano uderzył, podniósł wzrok. Spojrzał na przeciwnika przesuwającego się jak cień w lewo. Dopiero kiedy piłeczka pokonała siłę inercji i zaczęła opadać, w tej ostatniej chwili, kiedy zdaje się, że zatrzymuje się w powietrzu, przyłożył. Mocne uderzenie w prawą stronę pola, niemal z muśnięciem siatki. Tam, gdzie nikogo nie było. Uderzenie precyzyjne, nie gwałtowne, ale szybkie i efektywne, które wszelkie wysiłki przeciwnika, by dotrzeć do piłki na czas, pozbawiało sensu. Wtedy Gustavo wyraził swoje uznanie. Zawsze robił to tak samo, klaszcząc dłonią w rakietę. Wszyscy lubiliśmy oglądać deble, w których grali Tano i Gustavo Masotta, to było jak patrzenie na układ choreograficzny. Kiedy grali, zawsze zbierała się publiczność, zawsze był ktoś, żeby potem opowiadać innym o nowym wyczynie. „Elegancko, Tano, w twoim stylu", powiedział Gustavo. Tano cieszył się znacznie dyskretniej, niemal niezauważalnie, przelotną miną dostrzegalną tylko dla tych, co go znali.

Tano i Gustavo grali razem zawsze w soboty o dziesiątej rano. Fizycznie dziwnie wyglądali obok siebie: Tano krzepki, niski, o niemal przezroczystej skórze, z kręconymi niegdyś blond włosami; Gustavo wysoki, elegancki, ciemnawy. Poznała ich Virginia Guevara. Tego dnia zagrali przeciw sobie. Wykończyli się wzajemnie i żaden nie chciał powiedzieć, kto wygrał ten pierwszy mecz. Legenda głosi, że w trzecim secie, kiedy remisowali pięć do pięciu, przerwali go, by nie decydować o zwycięstwie. Miał serwować Gustavo, a kiedy on serwował, wygrywał. Jego uderzenie serwisowe, ze względu na wzrost i siłę, robiło wrażenie. Ale z jakiegoś powodu przystał na to, by nie rozstrzygać, kto jest górą. Od tego dnia stali się nierozłącznymi przyjaciółmi. Tano wstawał wcześnie i zajmował kort. O ustalonej godzinie czy parę minut później zjawiał się Gustavo. Ich przeciwnicy zmieniali się wraz z upływem lat, lecz oni zawsze grali razem. Nikt z nas nigdy nie odważyłby się zaproponować jednemu z nich wspólnej gry, to by było tak, jak poprosić o najładniejszą kobietę na osiedlu jej zazdrosnego męża. Dobrze się dogadywali, łączył ich wzajemny szacunek niwelujący wszelkie różnice i ani na korcie, ani poza nim nie było widać, że Tano jest niemal dziesięć lat starszy od Gustava. Każdy z nich miał swój styl, razem stanowili parę bardzo trudną do pokonania. Tano to była precyzja, zimna krew, nieskończenie wiele rozegranych meczów, idealnie wymierzone uderzenia, niemęczące się nogi; jego taktyka opierała się bardziej na wykorzystywaniu błędów przeciwnika niż na własnej grze, była czystą strategią. Rozgrywał mecz tenisa jak partię szachów. Styl Gustava był bardziej żywiołowy, ale też pełen polotu; niektórzy, ci, co się odważyli albo mieli pewność, że Tano nie usłyszy, twierdzili, że Gustavo jest najlepszym graczem w Altos de la Cascada. Budowa jego ciała sprzyjała tej dyscyplinie sportu, umiał przygrzać i potrafił odwrócić nawet najtrudniejszy wynik. Jego specjalnością był serw, potem podbiegnięcie do siatki i uderzenie prosto pod nogi przeciwnika, który nie miał jak odebrać piłki, przy czym siła uderzenia odstraszała i ograniczała do minimum ryzyko jakiejkolwiek reakcji. Choć widać było, że ta ostrożność jest wystudiowana, kontrolowana, narzucona woli. Z czasem kontrola nad własną siłą słabła i kiedy Gustavo uderzał nad siatką, jedyne, co mogliśmy zrobić, to zasłonić się rakietą, żeby nie dostać pędzącą piłką.

Po zakończeniu meczu ceremoniał trwał na tarasie z widokiem na korty. Obaj pili coś z rywalami i rozmawiali. Tano zawsze stawiał, choć przegrani protestowali, bo przecież „przegrany stawia". Kelner podający napoje wiedział, że nie wolno mu przyjmować pieniędzy od nikogo prócz Tana Scaglii, on sam wydał takie polecenie. A rozkazu Tana nie można nie wykonać bez poważnych konsekwencji. Kiedy czekali na napoje, Tano zmieniał przepoconą koszulkę i opierał się o drewnianą poręcz. Gustavo nie opierał się, nie przebierał, zostawał tak, jak opadł na krzesło, ciesząc się tym zwycięskim zmęczeniem. Tano pił wodę mineralną, a Gustavo jakieś napoje gazowane. I rozmawiali o interesach, o sprzedaży YPF Repsolowi, o samochodach do sprzedaży albo do kupienia, o bezsensownych wydatkach żon, które krytykowali, choć zarazem pozwalały im pokazać swój poziom konsumpcji, o turniejach tenisowych, które w tym momencie były rozgrywane gdzieś na świecie, o rankingu ATP. Jednak Tano zawsze sprawiał wrażenie bardziej skupionego na rozmowie niż jego towarzysz. Gustavo był tam, lecz ewidentnie często myślał o czymś innym. Ilekroć ktoś go przyłapał, że siedzi taki zapatrzony w dal, tłumaczył się zmęczeniem. Ale to nie było zmęczenie. Miało się wrażenie, że Gustavo czymś się martwi, że po głowie chodzą mu myśli prowadzące go w miejsce, które mu się wcale nie podobało. Wtedy jeszcze nie wiedzieliśmy, co to za miejsce. Nawet nie podejrzewaliśmy. W La Cascadzie to normalne, że nie wiesz czegoś o innych, czegoś związanego z czasami, kiedy jeszcze tu się nie sprowadził i nie mieszkał, a nawet o teraźniejszości, o sprawach osobistych, o tym, co się dzieje w domu za zamkniętymi drzwiami. Nawet Tano nie wiedział tego o Gustavie. Ani Gustavo o Tanie.

Niemal zawsze o tej porze, kiedy już gawędzili, dołączał do nich Martín Urovich. Martín grał z Tanem, zanim w Altos de la Cascada zjawił się Gustavo, i przyjął to odsunięcie jako coś naturalnego; nie grał na ich poziomie. Nie chodziło o styl gry, tylko o potrzebę zwycięstwa. Tano i Gustavo musieli wygrywać i wygrywali, byli tak zaprogramowani. Martín Urovich był „zaprogramowany na porażkę", jak kiedyś wykrzyczała mu jego żona przy nas wszystkich. Ale to miało miejsce znacznie później, kiedy czas mijał, a Martín nie znajdował pracy i Lala nabrała przekonania, że już nie znajdzie, bardzo blisko tego wrześniowego czwartku, o którym nie rozmawiamy, chyba że ktoś zapyta.

19

Urovichowie wywodzą się z jednej z rodzin odpowiedzialnych za założenie Altos de la Cascada. Martín Urovich jest synem Julia Urovicha, a w tamtych czasach, kiedy było to malutkie osiedle letniskowe użytkowane przez grupę przyjaciół, nikt nie pytał drugiego o wyznanie. To był Julio Urovich i kropka. Jednak z czasem, choć głośno o tym nie mówiono, religia stała się jedną z kwestii branych pod uwagę przy akceptowaniu nowych członków La Cascady. Pewnie to jedna z nielicznych rzeczy, których nigdy nie ośmieliłam się zapisać w czerwonym kajecie: że Żydzi nie są zbyt dobrze widziani przez niektórych z moich sąsiadów. Nie zapisałam tego, ale o tym wiem, co czyni mnie wspólniczką. Co prawda otwarcie nie mówią o nich źle, lecz jeśli ktoś powie jakiś żart, nawet taki z grubej rury, śmieją się i wyrażają uznanie. Może ja też przez dłuższy czas nie traktowałam tego poważnie. Nie jestem Żydówką. Ani Koreanką. Dopiero kiedy pojawiły się te problemy Juaniego, zaczęło do mnie docierać, jak się człowiek czuje, kiedy w oczach reszty jest inny.

Po tylu latach Urovichowie pełnili na naszym osiedlu fundamentalną rolę: stali się żydowskimi znajomymi stanowiącymi dowód, że nikogo nie dyskryminujemy. Poza tym Lalo ożenił się z Lalą Montes Ávilą, dziewczyną całe życie mieszkającą tu, u nas, z katolickiej, bardzo katolickiej rodziny, do tego stopnia, że niektórzy ze znajomych rodziny na wieść, że wychodzi za syna Urovichów, zamiast gratulacji przekazywali rodzicom wyrazy współczucia. „Nie ma co się sprzeciwiać, bo będzie tylko gorzej". „Pozwól jej, może za dwa miesiące się pokłócą i to się stanie anegdotycznym wspomnieniem". „Wyślij ją na studia do Stanów". „Spuść jej lanie". Jednak Lala i Martín wzięli ślub i nikt niczego publicznie nie powiedział.

Tego samego popołudnia, kiedy sfinalizowałam transakcję z państwem Ferrere, wiedziałam, że to się źle skończy. Zostawiłam ich w klubie, byli zadowoleni, chcieli się czegoś napić i nacieszyć Altos de la Cascada, miejscem, które wybrali do życia. Ja poszłam do domu, też zadowolona, obliczając w głowie dokładną wysokość należnej mi prowizji. Właśnie sprzedałam im posesję liczącą dwa tysiące metrów kwadratowych, w rogu, teren wystawiony na sprzedaż przez Espadiñeirów, kiedy postanowili się rozwieść. Po sąsiedzku z Laforgue'ami. Wchodziłam do domu i zadzwonił telefon. To była Lila Laforgue, mniej więcej sześćdziesięcioletnia kobieta mieszkająca na stałe w Altos de la Cascada, „tutejsza przez całe życie", jak chętnie się przedstawiała, trochę zarozumiała, zważywszy na to, że wszyscy wiedzieliśmy, że dom i akcje osiedla są na jej nazwisko, bo mąż miał zarzuty w związku z podejrzeniem o nieuczciwe dopro-

śli liczba członków danej wspólnoty przekracza dziesięć procent, następny chętny należący do tej grupy musi zostać odrzucony. Oficjalny powód był taki, żeby osiedle nie zmieniło się w „teren opanowany" przez jedną dominującą grupę. Ale tak naprawdę jedyne przypadki odrzucenia ofert kupna dotyczyły wtedy Żydów. Nigdy nie zbliżyliśmy się, nawet w prognozach, do dziesięciu procent czarnoskórych, Japończyków czy Chińczyków, żeby wymienić łatwo rozpoznawalne mniejszości. I nie sądzę, by kogokolwiek pytano, czy jest muzułmaninem, buddystą czy anglikaninem. W każdym razie ja nie pytałam. Ale nie wiedzieć czemu w jakimś momencie historii Altos de la Cascada zapis ten wykreślono. „Jesteś pewna, że wykreślono? – nalegała Lilita. – Jak oni mogą nie uprzedzać nas o takich rzeczach? Nie mamy tu jakiejś komisji aprobującej czy czegoś takiego? Nie chodzi mi tylko o Żydów. Ja nie lubię dyskryminacji, mówię w sensie ogólnym, dobrze by było jednak mieć możliwość dobierania ludzi. To nie jest jakiś wieżowiec, gdzie możesz spotkać człowieka w windzie i to wszystko. Tutaj wiele rzeczy robi się razem, jest się bliżej z innymi, a ja nie mam ochoty bratać się z ludźmi, z którymi normalnie bym się nie zaprzyjaźniła. Rozumiesz? Nie mówię, że są dobrzy czy źli, ale to ludzie, których ja wybieram. A mam prawo wybierać – czy może nie? To jest wolny kraj". Odczekała, aż coś powiem, ponieważ jednak milczałam, ciągnęła: „Jestem przekonana, że inne osiedla mają jakieś mechanizmy selekcji. Choćby się nie przyznawali; oni będą twierdzić, że to proces naturalnej selekcji, ale nie. Idź, popatrz na ich spisy mieszkańców, ciekawe, czy znajdziesz tam jakiegoś Isaaca albo Judith".

„Isaaca albo Judith". Tutaj mamy Julia Urovicha i jego dzieci, żonę Paladinniego, chyba ma na nazwisko Silberberg, Libermanów i Feigelmanów. Ale to prawda, w innych osiedlach tak nie jest. Mam koleżanki, znajome z branży, pracujące w innych agencjach pośrednictwa nieruchomości na innych osiedlach, o których mówiła Lilita, i opowiadają mi różne rzeczy. Kiedy pojawia się w agencji małżeństwo o żydowskim nazwisku, pierwsze, co robią, to próbują je zniechęcić, żeby oszczędzić wszystkim – tym, co chcą kupić, i sobie – nieuniknionych nieprzyjemności. Prowadzą ich pod osiedlową kapliczkę, choć nie jest po drodze, opowiadają o tym, że wszystkie dzieci chodzą do takiej a takiej katolickiej szkoły, pokazują im domy nie do kupienia albo wykraczające poza ich budżet. Jeśli trzeba, uciekają się do zdań w rodzaju: „To oczywiście laickie osiedle, ale tutejsze rodziny są w przytłaczającej większości katolickie". Sprawa się komplikuje, kiedy zainteresowane są małżeństwa mieszane i żona należy do wspólnoty żydowskiej; nikt niczego nie może zauważyć aż do dnia podpisania papierów. W takich przypadkach bywa, że moje koleżanki po fachu wydają pieniądze a conto prowizji, świętują zawartą transakcję i chwalą się nią, a potem, kiedy mają już podpisać dokumenty i pojawia się nazwisko żony, pojmują, że straciły to, co jeszcze do nich nie należało. I mają do wyboru: albo brnąć w to dalej, aż transakcja zostanie odrzucona za pomocą ja-

nawet go to złości. „Nie kłam mi już, dobra?", mówi i wychodzi, kopiąc swoją piłkę do rugby. A ona i tak go kocha, bardziej niż kogokolwiek na świecie, nawet jeśli on nie wie, kim jest.

Gdyby Romina prowadziła dziennik, nie pisałaby codziennie, tego jest pewna. Taki codzienny dziennik to by była śmierć z nudów, myśli. Są takie dni, że w tym miejscu (a moje życie toczy się w tym miejscu) nie dzieje się nic: „Wstałam, zjadłam śniadanie z kobietą, która mnie adoptowała, ona szła na turniej tenisowy, powiedziała mi, że bierze dwie rakiety, w razie gdyby poszła jej struna od tego potężnego passing shota, miałam dwa egzaminy, wolną godzinę, zwolniłam się po trzeciej przerwie, wróciłam do domu z mamą Valerii, też grała w turnieju z tą, co mówi, że jest moją mamą (poszedł jej jednak ten naciąg), ale skończyła wcześniej, bo ją wyeliminowali w ćwierćfinałach, oglądałam telewizję, brat mnie wkurzał, zjadłam sama w pokoju, poszłam spać, koniec". Nikt nie będzie tracił czasu na pisanie o niczym. Tego Romina nie chce. Tej nicości. Romina nie wie, czego chce, jednak na pewno nie tego. „O niczym niech inni piszą". I mając te czternaście, a może piętnaście lat – sędzia nigdy nie był pewien dokładnej daty jej urodzenia – wie dobrze, że czym innym jest opowiadać, a czym innym przeżywać. Trudniej jest opowiadać. Życie to życie i już. Żeby opowiadać, trzeba porządkować, a jej tego brakuje, tego porządkowania myśli od środka, wszystkiego, co jej się przytrafia. Pokój na szczęście sprząta jej Antonia. Ale poza tym ma poczucie, że wszystko w jej życiu jest wymieszane. Czuje, jakby stała na bombie czasu. A bomba czasu kiedyś w końcu wybucha.

Zeszłego wieczoru o mało nie wybuchła. Romina poszła na imprezę do Natalii Wolf. Osiedle dwa mosty dalej od Altos de la Cascada. Piła piwo, dużo piwa, całe piwo. O czwartej rano zwymiotowała. Więcej osób wymiotowało, nie tylko ona. Juani nie, on wyszedł wcześniej. Zadzwoniła do Carlosa, zaufanego taksówkarza, „mama" tylko do niego pozwala dzwonić. Carlos musiał wprowadzić ją do auta. Nie pierwszy raz. Romina jechała na tylnym siedzeniu, było gorąco i spowijał ją fetor wymiocin. Poprosiła Carlosa, żeby włączył klimatyzację, nie działała, zdjęła bluzkę, w sumie stanik jest jak bikini, pomyślała. Wywaliła bluzkę za okno, żeby nie śmierdziało. Przyjrzała się sobie. Trochę bardziej niż bikini w tym przypadku, pomyślała. Facet patrzy przed siebie, kogo obchodzą moje dwa cycki, których i tak prawie nie mam? Zasnęła. Kiedy podjechali pod bramę osiedla, strażnik się przestraszył i zadzwonił do jej ojca. Uprzedził, żeby zwrócił uwagę, bo „panienka Andrade wjechała na teren osiedla sama z kierowcą, jest naga i pewnie pod wpływem narkotyków". „Nie brałam narkotyków", mówiła Romina, kiedy Mariana i Ernesto zaczęli ją przesłuchiwać. „Strażnik powiedział, że byłaś goła i naćpana". „Miałam stanik, racja, ale nic nie brałam". „Strażnik mówi co innego". „Strażnik to bałwan, który w życiu na własne oczy skręta nie widział". Ernesto uderzył ją w twarz. Zadrżała. Nie była naćpana. Wypiła sporo piwa. To prawda. Ale ona nie bierze. Paliła ze dwa czy trzy razy trawkę, tyle że ostatnim razem miała niedobry odjazd, dlatego potem już nie próbowała. Piwo starczy, więcej jej nie trzeba. Dżin też lubi. Mniej, ale może być. Zwłaszcza ten, który Ernesto ukrywa w kredensie w salonie. Wódkę pije czasami, bardzo rzadko. I nic innego.

Znów wołają ją do stołu. Antonia mówi, żeby zeszła, bo „mama się wścieknie". A wściekła „mama" jest straszna.

21

Jakiś czas po przeprowadzce do Altos de la Cascada Carla zgodziła się z sugestią Gustava i zapisała się na kurs sztuk pięknych prowadzony w klubie w każdą środę o drugiej po południu. Gustavo nalegał na to od pewnego czasu. Nie przejmował się, czy jego żona wykazuje jakieś specjalne predyspozycje w kierunku malarstwa, których zresztą nie miała, tylko by znalazła sobie towarzystwo, „zawarła przyjaźnie, żeby zacząć nowe życie towarzyskie", jak sam mówił. Życie inne od tego, przed którym uciekli. Tano poinformował go o tym kursie. Carla wolałaby jeździć do miasta i dokończyć studia architektoniczne, ale Gustavo nie zgadzał się na to. „To będzie straszny wysiłek, zawsze bardzo się męczyłaś na tych studiach. A kiedy będziemy mieli dziecko, i tak na wszystko machniesz ręką, znam cię". Wiedziała, że dziecko to obietnica, której Gustavo nie może złożyć. A ukończenie studiów też było obietnicą, której spełnienia z kolei ona gwarantować nie mogła.

Podczas gdy Carla ledwie znała dwie czy trzy żony kolegów Gustava, on zintegrował się błyskawicznie. Dla niego było to łatwiejsze, lubił sport, a to w Altos de la

Cascada bardzo ułatwia drogę do znajomości. Tak samo dzieci. Ale dzieci nie mieli. Carla bardzo różniła się od Gustava. Nieśmiała, wycofana, niemal bała się innych. Wielokrotnie znajomi Gustava próbowali zapraszać ją przy różnych okazjach, lecz zawsze znajdywała jakąś wymówkę. Miała jeszcze tylko dwie przyjaciółki ze szkolnych czasów, jedna mieszkała w Bariloche, a druga nie wiadomo gdzie, od kiedy jednak Gustavo wdał się w ostrą kłótnię z jej mężem, sam już nie pamiętał o co, nigdy więcej się nie widziały. A reszta to zawsze byli znajomi Gustava. Skłonność do wycofywania się Carli zintensyfikowała się jeszcze po tym, jak poroniła po pięciu miesiącach ciąży, nigdy wcześniej dziecko nie utrzymało się tak długo w jej brzuchu i żadne z nich nie chciało o tym rozmawiać.

W środę o drugiej po południu Carla wyszła na swoją pierwszą lekcję malarstwa. Nauczycielka, Liliana Richards, która też mieszkała w Altos de la Cascada, przedstawiła ją reszcie grupy. Kobiety sprawiały wrażenie, że znają się całe życie, choć z czasem Carla odkryła, że większość z nich mieszka na osiedlu od dwóch czy trzech lat. Niektóre znała z widzenia. Musiała mijać się z nimi w sklepie albo w klubowej restauracji, bo w innych miejscach nie bywała. Miała wrażenie, że z niektórymi spotkała się kiedyś u Scagliów. Liliana zrobiła dla Carli krótkie wprowadzenie na temat technik, jakie stosują, a także wyjaśniła, że to, czym się zajmują na tych warsztatach, nie jest „patynowaniem, découpage'em ani malowaniem przy użyciu szablonów czy jakąś inną pomniejszą techniką". Na jej zajęciach tworzy się „obrazy". I Carlę zaskoczyło użyte przez nią słowo. Carmen Insúa wtrąciła się, mówiąc: „A, skoro mowa o obrazach, Lili, musisz wpaść zobaczyć tego Labakégo, którego sobie kupiłam".

Po zajęciach jedna z kobiet zaoferowała się, że zawiezie Carlę do domu. Tylko ona przyszła pieszo. Jej dom stał kilka przecznic dalej i chętnie by się przeszła, ale uznała, że niegrzecznie będzie odrzucić ten gest. Nowa znajoma przeprosiła za bałagan panujący w aucie i powiedziała, że ma trójkę dzieci i właściwie jest zdecydowana na czwarte. „A ty? Ile masz dzieci?" „Nie mamy jeszcze ani jednego", odpowiedziała Carla. „No, lepiej za bardzo nie zwlekaj, nigdy nie wiadomo, ile potrwa, zanim się zajdzie", oznajmiła tamta.

W następną środę Carla zaczęła szkicować na płótnie. W końcu nabrała entuzjazmu, za kilka dni Gustavo miał urodziny i pomyślała, że jej pierwszy obraz będzie dla niego ważnym prezentem. Nauczycielka powiedziała, żeby przy pierwszym podejściu zrobiła to, co jej przyjdzie do głowy. A Carla umiała namalować tylko pasy. W następną środę też były same pasy. Czarne, różnej grubości, koleżanki patrzyły na nie, nic nie mówiąc. Obok Mariana Andrade malowała martwą naturę. Był to oświetlony stół przykryty obrusem, przewrócony dzban, z którego nic nie ciekło, parę jabłek, butelka i kilka winogron. Carlę zaskoczyło, że ktoś może namalować jabłko tak przypominające prawdziwe. Dorita Llambías, pracująca dotąd nad swoim płótnem i pozor-

nie nie zwracająca uwagi na to, co robi jej sąsiadka, odezwała się nagle: „Co tam dziś kopiujesz, Mariano, jakiegoś Lascano?". Zapytana obrzuciła ją złym spojrzeniem
i dopiero wtedy Carla zauważyła, że Mariana trzyma na
kolanach mały obrazek służący jej za model. Liliana podeszła do obrazka. „To nie jest Lascano. To jakaś marna
kopia". Carli zrobiło się trochę wstyd, że przez chwilę
uważała jabłko Mariany za tak doskonałe, podczas gdy
dla nauczycielki nieudany był nawet pierwowzór. Dorita przywołała ją do swoich sztalug. „Carlo, słuchaj, ty
nie znasz moich wcześniejszych obrazów, powiedz mi,
co sądzisz o tym". Carla podeszła i zobaczyła coś jakby
równinę, na której, jak na jej gust, za bardzo widać było
pociągnięcia pędzla, z niebem zakrytym chmurami,
na których też za bardzo widoczne były ślady. Między
chmurami można było wypatrzeć kształty dłoni i stóp,
różnych rozmiarów. Tak też to opisała, tak jak widziała.
„Tak, jest beznadziejne, zawsze wychodzi mi to samo.
Zawsze mnie ściąga w stronę surrealizmu. Bo nie potrzebuję kopiować, wiesz?"

Carla przytaknęła i wróciła do swoich pasów. Za-
patrzyła się na nie. Zastanawiała się, co właściwie ozna-
czają i dlaczego coś takiego z niej wychodzi, a nie stopy
i ręce w chmurach. Nie wiedziała nawet, czy to, co ma-
luje, ma jakąś wartość estetyczną. Liliana powiedziała,
żeby się tym na razie nie przejmowała. Ale zaczynała
mieć wrażenie, że tak naprawdę to ma znaczenie i że
nauczycielka ją traktuje jak godną pobłażania debiu-
tantkę. Rozmyślała nad tym, kiedy Mariana powiedzia-

ła: „Ja na twoim miejscu raczej bym poszła w stronę martwych natur. Jakichś przedmiotów, owoców, takich rzeczy. Nie byłam u ciebie w domu, ale wątpię, żeby ci to pasowało do salonu. – Zbliżyła się jeszcze i dodała ciszej: – Zwróć uwagę na Doritę, ciągle ten surrealizm i surrealizm, a nie powiesisz tego nawet w łazience".

W następną środę odbywała się comiesięczna herbatka dla „dziewczyn z malarstwa". Kolej przypadała na Carmen Insúę i stawiły się wszystkie. Zajęcia skończyły się pięć minut wcześniej, żeby wszystko wysprzątać i zostawić w stanie idealnym. Carla pojechała samochodem z Marianą, przyłączyła się do nich Dorita, bo jej van miał przegląd po siedmiu tysiącach kilometrów. Przejechały te sześć przecznic prawie bez słowa. Carla pamięta tylko, że jedna z kobiet powiedziała: „Mam nadzieję, że na herbatce będzie herbata". Ta druga nie odpowiedziała, choć zrobiła strofującą minę.

Zaparkowały za samochodem Liliany, za nimi stanęły następne auta. Sześć samochodów i dziewięć kobiet, wszystkie starały się zaparkować jak najbliżej krawężnika, żeby ochrona nie przerwała im herbatki przez to, że któraś blokuje przejazd.

Stół był zastawiony na wysoki połysk. Nakrycia Villeroy & Boch na obrusie z białego płótna. Kanapki, zakąski, a z boku na mniejszym stoliku *lemon pie* i *cheese cake*. I kawałek dalej tacka z kieliszkami i dwie butelki szampana w wypełnionych lodem srebrnych pojemnikach, które Mariana pokazała Carli z miną podobną do tej, kiedy jechały autem, jakby Carla wiedziała, o co chodzi. „Może wolicie coś orzeźwiającego zamiast herbaty?", zapytała Carmen, nalewając sobie szampana. Dorita i Liliana wymieniły się spojrzeniami. „O kurczę, świetny ten obraz. Bardzo elegancki", powiedziała Mariana, wskazując na Labakégo. A Liliana szeptem odezwała się do Dority: „Powiedziała «elegancki»? Idiotka, uszom nie wierzę...". „A co ty sądzisz, Lili?", zapytała z ciekawością Carmen. Liliana przyglądała się obrazowi przez chwilę i w końcu powiedziała: „Tak, ten obraz jest w porządku. W porządku". Carmen wyraźnie ulżyło i odezwała się: „Wiesz, że marszand powiedział mi, że teraz jest wart dwadzieścia procent więcej, niż kiedy go kupiłam?". „Tak, to możliwe, są ludzie, którym wystarcza tak niewiele nie wiadomo dlaczego. Pewnie przez snobizm, nie sądzisz?", stwierdziła Liliana, wsadzając sobie do ust zakąskę. „Ale przecież Labaké dostał nagrodę na ostatnich Narodowych Targach Sztuki, prawda?" – rzekła Carmen, sprawiając wrażenie nieco zaniepokojonej. – Tak mi powiedzieli, kiedy go kupowałam". „I co, sądzisz, że takie rzeczy nie są ukartowane? Podasz mi herbatę?", odparła Liliana.

Carmen była wyraźnie zakłopotana. Tak jakby chciała powiedzieć coś jeszcze, lecz szampan nie pozwalał się jej wysłowić. Zdecydowała się w tej sytuacji nic nie mówić, tylko nalać sobie jeszcze kieliszek. Carla wstała i podeszła do obrazu. Dominował na nim kolor ochry, identyczny jak fotele Carmen, o bardzo specyficznej teksturze, użyto tu tkaniny jutowej, powierzchnia była wypukła. Carli obraz się spodobał, bardzo, wyglądało to jak trzy drzewa bez liści, ale nie uschnięte, zanurzające korzenie w piasku, gdzie natrafiały na wąskie kłosy i bardzo małą łódkę, a w niej siedziała kobieta, nieruchoma, lecz żywa. Nieruchoma kobieta. A na piasku dwa rozchylające się kłosy, prawie dojrzałe. Kobieta w łódce wydała się jej znacznie trudniejsza do namalowania niż jabłko i wobec świadomości, że pewnych rzeczy nigdy nie będzie umiała zrobić, zachciało się Carli płakać.

„Bardzo dziękuję za herbatę. Następnym razem zapraszam do mnie. A obraz przepiękny", powiedziała, żegnając się. Kiedy Mariana zapalała silnik auta, Carla zobaczyła przez szybę, jak Carmen zlewa resztki szampana do swojego kieliszka i wypija. „Z dnia na dzień coraz gorzej", stwierdziła Dorita. I Mariana westchnęła. „Wiesz, że ten obraz kupiła za pieniądze ze sprzedaży całej swojej biżuterii od Alfreda?", dodała Dorita. „Coś ty... naprawdę? – zdziwiła się Mariana. – Co jej odbiło?" „Nie wiem, podobno Alfredo o mało jej nie udusił". „Nie żartuj". „Mnie się ten obraz podobał", odważyła się odezwać Carla. „Nie wiem, ja na obrazach się nie znam. Ale na biżuterii owszem. Mówiłam ci, że w domu zajmuję się sprzedażą biżuterii? Musisz kiedyś wpaść", odezwała się jedna z kobiet.

Na następną lekcję Carmen nie przyszła. Liliana pytała, czy ktoś coś wie. Nikt nie odpowiedział, lecz wszystkie wymieniały się spojrzeniami. Nawet Carla, żeby się nie wyróżniać. Liliana uznała jej obraz z paskami za skończony. Carla zaczęła przyjeżdżać na zajęcia samochodem. Po lekcji wzięła obraz i przejechała autem te pięć przecznic dzielących ją od domu cała spięta, podenerwowana zupełnie nie wiadomo czym. Gustavo nie wrócił jeszcze. Zaniosła obraz do schowka i postawiła na krześle jak na sztalugach. Przyjrzała mu się. Urodziny Gustava wypadały za parę dni, a Carla nie miała pewności, czy ten rysunek jest właśnie tym, o czym on marzy. I nie chciała, żeby Gustavo się obraził. Już nie. Próbowała domalować jeszcze dwa czy trzy paski, zastanawiała się, czyby nie dodać trochę kolorów, ale nic jej nie przekonywało. Rozpłakała się. Weszła do domu i odnalazła w notesie telefon do Liliany. Poprosiła ją o spotkanie nazajutrz. „Dobrze, wpadnij do mnie tak koło dziewiątej, jak już zostawisz dzieci w szkole". „Nie mam dzieci". „Nie?"

Carla pojechała do Liliany samochodem. Zadzwoniła i do środka wpuściła ją gosposia Richardsów. Zaprowadziła ją do salonu i podała kawę. Kilka minut później zjawiła się Liliana. „Mój mąż ma urodziny. Nie chcę dawać mu tego co zawsze, ubrań, których nie nosi, książek, których nie czyta, w tym roku chcę dać mu obraz. Twój".

Liliana była zaskoczona, nikt nigdy w życiu nie kupił jej obrazu. Nawet żaden członek rodziny. „Bardzo mnie zachęcał, żebym poszła na te warsztaty, wydaje mi się, że to będzie dobry sposób na podziękowanie. Nie wiem, czy stać mnie na to". Liliana zrobiła pokrzepiającą minę, która pozwoliła jej ukryć lekki przypływ próżności. „To może pokażę ci moje obrazy, potem zastanowimy się, ile możesz mi zapłacić". Zaprowadziła ją do zewnętrznego pomieszczenia, oszklonego, dawnego ogrodu zimowego przerobionego na atelier. Ciężkie zasłony chroniły obrazy przed słońcem i uniemożliwiały wegetację nielicznym ocalałym roślinom. Pokazała Carli jakieś dwadzieścia obrazów. Większość pochodziła z dawniejszych czasów. Niektóre miały ewidentnie poprawiony podpis. Carla przyjrzała się jednej z takich poprawek. Liliana uprzedziła pytanie, którego Carla nigdy nie odważyłaby się zadać. „Przed ślubem byłam Liliana Sícari. Teraz jestem Liliana Richards. LS zmieniło się w LR. Richards lepiej pasuje do artystki, prawda?"

Pod ścianą w głębi pomieszczenia stały sztalugi z niedokończonym obrazem. Carla podeszła, podniosła zasłaniającą go płachtę i zobaczyła malowidło w kolorze ochry, z piaskiem, długą wąską łódką, trzema kobietami w środku, kłosami wyrastającymi z łódki, dwoma drzewami, małymi, ale o długich korzeniach zanurzających się w ochrowym piasku. I kawałki juty w różnych miejscach obrazu zamalowane farbą olejną. W rogu widniał podpis LR, bez żadnych poprawek, obraz wyglądał na ewidentnie świeży. „Ten mi się podoba", powiedziała. Liliana pośpiesznie zasłoniła go płachtą. „Nie jest jeszcze skończony", odparła. Carla kłamała, wcale nie chciała tego obrazu, to by było tak, jakby kupiła taką samą sukienkę albo kostium kąpielowy jak Carmen, tyle że tamta była pierwsza, Carla nie zrobiłaby czegoś takiego. Przyjrzała się jeszcze raz pozostałym i w końcu wybrała martwą naturę, też nie jakąś szczególnie oryginalną,

niż po drzewkach i żłóbkach wyczuwało się w pewnych troskach przewijających się przez rozmowy w Los Altos. Rozmawiano o wszelkiego rodzaju katastrofach informatycznych i niektórzy robili back-upy i kopie wszystkich swoich kart, kodów i rachunków bankowych, a byli nawet tacy, co wyciągali z banku całą gotówkę, żeby trzymać ją w domu przez święta w obawie, że kiedy wyskoczy 1 stycznia 2000, wszystko się wyzeruje.

Rankiem 24 grudnia Teresa sprawdzała, czy tak jak co roku do administracji osiedla dotarł ładunek ogni sztucznych, które mają zostać wystrzelone po północy przy dołku dziewiątym. W każde święta Tano fundował sporą ilość fajerwerków, żeby cieszyć się pokazem w towarzystwie przyjaciół z Altos de la Cascada. Co prawda nie ekscytował się jakoś specjalnie pokazami pirotechnicznymi ani nie robił tego dla samej przyjemności oglądania, ale jego wieczne dążenie do perfekcji uczyniło z niego prawdziwego eksperta w tej materii. Kiedyś przyszło mu do głowy, żeby zrobić taki prezent znajomym z sąsiedztwa, wypełnić bożonarodzeniowe niebo sztucznymi ogniami, i od tego roku ciągle podbijał stawkę. Sprawdzał, które fajerwerki trzeba kupić, a których nie warto, jakie należy spełnić normy bezpieczeństwa, gdzie można oglądać najlepsze pokazy. Do jego ulubionych zaliczały się te w Sydney i Tokio. I starał się je naśladować. Używał najlepszego dostępnego na miejscu towaru, a raz nawet sprowadził coś z Miami i trzeba to było wyciągać z cła, dając w łapę jednemu urzędnikowi, znajomemu Fernándeza

Luengo, bo „ludzie się bawią, a my musimy być na stanowisku".

Teresa wróciła do domu. Namiot rozstawiony był już od poprzedniego dnia. Jeżeli Scagliowie przyjmowali więcej niż trzydzieści osób, zawsze rozkładali ten duży namiot od czasów komunii ich młodszej córki, kiedy to po rzęsistej ulewie goście nanieśli im do domu na sosnowe podłogi i dywan na piętrze istne hałdy błota. Wynajęli zastawę stołową, stoły i krzesła przyozdobione na biało, na każdym blacie pośrodku stała kompozycja kwiatowa z jaśminów, a także podesty chroniące trawnik. Jedzenie zamówili w firmie cateringowej sprawdzonej już przez Teresę przy okazji urodzin i innych uroczystości. Gosposia dostała wolne od piątej. Dobrze by było, gdyby przed wyjściem sprzątnęła jeszcze łazienkę w jej sypialni. Teresa nie zdążyła wziąć prysznica, zamierzała to zrobić po zapakowaniu prezentów. Nie miała jednak ochoty słuchać gosposi: skarżyła się, że w święta autobusy od pewnej godziny jeżdżą znacznie rzadziej, a w ostatnie dotarła do domu, kiedy wszyscy byli już przy toaście. Firma cateringowa zapewniała własny personel. A naczynia oddawało się brudne. Tak że faktycznie prócz tej łazienki, którą przecież tylko ona będzie widzieć, nie miała na tym etapie za wiele spraw na głowie.

Gosposia pojawiła się już przebrana do wyjścia. Teresa siedziała u siebie w pokoju i pakowała prezenty. „Czy jeszcze jestem potrzebna, proszę pani?" „Wpadnij po drodze do Pauli Limorgui i powiedz jej, że Sofía ma przyjść najpóźniej o siódmej, żeby się przebrać". „Dobrze, proszę pani... i wesołych świąt..." „Dziękuję, Marto, i nie zapomnij o upoważnieniu, które ci zostawiłam na stole, żeby cię strażnicy wypuścili z tym ciastem".

Zaraz po skończeniu pakowania Teresa zadzwoniła do administracji, by ktoś przyjechał po prezenty. Sofía dopiero skończyła siedem lat i wciąż wierzyła w Świętego Mikołaja. Matías, piętnastolatek, twierdził, że mała wierzy, bo się boi, że w przeciwnym razie przepadną jej prezenty, ale Teresa upierała się, że nie, że ona też była taka niewinna w jej wieku i nawet jeszcze później. Po chwili zadzwonił dzwonek, to był Luisito, chłopak zajmujący się podlewaniem na kortach tenisowych. Tego roku jemu przypadła rola Mikołaja. Nie był do końca przekonany, ale jego żona nalegała, potrzebowali pieniędzy i jeśli nie będą mogli wypić toastu o dwunastej, zrobią to kiedy indziej. Teresa powiedziała mu, żeby poszedł z nią na górę po domek Barbie dla Sofíi. Luisito zapytał, czy może zostawić buty przybrudzone pyłem z kortu na dole przy schodach. Matíasowi kupiła deskę do sandboardingu, lecz nie było potrzeby, żeby wręczał mu ją Mikołaj osobiście. Gorzej nawet, Matías zabiłby ją za to, ostatnio ma taki humor, że szkoda gadać.

Goście stawili się punktualnie o dziewiątej. Oprócz Tana, on dotarł dwadzieścia po, spędził trochę czasu na polu golfowym, sprawdzając, czy ognie sztuczne są prawidłowo ustawione i gotowe na odpalenie o północy. Przyszedł ojciec Tana z nową żoną i siostra Teresy z mężem i dziećmi, ich jedyna rodzina. Resztę stanowili ludzie z Altos de la Cascada, sąsiedzi, którzy też woleli spędzać święta z przyjaciółmi. Gustavo Masotta z żoną, Insúowie i jeszcze paru. Guevarowie też byli zaproszeni, ale woleli świętować z rodzicami Roniego. A Urovichowie spotykali się z katolicką częścią rodziny. Kelnerzy uwijali się z tackami ze słonymi przekąskami, szynką i szampanem. Na każdym stole leżało niewielkie menu informujące o kolejności dań. Przystawka: cielęcina w sosie tuńczykowym. Danie główne: kaczka w pomarańczach. Deser: lody w polewie żurawinowej. A poniżej: bufet z orzechami i suszonymi owocami, konfitury, ciasta.

Kiedy wszyscy nałożyli sobie przystawkę, Teresa zauważyła, że Matías nie zszedł. Spojrzała na jego okno, światło się paliło. Poprosiła Sofíę, żeby zawołała brata. Sofía popędziła wypełnić zadanie. Pukała do drzwi pokoju, ale były zamknięte. Uderzyła mocniej: „Mama mówi, żebyś już zszedł!". Matías nie odpowiedział. Znów zaczęła walić. „Mama mówi, żebyś zszedł, bo..." Matías otworzył drzwi. „Przestań, wariatko!" „A co tu tak śmierdzi?", zapytała. „Jak to śmierdzi?", zdziwił się i szybko otworzył okno. Wyszedł z pokoju, wypychając ją. „No idź, idźże wreszcie".

Co chwilę rozmowę zakłócał hałas jakiegoś fajerwerku lub petardy. „Czy ludzie nie rozumieją, że ognie sztuczne odpala się o północy?", irytował się Tano. „Ludzie najprostszych rzeczy nie rozumieją, nie przejmuj się, Tanito", odpowiedział mu Alfredo Insúa, przyglądając się bezlitośnie swojej żonie, która rozmawiała z Carlą, uczepiwszy się butelki wina i zaśmiewając się z byle czego.

O wpół do dwunastej zadzwonił Luisito. Teresa aż podskoczyła, wyjrzała zza krzewu i dostrzegła czerwony strój. Zaczęły się krzyki: „Święty Mikołaj, Święty Mikołaj, chodźmy!". Sofía popędziła za swoją mamą, ale reszta obecnej młodzieży – a wszyscy byli od niej starsi – podniosła się bez entuzjazmu. Matías podszedł pierwszy. „I jak tam, stary?", odezwał się do przebranego i poklepał go po plecach. Teresa spojrzała na niego brzydko. „Odsuń się, Mati, Sofía chce zobaczyć Mikołaja". Matías odsunął się na bok, a Sofía, stojąca kilka kroków dalej, stanęła twarzą w twarz ze Świętym Mikołajem. Przyjrzała mu się uważnie. Luisito poczuł się niepewnie, pomyślał, że w administracji może mieli rację, że powinien się zgodzić na powtarzanie „Ho, ho, ho", ale czuł się dostatecznie głupio w tym czerwonym przebraniu, żeby jeszcze wydawać takie dźwięki. Popatrzył na dziewczynkę, która nie spuszczała z niego oczu, i wiedział, że poniósł porażkę. Mimo to grał swoją rolę dalej, z trudem wyjął z vana prezent dla Sofii i przyniósł go pod drzwi domu. Teresa starała się wciągnąć Sofię w zabawę i trochę zbyt głośno zadawała pytania: „Z daleka do nas przyjechałeś, Święty Mikołaju? Jesteś zmęczony?". Luisito nie miał ochoty włączać się w tę zabawę i nie odpowiadał. Matías udawał, że idzie zobaczyć resztę paczek znajdujących się w samochodzie. Siostrzeńcy Teresy wrócili do stołu, a bliźniaki Insúa zajęły się kopaniem piłki zapomnianej gdzieś pod krzakiem. Luisito jeszcze raz popatrzył na Sofíę i poczuł, że powinien ją przeprosić. Ona jednak była już zbyt zajęta domkiem Barbie, żeby zwracać na niego uwagę. „Może dasz buziaka Mikołajowi?", zapytała Teresa, kiedy Luisito wsiadał do auta. Sofía odłożyła na chwilę prezent i podeszła do mężczyzny. Odczekała, aż poprawił sobie czapkę i brodę, i wtedy pocałowała go w policzek. Kiedy Luisito już odjechał, podeszła do Matíasa. „Święty Mikołaj śmierdział tak samo jak u ciebie w pokoju", powiedziała. „Serio?", zdziwił się jej brat. „A co to jest?" „Daj spokój, mała, nie zajmuj się nie swoimi sprawami". „To petardy?" „Nie interesuj się".

O dwunastej był toast. Wznieśli go wszyscy oprócz Tana. Oddalił się dziesięć minut wcześniej, żeby zająć się pokazem ogni sztucznych. Poczuwał się do odpowiedzialności, żeby wszystko dobrze poszło. Pięć po dwunastej na pole golfowe ruszyła reszta towarzystwa. Teresa szła z dziećmi pieszo, żeby wrócić z Tanem jego land roverem. Po drodze zobaczyli, jak na niebie wybuchają pierwsze kolory, Teresa zatem wiedziała, że znów spóźnili się na przemowę jej męża. Kiedy dotarli na pole, wszyscy do nich podeszli. W końcu Scagliowie byli gospodarzami, to oni płacili za fajerwerki. Usiedli z pozostałymi, żeby podziwiać pokaz. Teresa wybrała pierwszy rząd, obok Tana i jego ojca. Matías poszedł na bok, pod stojący na uboczu eukaliptus, prawie przy drodze. W miejsce gwarantujące samotność taką jak w jego pokoju, nikt nie siada pod bujnym drzewem, żeby oglądać ognie sztuczne. Wsadził rękę do kieszeni i wymacał skręta. Położył się na trawie i zamknął oczy. Między liśćmi prześwitywało niebo pełne świateł zmieniających po każdym wybuchu kolory i kształty. Ludzie klaskali. Najpierw pojawił się niebieski kwiat, który zasłonił prawie całe niebo. Potem rozkwitły trzy różowe kwiaty, mniejsze, ale elegantsze. Później złoty niekończący się wodospad. Potem już nikt nie pamiętał, co było.

Luisito, już przebrany, zmierzał do domu, lecz kolorowe światła zwróciły jego uwagę, więc zatrzymał się na minutkę, żeby popatrzeć, bo i tak kiedy wróci, jego dzieci już będą spać. O mało nie wszedł na Matíasa leżącego pod drzewem. Na chwilę tak zamarli, jeden stał, a drugi leżał. „Chcesz?", zapytał Matías, podając mu skręta. Luisito nie odpowiedział, ale wziął papierosa i głęboko się zaciągnął.

23

Skończył pakować wypełnione papierami pudła do bagażnika swojego land-rovera. Teraz to rzeczywiście był „jego" land-rover. Kiedy znajomi z Altos de la Cascada mówili: „Niezły ten twój land-rover, Tano", nie poprawiał ich, lecz wiedział, że auto nie należy do niego. Van Teresy owszem, ale land-rover nie. Teraz wreszcie stał się jego właścicielem, Tano zatrzymał samochód w ramach rozwiązania umowy o pracę za porozumieniem stron dla Troosta, holenderskiej firmy ubezpieczeniowej, dla której pracował od stycznia 1991 roku aż do tego dnia pod koniec lata 2000 roku – dokładnie pięć minut temu skończył opróżniać szuflady biurka nie będącego już jego biurkiem. Właściciele firmy, holenderscy akcjonariusze, zdecydowali obniżyć poziom swoich inwestycji w Argentynie i zwiększyć w Brazylii, gdzie widzieli większe szanse na zysk w krótkim i średnim terminie. Z Tanem nawet tego nie skonsultowali, nawet nie zawiadomili go wcześniej, choć przecież był dyrektorem generalnym argentyńskiej filii. Dowiedział się, kiedy decyzja już zapadła i została zakomunikowana – prawnikom, którzy mieli się zająć rozwiązaniem z nim umowy o pracę. Holendrzy, trójka trzymająca pakiet kontrolny, przeprowadzili z nim rozmowę podczas konferencji telefonicznej. W Argentynie zostanie tylko mały oddział administracyjny z pracownikami średniego i niskiego szczebla, a wszystkie działania decyzyjne będą prowadzone w São Paulo. Nie mieli pod jego adresem żadnych pretensji, Tano zawsze spełniał oczekiwania ich oraz reprezentowanych przez nich akcjonariuszy, byli mu wdzięczni za pracę i oddanie, ale nie mają dla niego żadnego stanowiska. W nowej strukturze żadna posada nie jest dla niego wystarczająca. Mówili, że jest *over skilled*, mówili o *down sizing* i że *deserve more challenges*. Mówili po angielsku z holenderskim akcentem, Tano jednak doskonale rozumiał. Jak mógł nie rozumieć, skoro używali uniwersalnych słów? Tano niewiele się odzywał. Kiedy nie mieli już nic do dodania, stwierdził: „Uważam, że to trafna decyzja, sam bym tak postąpił". I tego samego dnia rozpoczął negocjacje w sprawie zwolnienia z prawnikami czekającymi na jego telefon.

Nie było żadnego pożegnalnego przyjęcia. Tano nie chciał. Poza tym miał być jeszcze przez parę miesięcy związany z firmą jako zewnętrzny doradca. Mógł używać telefonu, wydrukować sobie nowe wizytówki, zastępując „dyrektor generalny" słowem „doradca" albo „*Chief Staff*", jak woli, zlecać drobne prace swojej dotychczasowej sekretarce i doraźnie korzystać z jednego z gabinetów. Ale nie ze swojego, tylko z innego, mniejszego, lecz przyzwoitego, żeby nie wprowadzać w błąd

powietrze robi się inne. Przeleciał przez wszystkie muzyczne stacje radiowe, lecz nic go nie wciągnęło. Zmienił na kanał informacyjny. „Prezydent wyraził duże zaniepokojenie w związku z powodziami w Santiago del Estero i Catamarce". Tano znów zmienił kanał i trafił na wypowiedź jakiegoś politycznego analityka na temat przyszłych wyborów do władz miejskich Buenos Aires. Przypomniał sobie, że głosowanie odbywa się za kilka dni; choć mieszkał w La Cascadzie od lat, nigdy się nie przemeldował, zawsze głosował w dzielnicy Caballito, jak przez całe życie. Wysłuchał oświadczenia byłego ministra gospodarki, który starał się odzyskać to stanowisko. Tano pomyślał, że zagłosuje na niego. Kapitał zagraniczny ma do niego zaufanie, pomyślał, a jemu to na rękę, bo może wtedy jego firma, czy też ta, która była dotąd jego firmą, zdecyduje się powrócić na krajowy rynek. A jeśli nie ta, to może jakaś inna, ważne, żeby zagranica wierzyła w ten kraj i dalej inwestowała. Był pewien, że znalezienie nowej roboty nie zajmie mu dużo czasu. Łatwo nie jest, ale miał sporo kontaktów, zagraniczny dyplom, nieskazitelne CV i całkiem sensowny jeszcze wiek: czterdzieści jeden lat. Nacisnął guzik i znów analityk polityczny, tym razem jednak prowadził wywiad z kandydatem skazanym według wszystkich sondaży na nieuchronną porażkę. Tano zamyślił się nad nim. Ktoś jest pewny porażki, a jednak robi dobrą minę do złej gry. Wyobraził go sobie z żoną i dziećmi, jeśli je miał, nie wiedział, czy ma, wyobraził go sobie, jak próbuje zasnąć, ale nie może, wyobraził go sobie, jak idzie na wybory, rozmawia w jakimś programie, do którego nie udało się zaprosić kogoś z większymi widokami na wygraną, jak udaje, że nie jest świadom pewności swojej przegranej.

Jeszcze nie powie o niczym Teresie. Nie trzeba, skoro przecież będzie nadal jeździł do firmy, prawie tak jak wcześniej. Jeśli trochę przetrzyma, może będzie mógł jej o tym powiedzieć, już mając nową ofertę pracy, a może i nową pracę. Teresa bardzo się wszystkim przejmuje. Odprawa pozwoli im zachować dotychczasowy poziom życia bez ruszania oszczędności. Nie byłoby też dobrze, gdyby dzieci się dowiedziały. A Teresa nie umiała dochowywać tego rodzaju tajemnic. Znów zmienił stację. „Prezydent oświadczył, że sytuacja na zalanych terenach jest poważna". Przełączył na byle jaką muzykę.

Sto metrów dalej widać już było bramę La Cascady. Przyłożył kartę do czytnika, szlaban się podniósł, przepuszczając go. Pozdrowił strażnika stojącego na stanowisku. I już w środku poczuł, że się rozluźnia, pierwszy raz tego wieczora. Pierwszy raz, od kiedy usłyszał: *„I'm so sorry but... business is business"*. Drzewa wciąż zachowywały intensywnie zielony kolor, choć była już jesień. Za niewiele dni rząd drzew rosnących wzdłuż drogi pokonywanej przez jego land-rovera poczerwienieje i zabarwi się na żółto. Opuścił szyby i odpiął pasy, żeby jeszcze bardziej cieszyć się jazdą przez ten krótki odcinek dzielący go od domu. Było spokojne ciepłe popołudnie. Przed kolacją wyjdzie, żeby trochę pobiegać, jak zwykle. I nie powie nic Teresie. Tak będzie lepiej.

Jechał główną drogą wzdłuż pola golfowego, nad którym zaczynał zapadać zmrok, minął kilku nastolatków na rowerach, jakaś gosposia mocowała się z chłopcem, który nie chciał pedałować na trójkołowym rowerku. Minął Gustava Masottę, wychodził z klubu. Gustavowi też na razie nie powie. Nikomu. Być może za parę dni, Gustavo ma powiązania z *head hunterami*, więc to odpowiedni kontakt, żeby podesłać parę CV. Ale jeszcze nie teraz. Zapatrzył się w zieleń po drugiej stronie drogi. Wiedział, że tu nic się nie zmienia. La Cascada jest taka sama, jaką ją dziś rano zostawił, kiedy wyjechał, żeby być dyrektorem generalnym Troost S.A. Argentyna ostatni raz.

Zdecydowanie nie ma powodu, żeby komukolwiek o tym mówić.

24

Jesienią trawniki żółkną. Nie wysychają, nie więdną, tylko przechodzą w stan spoczynku do lata, kiedy murawa znów staje się zielona i cykl zaczyna się od nowa. Przez ten czas ma się dwie opcje. W każdym razie w Altos de la Cascada wybieramy między dwiema opcjami. Pierwsza to szukanie koloru gdzie indziej: na złotych albo czerwonych ambrowcach, brązowawych dębach, żółtych miłorzębach, ognistych sumakach. Jeśli próby te nie wystarczają, nie dają efektu i pocieszenia, jeśli człowiek ciągle patrzy jednak na wyblakły trawnik i widok ten psuje mu humor, nawet go deprymuje, wtedy pierwsza opcja nie wystarcza. A drugą opcją jest życica, trawa, która starcza na jeden sezon, kolor ma tak intensywny, że niemal wydaje się sztuczny, jak te zielone jabłka z importu czy kurczaki tuczone w świetle elektrycznym. Ale jest idealna: bardziej dywan niż trawnik.

W domu Urovichów to jednak nie był sezon na życicę. Trwał rok 2000, zmienił nam się prezydent. W grudniu 1999 podczas orędzia po objęciu stanowiska – krąży plotka, że to pierwsza przemowa, którą napisał mu jeden z synów – położył nacisk na kontrolę deficytu budżetowego i obiecał, że jak już nad tym zapanuje, obniży bezrobocie dzięki nowym inwestycjom. Przyszła jesień, lecz inwestycji i nowych miejsc pracy nadal nie było, a Martín wciąż nie miał zajęcia. Lala niemal z płaczem powiedziała o tym Teresie tego popołudnia, kiedy poszła z robotnikami usuwać zwiędłe rośliny z ogródka. „Nie wytrzymam dłużej, wiesz, jak to jest mieć męża cały dzień w domu?" Teresa rozumiała ją, wiedziała jednak, że będzie tylko gorzej, bo do tego jeszcze trawa żółknie. Wzięła ją na bok, dostatecznie daleko, żeby nie słyszał ich robotnik grzebiący na klęczkach w ziemi. „Zrobisz, jak będziesz uważała, Lalu, ale za trzy tygodnie trawnik ci wyschnie i cały ogród diabli wezmą. – Odwróciła się do robotnika: – Nie... Boże... José, to nie jest chwast, to rozplenica!" Teresa przegoniła go i rozczesała roślinę palcami. Lala podeszła, żeby obejrzeć tę rozplenicę. Teresa uśmiechnęła się i powiedziała po cichu: „To jest ciągła walka, dwadzieścia pięć razy możesz tłumaczyć i nic".

Przeszły przez ogród. Robotnik został kilka kroków za nimi, odchwaszczał. Teresa zaczęła obliczać: „No więc tak, masz pewnie jakieś tysiąc pięćset... dwa tysiące metrów kwadratowych ogrodu". „Tysiąc siedemset", sprecyzowała Lala. „Właśnie, licząc na każde trzydzieści metrów po kilogramie nasion, które mogą być, no nie wiem, po dolar osiemdziesiąt, dwa dolary za kilo najwyżej, ile to wyjdzie?" „Nie wiem... ja bez kalkulatora..." „Nie no, ja tak samo... nigdy nie miałam głowy do liczb, ale wyniesie cię to jakieś sto... sto pięćdziesiąt dolarów...

lubiła sobie powtarzać. A wszystko to za cenę niewiele wyższą od tego, jaką podawali kosiarze. „Kiedy wszystkie ogrody będą już idealne z tą niesamowitą zielenią życicy, będziesz się chciała zapaść pod ziemię. Będzie się jechało autem, zielono... zielono... zielono... żółto, oj, jesteśmy przy domu Urovichów! Nie, to jakiś koszmar".

Teresa odłożyła wąż na bok i próbowała ułożyć jakoś pędy papirusa, które się zbyt przechylały w stronę słońca, zakłócając symetrię rabatki. Lala schyliła się, żeby jej pomóc. „No nie ma lekko, kochana, ja wiem, że twój nie ma roboty i w ogóle, ale to jest kwestia koniunktury. Nie daj się ponieść jego kryzysowi. – Teresa puściła pędy i wstała. – Trzeba będzie je podwiązać, bo inaczej tak zostaną. Jakby się buntowały. W końcu po co człowiek trzyma oszczędności? Na takie właśnie wypadki, nie? – Wyjęła motek z żółtym sznurkiem i przy pomocy Lali obwiązała papirusy. – To sznurek sizalowy z recyklingu. Nigdy nie pozwól, żeby w twoim ogrodzie używano materiałów, które się nie rozkładają". Lala pomogła jej w podwiązywaniu roślin. „Wyobrażasz to sobie, mijają wieki, mijamy my, a plastik dalej leży w ziemi? À propos plastiku, zamierzałaś sobie robić piersi w tym roku?" „Tak, z tym że trochę odczekam, aż Martín przestanie tak się gorączkować o pieniądze, nie chcę go denerwować". „Z silikonem możesz czekać, ale z trawą nie. Za parę miesięcy on będzie miał nową pracę, a ty ogród w rozsypce". Teresa odwinęła wąż z automatycznego wózka, założyła końcówkę, taką, przez którą leje się stały, lecz delikatny strumień, machnęła ręką na robotnika, żeby odkręcił kurek, a kiedy zaczęła się lać woda, zabrała się za podlewanie. „Ja wiem, że wszyscy mówią: «Mam wydawać taką kasę co roku, żeby w listopadzie mi ta życica i tak wyschła?». Ano tak, tak to jest, ale cóż... to kwestia wyboru... całe życie człowiek wybiera". „Znasz mnie, zamierzam to zrobić, tyle że muszę brać pod uwagę, co powie Martín". „A musisz mu o tym mówić?" „Od kiedy stracił pracę, ma jakby obsesję. Nie mów nikomu, *please*, ale prowadzi w komputerze tabelkę wydatków i doprowadza mnie do szału". „To poślij go może na jakąś terapię". „Martína na terapię? Wiesz, ile bierze taki terapeuta? On w życiu nie pójdzie, kompletnie się rozsypał, mówię ci. Zabronił mi nawet kupować herbatę Twinings, uwierzysz?" „Z takimi typami możesz tylko jedno: kłamać. I to bez poczucia winy, przecież to dla jego dobra. Bo co, nie chciałby widzieć zielonego ogrodu, kiedy spojrzy przez okno?"

Teresa podała wąż Lali. „Masz, podlej trochę, idę do samochodu po żelazo dla tego jaśminu, jakiś taki przywiędły, prawda?" Teresa się oddaliła i Lala zaczęła podlewać. Woda padała równo na zielone liście, a Lala doszła do wniosku, że żółta trawa rzeczywiście nie poprawi humoru jej mężowi.

twarzy. „Jesteśmy przyjaciółmi", mówi. „Przyjaciółmi", powtarza Juani. „Nie chcę być jak tamci", mówi Romina. „Nie jesteś jak tamci". „Boję się, że jak przestaniemy być przyjaciółmi... rozumiesz?" „Tak", odpowiada. „Teraz twoja kolej", mówi Romina i podaje mu patyk. On rysuje kółko i dwie kropki w środku. „Guzik". „Nie". „Świński ryj", wykrzykuje Romina pewna, że zgadła. „A nie". Romina przygląda się rysunkowi pod różnymi kątami. „Kontakt?" „Przegrałaś". Romina czeka na rozwiązanie. „To jesteśmy my – mówi Juani, wskazując dwie kropki – za murem". „Za czy przed?", pyta Romina. „Na jedno wychodzi". „Wcale nie, to nie to samo, pamiętasz taki rysunek, co ci pokazują i masz powiedzieć, czy jest na nim stara czy młoda kobieta?" „Tak, ja zobaczyłem młodą", odpowiada. „Mury La Cascady to jest to samo – mówi Romina i zatacza okrąg kijkiem. – Można widzieć to, co krąg zamyka w środku, albo to, co zostało na zewnątrz, rozumiesz?" „Nie". „Co jest w środku, a co jest na zewnątrz?" Juani słucha i nie odzywa się. „My się zamykamy czy zamykamy tych na zewnątrz, żeby nie mogli wejść? Tak jakby wklęsłość i wypukłość". „O czym ty gadasz, nawaliłaś się?" Juani trąca ją niemal pustą butelką. Romina się śmieje. Pije piwo. „Ależ ty ciężko myślisz, Juano. Łyżka, widziałeś kiedyś łyżkę?" – pyta i formuje dłoń na kształt łyżki. – Łyżka jest wklęsła czy wypukła?" Juani parska śmiechem, ulewa mu się przy tym trochę piwa z ust. „Nie mam, kurwa, bladego pojęcia..." „To zależy, z jakiego miejsca na nią spojrzysz – mówi Romina i pokazując to górę, to spód dłoni, powtarza: – Wklęsłe... wypukłe..." Juani mówi „Aha" i znów się śmieje, bo nie rozumie. Ona też wybucha śmiechem, wysącza resztę zawartości butelki i rzuca ją w bok. Zamazuje okrąg narysowany na piasku ręką, wstaje i idzie się pohuśtać. Juani idzie za nią i huśta się obok. Coraz wyżej. Śmieją się. Ich bose stopy unoszą się ponad głowami. Patrzą na siebie za każdym razem, kiedy osiągają najwyższy punkt. Sprawdzają, kto zaleci wyżej. I jeszcze trochę wyżej. Juani mówi: „Ja teraz" i rzuca się. Spada i wstaje. Czeka na nią na piasku. Romina robi jeszcze jeden wymach. Też skacze. Ląduje na kolanach na piasku obok niego. Upada na pustą butelkę po piwie. Butelka pęka. Romina krzyczy. Zaczyna ciec krew i miesza się z piaskiem. Piasek miesza się z krwią. Juani nie wie, co robić. Oboje wpadają w panikę. On podnosi ją na rękach. Mocno trzyma jej uda i czuje na piersi krew Rominy. Romina krzyczy i płacze. Łapie Juaniego za szyję, głowę zwiesza w dół, jej czarne włosy kołyszą się w takt jego kroków. Juani biegnie boso. Rozgląda się za jakąś pomocą. Czuje, że ciepła wilgotna koszula klei mu się do piersi. Biegnie dalej. Zaczyna tracić dech. Dygocze. Zwalnia, zdaje sobie sprawę, że nie wie, dokąd biegnie.

26

Pojechali dwoma samochodami. Lala zaproponowała, żeby jechały razem i przy okazji sobie pogadały, ale Carla wolała prowadzić sama. Śpieszyło się jej, musiała wpaść do supermarketu, choć czynność ta każdego dnia coraz bardziej ją deprymowała, lodówka jednak była pusta i Gustavo znów by narzekał. Nie lubiła, kiedy miał jakieś pretensje, bała się, że nie będzie umiał się pohamować. Ilekroć nie udawało mu się pohamować, musieli się przeprowadzać. Poza tym zależało jej, by utrzymać Gustava w takim humorze, jaki miał ostatnio, bo musiała mu powiedzieć ważne rzeczy, takie, co to mu się nie spodobają. Musiała mu powiedzieć, że postanowiła wrócić do pracy, znaleźć sobie jakąś, zacząć bywać poza domem. Już nawet dzwoniła w parę miejsc, wysłała kilka mejli, ale jeszcze mu o tym nie mówiła. Niedługo powie. Więc lepiej, żeby nie gniewał się wcześniej o coś, co nie ma z nią związku. I podejrzewała, że z Lalą zejdzie jej więcej czasu, niż mogła poświęcić. Po drodze do sklepu zoologicznego Carla usłyszała w radiu, że wiceprezydent kraju właśnie złożył rezygnację. Zrobiło się jej żal, lubiła go, lecz nie mówiła tego głośno, bo wiedziała, że większość w Altos de la Cascada za nim nie przepada. Wzruszało ją, że nie umie wymawiać „r". Zrezygnował, bo nie wszczęto śledztwa w sprawie przekupstw w senacie. A w każdym razie na to wyglądało. Nie tak łatwo czyjąś rezygnację wyjaśnić tylko jedną przyczyną, pomyślała.

Dojechały pod sklep niemal równocześnie. Lala była z Arielem, starszym synem, siedemnastolatkiem. Chłopak sprawiał wrażenie naburmuszonego. Być może nie podoba mu się, że jego matka prosi o pożyczenie karty kredytowej, żeby kupić sobie psa na raty, myślała Carla. Ją by to zirytowało. Ona jednak nie miała matki od tak dawna, że wszystko by jej wybaczyła, gdyby mogła. Tak jak wybaczyła jej porzucenie ojca, który odreagowywał na niej wszystko to, czego nie mógł odreagować na żonie, bo go zostawiła. Albo to, że wyszła za Gustava w tak młodym wieku, prawie go nie znając, byle tylko uciec od tej, co uciekła od niej.

Wciąż nie rozumiała, dlaczego tak szybko się zgodziła, kiedy zadzwoniła do niej Lala. „Nie masz pojęcia, jak on wygląda! Ariana wpadła w zachwyt i chcę jej go dać na urodziny – rzekła Lala i potem poprosiła o użyczenie karty. – Powiedziałam Martínowi, że naraz całej kwoty nie damy rady, ale w sześciu ratach nawet nie odczujemy. I zgodził się, tylko okazuje się, że właśnie miał jakiś problem z kartą i z bankiem i karta jest zawieszona. Zdaniem Martína załatwią to lada moment, a tu mijają dni i nadal nic. Tacy są ci bankierzy. Pewnie, im się nie śpieszy, co im tam zależy". Carli też nie zależało, cóż jednak miała zrobić? Kiedy powiedziała o tym Gustavowi, strasznie się wściekł: „Gdyby chodziło o lekarstwa czy jedzenie, ale pies... Carlo, tak trudno ci powiedzieć «nie»?" Wiedział przecież. Wiele razy ją słyszał mówiącą „nie, dosyć, mam już dość", a mimo to nic nie zrobiła. „Nie wiesz, że Martín jest bankrutem?", zapytał Gustavo, tymczasem nie wiedziała i była przekonana, że Lala też nie wie. „Jak może nie wiedzieć? To jego żona", odpowiedział Gustavo. A co to ma do rzeczy? pomyślała, lecz nie powiedziała nic. Gustavo zdradził jej, że od kilku miesięcy Urovichowie płacą tylko za najpilniejsze rzeczy, za codzienne zakupy, usługi takie, jak światło, gaz, telefon, które mogą odciąć. Za ubezpieczenie zdrowotne płaci im Tano Scaglia, bo kiedyś żyrował im operację wyrostka Ariany, „płacenie miesięcznych rat taniej wychodzi". Opłat administracyjnych na osiedlu nie realizują od jakiegoś czasu. Za szkołę dzieci owszem, wnoszą opłaty, choć Tano radził mu, żeby tego nie robił, „bo nie mogą ci wyrzucić dzieci ze szkoły w połowie roku, zakazuje tego nie pamiętam jaka ustawa Ministerstwa Edukacji, płacisz wpisowe i za pierwszy miesiąc, jeśli dasz radę, a potem cały rok dzieci spokojnie chodzą i nic ci nie zrobią, tak robił Pérez Ayerra przez ten rok, kiedy miał kiepską sytuację, a potem dogadał się i zapłacił tylko połowę". Jednak Martín nie chciał. „Żeby Lala się nie dowiedziała", stwierdziła Carla. „Nie wie, bo nie chce wiedzieć". „Na pewno ma pomysł, skąd wziąć te pieniądze, na pewno mnie nie okantuje". „Nie celowo, bo jest głupia i tyle, kiedy kobiety chcą udawać

zwierzętami nie przepadasz. Wiesz, jak by ci dobrze zrobił taki kotek choćby, to wspaniałe towarzystwo. I nie mówię tego wcale w związku z twoimi poronieniami, żeby było jasne, zwierzęta robią dobrze wszystkim".

Podeszły do kasy. Ariel dołączył do nich. Lala trzymała szczeniaka na rękach jak niemowlę. „Dobrze, muszę założyć pieskowi książeczkę zdrowia. Rodzice byli najczystszej rasy, ale ten nie ma papierów, wiedziała pani, prawda?" „Tak, ja nie z tych, co to płacą dziewięćset dolarów za drzewo genealogiczne psa – zaśmiała się. – To lepiej zostawić dla tych, którzy mogą sobie szastać pieniędzmi, nie?", stwierdziła i spojrzała porozumiewawczo na Carlę. Sprzedawca zabrał się za uzupełnianie książeczki i mówił o obowiązkowych szczepieniach. „Możemy najpierw załatwić płatność kartą? Trochę się śpieszę?", przerwała im Carla. „Nie ma problemu, oczywiście. Poproszę o kartę. Ile ma być rat? Trzy?", zapytał sprzedawca. „Umówiliśmy się ostatnio na sześć", odpowiedziała Lala. Sprzedawca zabrał się za wypełnianie formularza płatności, Lala mu jednak przerwała: „Zaraz, proszę chwileczkę poczekać, jakie jedzenie mam wziąć dla pieska?". Sprzedawca wyszedł zza lady i podszedł do jednego z regałów, wskazał właściwą dla rasy i wielkości psa karmę. Lala poszła za nim, Carla czujnie stała przy kasie. „A na ile mi starczy taka torba?" „Na jakieś dwadzieścia dni". „Dobrze, to proszę jeszcze doliczyć dwie takie do rachunku. – Przysunęła się do Carli. – Nawet nie wiesz, ile takie stworzenia potrafią jeść". „Nie, nie wiem", odpowiedziała Carla, myśląc zarazem,

27

Dzień, w którym Carla Masotta pojawiła się w moim biurze, był akurat jednym z najgorszych dni w moim życiu. Właśnie wracałam od notariusza, co powinno mnie było wprawić w dobry nastrój, bo od miesięcy nie sfinalizowałam żadnej transakcji, więc aktualna prowizja miała być czymś na kształt koła ratunkowego rzuconego na początku sztormu. Była jesień 2001 roku. Paco Pérez Ayerra sprzedał swój dom i wynajął inny za pośrednictwem mojej firmy. Miał kłopoty finansowe, ściślej mówiąc, jego firma je miała. Minister gospodarki złożył dymisję i prezydent wyznaczył następnego, który utrzymał się tylko dwa tygodnie. Wygłosił przemowę, wezwał do oszczędności, pojechał do Chile, a kiedy wrócił, już nie miał pracy. Prezydent wymienił go na typa, który pełnił tę funkcję już za poprzedniego prezydenta. Prezydenta z wrogiej partii, natomiast z jakiej partii jest minister, tego nikt już nie wiedział. Skoro wraca ten facet, to może sprawy się ułożą, za granicą mu ufają, pamiętam, że tak powiedział Paco, ale na wszelki wypadek wolał nie rejestrować nigdzie swojego majątku, w razie gdyby coś się miało wydarzyć. Używając tego argumentu, „zdarzenie spowodowane przez siłę wyższą", upierał się, że nie on zapłaci mi prowizję, tylko kupujący, na co oczywiście się nie zgodziłam. „To jest moja praca, Paco". „Nie moja wina", odpowiedział. Wreszcie obydwoje niezadowoleni zgodziliśmy się na obniżenie mojej prowizji o połowę. Jednak tym, co ostatecznie mnie podminowało, była nie ta sprzeczka, tylko to, że kiedy przeliczałam banknoty i notowałam ich numery, Paco oddzielał te najstarsze, najbardziej zniszczone i brudne, aż uzbierał właściwą sumę. I tymi mi zapłacił. „No, to wszystko jasne? – zapytała Nane. – Nie możemy sobie pozwolić na jakieś nieporozumienia między nami o pieniądze, prawda?" A ja odpowiedziałam: „Wszystko jasne, Nane", chowając brudne banknoty od jej męża w torebce.

Carla wkroczyła do środka zdecydowana, lecz widać było jej zdenerwowanie. Usiadła przede mną, kiedy kończyłam rozmowę telefoniczną, i nie ściągnęła okularów przeciwsłonecznych. Rozmawiałam z Teresą Scaglią, nie wiedziałam jeszcze, po co właściwie dzwoni, bo ciągle krążyła naokoło, nic mówiąc nic konkretnego. „Tak, właśnie ktoś wszedł, ale mów, mów, nie ma problemu". Teresa wolała się rozłączyć. „Zadzwonię, jak będziesz miała luźniejszą chwilę", powiedziała. Carla wierciła się trochę na krześle, kiwała nogą założoną na drugą, przez co niechcący wprawiała w drżenie biurko. „Jak wolisz", odpowiedziałam i rozłączyłam się. Spojrzałam na Carlę, uśmiechnęłam się. „Praktycznie mam uprawienia architekta", powiedziała. A ja niemądrze odpowiedziałam: „No to świetnie", bo nie miałam pojęcia, czego dotyczy jej wizyta i komentarz, a nie chciałam wprawiać jej w jeszcze większe zakłopotanie. „Muszę znaleźć pracę, muszę wychodzić z domu, muszę mieć jakiś cel". Nie odpowiedziałam. „Potrzebuję twojej pomocy", dodała, zanim załamał się jej głos. Zadzwonił telefon. Odebrałam, znów Teresa. „Nie, nie poszła sobie jeszcze... klientka... ale mów, jeśli to pilne". Znów nie chciała, powiedziała, że zadzwoni później. Wróciłam do Carli, przeprosiłam za te przerwy. „Jak ja ci mogę pomóc?" „Przyszło mi do głowy, że mogłabym pomagać ci w firmie". Taka propozycja w roku, w którym obrót nieruchomościami praktycznie zamarł, nie licząc takich operacji jak Péreza Ayerry, przekonała mnie, że Carla jest jeszcze bardziej odcięta od świata, niż jej samej się wydaje. „Wiesz, sytuacja jest ciężka, nie wiem, czy się orientujesz, jak teraz wygląda rynek nieruchomości". „Nie mam wiele do zaoferowania, więc nic nie oferuję... tylko proszę... – Płakała za tymi okularami. – Proszę, choć trudno mi to przychodzi, ale ktoś musi mi pomóc". Nie wiedziałam, co powiedzieć, naprawdę nie miałam jak wziąć kogoś do pracy. „Bez pensji, nie obchodzi mnie, ile mi zapłacisz, kiedy mi zapłacisz ani nawet czy mi zapłacisz. Możemy się umówić, jak ci będzie najwygodniej. Po prostu potrzebuję pracy. – Zdjęła okulary i pokazała mi podbite oko. – Gustavo..." Nie dokończyła zdania, bo znów głos się jej załamał. Zapomniałam języka w gębie, lecz zanim mnie odblokowało, zadzwonił telefon. To znowu była Teresa i znowu dzień

czyłam się. Siedziałam przed Carlą Masottą bez słowa, nie wykonując żadnego ruchu, skamieniała. Zadzwonił telefon. Podniosłam słuchawkę i trzasnęłam nią mocno w aparat. Znów zadzwonił. Nie reagowałam, aż w końcu przestał. I znów zadzwonił. Carla wstała i wyłączyła aparat z kontaktu. „Co się dzieje?" „Mój syn... jest na liście..." „Jakiej liście?" „No na liście", odpowiedziałam. Odczekała, aż byłam w stanie ułożyć pełne zdanie. „Jakaś komisja robi listę wszystkich dzieci, które biorą narkotyki", zdałam sobie sprawę, że to mówię, choć nie miałam pojęcia dlaczego. Mówiłam o tym Carli, mimo że przecież prawie nie utrzymywałyśmy kontaktów, nie była moją przyjaciółką, mówiłam jej, którą mąż bił tak bardzo, że miała podbite oko. Komuś, kto przypadkiem wszedł do mojego biura w dniu, kiedy Teresa powiadomiła mnie przez telefon, że mój syn jest na jakiejś liście, o której nigdy nie słyszałam. „To on bierze narkotyki?", zapytała. „Nie wiem". „No to spytaj go". „Co on mi odpowie?" „Nie wierzysz mu?" „Nie wiem, co myśleć". Przez chwilę siedziałyśmy w milczeniu. „A to legalne?", zapytała. „Co? Branie narkotyków?" „Nie, robienie takich list – powiedziała i wstała, żeby nalać mi szklankę wody. – Czy ta komisja ma też listę mężów bijących swoje żony?" „Nie sądzę", odparłam i zaśmiałyśmy się obie wciąż zalane łzami.

28

Ostatecznie Insúowie się rozeszli. Carmen Insúa była jedną z nielicznych kobiet, które po rozstaniu z mężem dalej mieszkały w Altos de la Cascada. Nie jest łatwo zostać. Pierwszą niezręcznością wynikającą z rozwodu jest to, że człowiek czuje się nie na miejscu w sytuacjach, kiedy wszyscy przychodzą w parach. Ale poważniejsze trudności przyszły z czasem. Bo przenosząc się do Altos de la Cascada, Carmen, tak jak inne kobiety, oddaliła się od świata, który trwał gdzie indziej, i jedyny z nim związek zapewniały jej opowieści snute przez męża po powrocie do domu. Nie znaczy to, że nigdy już nie jeździła do miasta, lecz czuła się wtedy jak turystka, odwiedzała miejsce, które nie należało do niej, jakby podglądała zza zasłony. Kiedy nie ma męża wracającego do domu ze swoimi zwycięstwami i porażkami z innego świata, kobieta traci złudzenie przynależności do tamtego obszaru. Wtedy pojawiają się dwie opcje: wejść ponownie w tamten świat albo zrezygnować z niego. I Carmen Insúa, jak nam się wszystkim zdawało, wybrała rezygnację.

Kiedy dowiedzieliśmy się, że Alfredo ją rzuca, naszą pierwszą obawą było to, że zaostrzy się jej problem z alkoholem, ale ku powszechnemu zaskoczeniu teraz, kiedy nie brakłoby uzasadnień dla skłonności do kieliszka, a my byliśmy pełni współczucia, Carmen przestała pić. Podobno pierwsze, co Alfredo zabrał z domu, to zawartość piwniczki z winami, chociaż pewnie nie tyle dlatego, że chciał chronić Carmen, ile swoje butelki, które mogła mu porozbijać o ściany.

Z początku większość mieszkańców Altos de la Cascada trzymała jej stronę, odwiedzaliśmy ją, zapraszali do naszych domów i starali się, być może niezręcznie, włączać ją do różnych absurdalnych planów. Takich jak bal przebierańców u państwa Andrade, kiedy to Carmen popłakała się w kącie schowana za swoją maską Kleopatry, a wszyscy tańczyli wtedy „Aserejé". Albo jak ten długi weekend, kiedy Pérez Ayerra z żoną uparli się, żeby pojechała z nimi na rejs ich jachtem w Colonia Suiza, choć wiedzieli, że Carmen kiedy tylko zejdzie ze stałego lądu, wymiotuje.

Alfredo Insúa zostawił ją po dwudziestu latach małżeństwa i licznych swoich zdradach stoicko przez nią znoszonych, samotną, z dwójką dorastających bliźniaków, które ledwie skończą szkołę, też się wyniosą. Rzucił ją dla sekretarki swojego wspólnika, żeby nie było zbyt sztampowo. Wszyscy z początku mówiliśmy: „Ale sukinsyn z tego Alfreda". Mijały jednak tygodnie i w końcu niektórzy panowie, spotykający się z nim w związku z interesami, zaczęli odpowiadać: „Trzeba zawsze słuchać dwóch stron... Wyobraźcie sobie pijaczkę w domu...". „Może piła, żeby jakoś znosić te numery

Alfreda". „Jakie numery?" Krótko potem Alfredo zaczął pokazywać się w Altos na polu golfowym albo grał z kimś z nas w tenisa, bywał też na przyjęciach w niektórych domach, acz bardzo uważaliśmy, żeby wtedy nie zaprosić Carmen. Po dwóch czy trzech miesiącach od ich rozstania już tylko kobiety mówiły, że Alfredo to sukinsyn, bo mężczyźni w takich sytuacjach się nie odzywali. Aż któregoś dnia nikt już tak nie mówił. A jeszcze później, na męskich spotkaniach, kiedy to uderzało się w piłeczkę golfową albo popijało coś po tenisowym meczu, zaczynało się słyszeć: „Łebski gość z tego Alfreda". Krótko po tym jego nowa żona została przedstawiona towarzystwu, miała poniżej trzydziestu lat, była miła, ładna, sympatyczna, „z takim biustem można zawojować świat", zażartował ktoś z nas. Zabrał ją na rejs do Colonii tym samym jachtem, na którym jego żona kilka miesięcy wcześniej wymiotowała. A ta nowa nie wymiotowała. Od tej wyprawy Alfredo i jego nowa partnerka pojawiali się coraz częściej na spotkaniach w La Cascadzie, a Carmen coraz bardziej zamykała się w domu. Aż prawie przestaliśmy ją widywać.

To wtedy wszyscy zaczęliśmy rozmawiać o depresji Carmen. „Nie wiem, czy nie było lepiej, kiedy piła". A Alfredo bez specjalnych problemów i pod pretekstem tej depresji doprowadził do tego, że chłopcy zamieszkali z nim. Carmen została w tym domu całkiem sama. Był tak wielki jak zawsze, ale zniknęły z niego meble, zniknęły rzeczy z lodówki, zniknęły głosy i kłótnie. Porozdawała zastawę stołową, sztućce, sporo mebli. Nieliczni, którzy widzieli jej dom w środku, mówili, że jedyne, co zostało w salonie, to żółty obraz z nagą kobietą w łódce. Niektórzy z nas obawiali się, że jeśli Carmen zrobi coś głupiego, dowiemy się o tym, dopiero kiedy z domu zacznie wonieć zgnilizną. Bo gosposie też ją zostawiały. Szybciej niż kiedyś. Choć Alfredo, który teraz stał się „biednym Alfredem", ciągle jakąś nową jej wysyłał, by mieć gwarancję, że nie dostanie jakichś przykrych wiadomości.

Aż jednego dnia zjawiła się Gabina. Gabina pracowała u nich przez pierwsze lata ich małżeństwa, była z Paragwaju, szeroka, krzepka i skuteczna. Carmen nigdy by jej nie odprawiła, ale Alfredowi, kiedy przeprowadzili się do Altos, zaczął przeszkadzać jej wygląd. „Nie pasuje do tego domu", mawiał. A ponieważ Carmen nie zgodziła się na zwolnienie gosposi po tylu latach wiernej służby, Alfredo zażądał, żeby kiedy mają gości, obsługiwała ich przy stole osoba mająca „lepszy *look*". Nikt niczego Gabinie nie wyjaśniał, a ona wcale tego nie potrzebowała. Niechęć między gosposią a jej pracodawcą narastała, aż dłużej nie dało się tego znieść. Gabina zrezygnowała sama, lecz przed wyjściem postanowiła sobie ulżyć, spojrzała na Alfreda i powiedziała: „Pan to ma gówno między uszami i nic dobrego z tego nie będzie". Alfredo dopilnował, żeby „ta cholerna Paragwajka miała zakaz wstępu do Altos de la Cascada", więc Gabina musiała poszukać sobie pracy gdzie indziej. I nic więcej o niej nie było wiadomo, nie licząc corocznego telefonu na Boże Narodzenie do „pani".

Kiedy Gabina po pierwszych świętach, które Carmen spędziła sama, próbowała dostać się na osiedle, strażnik skonsultował to z Alfredem, choć doskonale wiedział, że on już tutaj nie mieszka. Zadzwonił na jego komórkę. „Szlachetność zobowiązuje", odpowiedział mu strażnik, kiedy Alfredo podziękował za telefon. Jednak znużenie problemami byłej żony bardziej mu ciążyło niż złość na Gabinę, więc zgodził się na to, „byle ktoś zdjął mi to z głowy".

W pierwszej kolejności Gabina pootwierała okna. A kiedy je otwarła, do środka wpadło światło i wtedy pokazał się cały brud, kurz i zaniedbania, którymi zajęła się zaraz. Wszyscy poczuliśmy ulgę, widząc, że ktoś troszczy się o Carmen. I pozbywszy się wyrzutów sumienia, jeszcze bardziej zapomnieliśmy o niej.

Pojawiła się znów w naszych rozmowach tego dnia, kiedy wyszła z domu. Miała zwyczaj spacerować ulicami Altos de la Cascada z Gabiną, chodziła do supermarketu z Gabiną, Gabina towarzyszyła jej w wyjściach do apteki, do fryzjera. I cieszyliśmy się wszyscy. „Lepiej wygląda, biedaczka", tyle mieliśmy do powiedzenia na jej temat.

Aż jednego dnia Carmen usiadła z Gabiną, żeby napić się kawy w barze przy kortach. A Gabina nie miała na sobie stroju roboczego, tylko normalne ubranie, jakiego żadna mieszkanka osiedla nigdy by na siebie nie włożyła. To znów którejś soboty widziano je, jak jadły razem obiad w restauracji przy polu golfowym. Śmiały się. Paco Pérez Ayerra zdenerwował się tymi hałasami i poskarżył się kelnerowi: „Ej, służba domowa może tu jadać?". I nikomu nie udało się znaleźć żadnej zapisanej zasady, która by tego zabraniała, więc temat pojawił się na zebraniach Komitetu Administracyjnego.

Mniej więcej wtedy zaczęło się słyszeć: „A co one tak cały czas razem? A może one są...". „Weź przestań, nie bądź obrzydliwy", odpowiedziała Teresa Scaglia, kiedy ktoś szepnął jej to do ucha na widok Gabiny i Carmen uprawiających razem jogging któregoś ranka. „Jeśli czegoś nie zrobimy, w każdej chwili możemy się natknąć na tę Paragwajkę w saunie", powiedział Roque Lauría na zebraniu komitetu.

Tego wieczora, kiedy Carmen i Gabina poszły razem obejrzeć film do sali projekcyjnej, Ernesto Andrade nie wytrzymał i zadzwonił do Alfreda. Ktoś się zarzekał, że kiedy Carmen się popłakała, Gabina złapała ją za rękę. „Nie chcieliśmy ci zawracać głowy, ale tak się dłużej nie da, stary". Wtedy Alfredo ponownie wydał Gabinie zakaz wstępu do Altos de la Cascada. Problem w tym, że tym razem Gabina już była w środku. Szef ochrony poszedł porozmawiać z Carmen. „Który przepis mówi, że ona ma się wynieść z mojego domu? Ma pan nakaz sądowy?" „Mam polecenie od pani męża". „Ale to mój mąż ma zakaz wstępu do tego domu", odpowiedziała i zamknęła drzwi. „Oszalała", zaczęli powtarzać wszyscy. „Mając takie kontakty, jakie ma, Alfredo na pewno załatwi jakiś nakaz sądowy, policję, cokolwiek. Biedny Alfredo".

Alfredo zaczął działać. Pierwsze, co zrobił, to przestał płacić rachunki Carmen i przekazywać jej pienią-

co było jego domem. Tak że sporo osób chciało towarzyszyć Alfredowi. Wyważyli drzwi wejściowe, Alfredo miał klucz, lecz nie pasował, Carmen wymieniła zamek, „strażnicy mają zanotowane wejście ślusarza parę tygodni temu", potwierdził szef ochrony. „Nawet nie pomyślała o dzieciach", skomentował ktoś. W środku było za ciemno, żeby coś zobaczyć. Alfredo bezskutecznie naciskał włącznik, ale przecież sam pozwolił, żeby odcięto im prąd ze względu na długi. Ktoś poszedł odsunąć zasłony i w miarę jak robiło się coraz jaśniej, grupka przybyłych osób kamieniała na widok tego, co im się ukazywało. Obrazu z nieruchomą kobietą na łódce już nie było. W zamian wszystkie ściany domu zostały obklejone zdjęciami. Największe przedstawiało Alfreda, powiększenie fotografii ślubnej. Inne były mniejsze, na przykład Paca Péreza Ayerry, jedno Teresy Scaglii wyrwane z magazynu „Mujer Country", państwa Andrade na malutkim zdjęciu z ostatniej imprezy, przewodniczącego Altos de la Cascada, licznych kobiet z ostatniego turnieju remika liczbowego zorganizowanego przez Carmen, jej koleżanek z lekcji malarstwa prócz Carli Masotty, którą celowo wycięto, i jeszcze paru innych sąsiadów. Wszystkie fotografie miały szpilki wbite w oczy. Niektóre także w serce, jak na przykład Alfredo. A pod każdym zdjęciem znajdował się mały ołtarzyk. „To do rzucania uroku", powiedział jeden ze strażników i Nane Pérez Ayerra złapała się za złoty krzyżyk na piersi. Przywiązane tam były kawałki szmatek, medaliki, czosnek, pióra, kamyki, nasiona. Alfredo podszedł do swojego ołtarzyka. Tworzył go talerz firmy Villeroy & Boch, na nim zaschnięty kał, a na kale roztopiona czerwona świeca.

wraca głowę od uderzenia w policzek. Ronie odciąga ją. „Uspokój się, bo tak nic nie załatwisz, Virginio". „A jak niby zamierzasz to do cholery załatwić?" „Wszyscy faceci w szkole palą, mamo". „Nie wierzę ci". „No to jak sądzisz, dlaczego mówi się na nas jaracze?" „Jak na ciebie mówią?" „Nie na mnie, na wszystkich". „Nie wierzę ci". „Od kogo kupiłeś?", pyta Ronie. Juani nie odpowiada. „Kto ci to sprzedał, cholera, bo zamierzam do niego pójść i spuścić mu wpierdol". „Nikt, tato". „To skąd to masz?" „Poczęstowali mnie". „Kto?" „No ktokolwiek, ktoś wychodzi, kupuje, częstuje i palimy razem". „Mnie nie obchodzi, że palą wszyscy, ale nie chcę, żebyś palił ty". „Tato, zapaliłem dwa, trzy razy, maksimum cztery". „To więcej nie pal". „Dlaczego?" „Bo wylądujesz w szpitalu od przedawkowania!", wrzasnęła Virginia. „Bo ja sobie tego nie życzę", mówi Ronie. Juani nie odpowiada, patrzy na swoje trampki, wsadza ręce do kieszeni. „Spróbowałeś, wiesz już, jak to jest, musisz palić dalej?" „Nie, od dawna już nie paliłem". „Nie pal więcej". „Okej". „Nie pal więcej? To ma być załatwienie sprawy?", pyta Virginia. „A jak to chcesz załatwić, wrzeszcząc jak wariatka?" „No jeszcze tylko brakuje tego, że to moja wina, że ćpa, bo wrzeszczę!" „Ja nie ćpam, mamo". „Palenie marihuany to ćpanie". „Branie tych pigułek trapax też". Virginia znowu bierze zamach ręką, ale Juani się usuwa, a ona z płaczem idzie schodami na górę. Ronie nalewa sobie whisky. Juani bierze rolki, wkłada je. „Dokąd idziesz?", pyta ojciec. „Do Rominy". Patrzą na siebie. „Mogę?" Ronie nie odpowiada. Juani wychodzi. Ronie idzie na górę porozmawiać z Virginią. Zastaje ją w trakcie przeszukiwania. Przeszukuje wszystkie szuflady w pokoju syna, każdą kieszeń, plecak, pod łóżkiem, między kartkami czasopism, książek, w pudełkach po płytach CD, za komputerem. Ronie patrzy na nią, nie przerywa. Virginia przeszukuje pokój tego dnia, następnego i jeszcze następnego. „Jak długo zamierzasz tak szukać?", pyta Ronie. „Już zawsze", odpowiada.

30

Tano sprawdził swoje mejle. Zaproszenie reklamowe na kurs „Zarządzenie firmą w nowym tysiącleciu", mejl od dawnego kolegi ze studiów, który w załączniku przesyła swoje CV, „gdybyś o czymś usłyszał", łańcuszek, którego nie wolno przerywać, ale go przerwał, wyrzucając mejl do kosza, newsletter ekonomiczny wyjaśniający, jak Standard & Poor szacuje wskaźnik ryzyka danego kraju, i jeszcze dwa czy trzy inne śmieci. Żadnych odpowiedzi na poszukiwania podjęte przez head hunterów. A właściwie jedna, „poszukiwania czasowo zawiesiliśmy, będziemy w kontakcie, dzięki". Miał trochę czasu i przeczytał nagłówki najważniejszych dzienników. Jakaś wiadomość, jakakolwiek, bardziej emocjonalnie niż rozsądkowo mogła poprawić mu samopoczucie, przekonać go, że sprawy zaczynają się zmieniać. A jeśli się zmienią, jeśli znowu wzrośnie wiarygodność kraju, Holendrzy zaufają i wrócą. I gdyby tak się stało, pewnie znów dostałby u nich pracę, bo tak naprawdę nie mieli nic przeciwko niemu, nie został zwolniony za jakieś zaniedbanie obowiązków. Wręcz przeciwnie, Holendrzy byli bardziej niż zadowoleni z jego działania na rzecz firmy. Nie on ponosił winę. Nikt nie jest winny tego, że staje się niepotrzebny. A jeśli sprawy się zmienią, jeśli wróci zaufanie i oni, i jeśli znów stanie się potrzebny i otrzyma ofertę, by stanąć na czele Troost Argentyna, i wszystko będzie jak wcześniej, nie przewiduje powodów, by odmówić. Nie znaczy to, że nie ma swojej dumy. Przeciwnie. Dumę dawała mu ta praca, nie jakakolwiek, tylko właśnie ta. Albo jakaś lepsza. Nie taka sama, bo nikt nie zmienia pracy na identyczną, jak nauczył go ojciec. Człowiek zmienia pracę, żeby iść w górę, piąć się, awansować. Tak było zawsze. I tak musi być. Dla jego ojca i dla niego.

Za dziesięć ósma wyłączył komputer i zszedł na śniadanie. Teresa w szlafroku podawała dzieciom kawę z mlekiem. Śniadaniem zawsze zajmowała się sama, gosposia krzątała się obok, pilnując, czy niczego nie brakuje. „Komuś jeszcze grzankę?" Nikt nie odpowiedział, ale Teresa i tak wsadziła dwie kromki do tostera. Podeszła do stolika i wzięła do ręki jakiś folder. Promocja na wyjazd na Maui, pięciogwiazdkowy hotel, *all inclusive*, opcjonalnie jedna noc w Honolulu. Tano zerknął na folder. Nie czytał, tylko popatrzył. Błękit i zieleń. „Poproś sekretarkę, żeby się więcej wywiedziała". „Okej". Schował ulotkę do teczki. „Fajnie by było, nie? Moglibyśmy też pojechać znów do Bal Harbour albo Sarasoty, ale w sumie zobaczyłabym coś nowego. Ile już razy byliśmy w Miami?"

Dzieci wsiadły do land-rovera. Tano podrzucił je do szkoły, a potem pojechał w stronę biura. Jak każ-

firmy, *due diligence* z centralą, prowizje, które przekaże Holendrom, bonusy, którymi Holendrzy za nie się odwdzięczą. Nie licząc tego, że na korytarzu zawsze na kogoś się natykał, były jakieś papiery do podpisania, pilna konsultacja czy czekający telefon. Od kiedy jednak został odsunięty, wszystko się zmieniło. Nie pierwszego dnia, nawet nie drugiego, pewne rzeczy zmieniają się dyskretnie i powoli. Ale kiedyś Tano otworzył te drzwi, popatrzył, zaczął stawiać te kroki, których jeszcze nie podliczył, i było jakoś inaczej. Rozpaczliwie szukał w głowie, jakby to była szuflada z fiszkami, czegoś, jakiegoś aktualnego tematu, zarzutu, spotkania, które trzeba odwołać, spotkania, na którym musi się stawić, jakiegoś konkretnego powodu do zmartwienia. Ale fiszki były puste, ludzie wokół robili swoje rzeczy, ktoś pozdrawiał go w przelocie, uśmiech, spojrzenie. Spuścił oczy i zapatrzył się w swoje buty. Pięćdziesiąt osiem kroków i dokładnie cztery grubości palca, wliczając schody. W ciągu ostatnich miesięcy, siedząc za nowym biurkiem i czekając, aż zadzwoni telefon, aż ktoś wejdzie i przerwie jego cierpliwe wyczekiwanie albo aż jakiś mejl da mu do zrozumienia, że znów jest potrzebny komuś, komukolwiek, zastanawiał się, ile to kroków zrobił w ciągu ostatnich lat, kiedy wchodził do firmy i szedł do biurka w tamtym gabinecie, tym, co już nie jest jego, gabinecie dyrektora generalnego. Szacował, że kroków powinno być ponad sześćdziesiąt pięć i poniżej siedemdziesięciu jeden. Kilka dni temu narysował na papierze w skali kompletny szkic biura i obliczył w przybliżeniu kroki. Ale nie sprawdził ich sam. Bo teraz jego trasa, którą pokonywał każdego ranka, prowadziła gdzie indziej. Na wysokości czterdziestego szóstego kroku stało biurko Andrei, jego byłej sekretarki, która przez telefon rozmawiała z kimś wyraźnie dość upartym. Tano machnął jej i nie chcąc przerywać jej ani sobie, skupił wzrok na swoich butach, czterdzieści siedem, czterdzieści osiem, czterdzieści dziewięć, i nie zauważył, że Andrea, nie przerywając rozmowy telefonicznej, próbowała zatrzymać go, wymachując na próżno rękami w powietrzu. Pięćdziesiąt siedem, pięćdziesiąt osiem. Przed drzwiami nowego gabinetu Tano otworzył teczkę i sięgnął po klucz. Pogrzebał między papierami, to był taki malutki kluczyk, którego celem było nie tyle zapewnienie bezpieczeństwa, ile raczej poczucia intymności, Andrea zresztą miała taki sam zapasowy. Wyczuł jakiś metal, być może klucz, ale nie zdołał go wyjąć. Drzwi otworzyły się od środka i uderzyły go w czoło. Teczka wypadła na ziemię, papiery się rozsypały. *„Oh, sorry!"* powiedział ktoś wyuczonym angielskim. Drzwi były otwarte i Tano zobaczył w środku trzech mężczyzn siedzących za jego biurkiem. Blat zastawiony był stosami poskładanych papierów. Kubkami po kawie. Kalkulatorami. Notebookiem. Mężczyźni zajęci byli pracą. Jeden powiedział coś po holendersku, tamci się zaśmiali. Nie rozmawiali o nim. Nawet go nie zauważyli. Tylko ten, co go uderzył. *„I'm so sorry"*. Tano schylił się, żeby pozbierać papiery, i zderzył się z Andreą, która podnosiła te za nim. „Nie zdążyłam cię uprzedzić". Holender

31

Pierwsze formalne zaproszenie od Llambíasów dla Urovichów przyszło krótko po tym, jak Beto Llambías dowiedział się, że Martín nie ma pracy i jest w poważnych tarapatach finansowych. Zaprosili ich na pieczeń z koźlęcia, które na tę okazję Beto osobiście sprowadził ze wsi. I Urovichowie stawili się punktualnie: o wpół do dziesiątej nacisnęli dzwonek u drzwi jednego z największych i najbardziej rzucających się w oczy domów w Altos de la Cascada, z dwiema potężnymi kolumnami przy wejściu, marmurowymi schodami widocznymi przez przeszklone drzwi i z balustradą w każdym oknie. Koziołka przygotował na ruszcie specjalnie wynajęty kucharz, dwie służące przez cały wieczór podawały do stołu i usuwały naczynia z naturalnością aktora, który powtarza te same ruchy od wielu sezonów. „Mario jest fenomenalny – powiedział Beto, wskazując na mężczyznę kręcącego się przy grillu – za pięćdziesiąt pesos zrobi ci najlepsze *asado*, jakie kiedykolwiek jadłeś, a ty nie musisz sobie zawracać głowy nawet rozpalaniem węgla, prawda, Mario mój drogi?" I Llambías podniósł kieliszek z winem w stronę rusztu, proponując toast.

„Każdy powinien robić to, co umie, prawda?" I tym razem uniósł kieliszek w stronę Martína.

Po tym pierwszym zaproszeniu pojawiły się liczne następne, wszelkiego rodzaju i kosztów, jakie tylko można sobie wyobrazić. Turniej Pucharu Davisa w oficjalnej loży, przelot szybowcem Llambíasów, koncert jakiegoś zagranicznego piosenkarza, jakiegokolwiek, weekend w Punta del Este. Martín nie chciał przyjmować tych wszystkich zaproszeń, bo przecież nigdy nie będą w stanie się zrewanżować, Lala jednak nalegała, „Jak zapraszają, dlaczego odmawiać?", mówiła, a te wypady wprawiały ją w tak dobry humor, że Martín ostatecznie godził się na wszystko bez protestów. Tym sposobem Urovichowie mogli przez jakiś czas wierzyć, że nie tylko im się nie pogorszyło, ale nawet ich sytuacja jest lepsza niż kiedykolwiek. Po kilku miesiącach obie pary sprawiały wrażenie już nawet nie przyjaciół, lecz jednej rodziny. Llambíasowie nie mieli już małych dzieci, które by z nimi mieszkały, ale nigdy im nie przeszkadzało, że Urovichowie zabierają swoje dzieci, jeśli tylko było to możliwe. Zawsze mieli pod ręką jakąś gosposię, która mogła zająć się dziećmi. Nawet urządzili im u siebie w domu osobny pokój z telewizją i wideo, żeby nie zawracały głowy.

Przez trzy czy cztery miesiące jadali we czwórkę kolację w każdy wtorek, do kina szli w każdy piątek, a w sobotę spotykali się u Llambíasów i oglądali razem film w ich *home theatre*. Wolny zostawiali sobie tylko czwartek, kiedy to Martín bywał u Tana, a „czwartkowe wdowy" szły razem do kina.

W jeden z sobotnich wieczorów Lala przyszła z filmem, o który poprosił Beto, *Ostatnie tango w Paryżu*, kojarzyła tytuł, lecz filmu nie widziała. Nie było łatwo go zdobyć; w Blockbusterze nie mieli, a w okolicy za dużo innych wypożyczalni nie było. Musiała jechać aż do San Isidro. Nie znała ani nazwiska reżysera, ani nie wiedziała, kto tam gra, znała tylko tytuł. A sądząc po pudełku znalezionym na półce, musiał to być film stary i niemodny. No ale Beto prosił. Zadzwonił na jej komórkę. „Poratuj, Lalu, muszę to dziś zobaczyć". Llambíasowie zawsze byli dla nich tacy mili, że nie odważyłaby się go zawieść. Dorita weszła, kiedy Beto właśnie nastawiał film. Podeszła i pocałowała go. I zrobiła to znacznie żarliwiej, niż zazwyczaj widywała to u nich Lala, przez co poczuła się niezręcznie. Ona z Martínem nie całowali się przy ludziach, a byli dziesięć lat młodsi i znacznie krócej w związku małżeńskim. Żadni z ich znajomych nie całowali się publicznie. Oglądali film, siedząc na wielkiej kanapie. Lala od krawędzi, Beto obok, trochę za blisko, bo zostawił wolne miejsce, którego nikt nie zajął. Martín drzemał na rozkładanym fotelu za nimi. Dorita wciąż kręciła się, przynosząc z kuchni i zanosząc do niej różne rzeczy. Kawę, ciasta, więcej kawy, likiery. Film ewidentnie jej nie interesował albo znała go na pamięć. Tymczasem Brando robił dobrze swojej towarzyszce na ekranie. A ona jemu. Lala nie myliła się, sądząc, że to będzie stary film, obraz był niewyraźny, niewygodnie się oglądało. Beto osuwał się na kanapie, coraz bardziej rozwalony. Kiedy komentował jakieś szczegóły z filmu,

Romina nie wie, na czym polega praca Ernesta. W szkole kazali im napisać *essay* o zawodowej działalności ojca. Ale ona nie wie. Wie to, co jej mówią, lecz to nie jest prawda. Dzwoni do Juaniego. On też nie wie. Śmieje się, gdyby miał pisać o pracy swojego taty, miałby łatwe zadanie. Tylko cztery słowa. *My father doesn't work*. Jemu jednak nie kazali pisać. Kazali Rominie i teraz on próbuje się czegoś dowiedzieć. Tyle że jego matka, która wie wszystko i zna wszystkich, udziela wymijających odpowiedzi. „No, mamo, nie masz tego zapisanego w tym swoim czerwonym notesiku?" Odpowiada, że nie, ale jej nie wierzy. „Przecież zapisujesz wszystko, co dzieje się w La Cascadzie". „Wiesz, jak wielu rzeczy nie mam zapisanych, a jednak się dzieją. Narkotyki na przykład. O tym nie mam nawet linijki". Juani się wkurza. „Ale się czepiasz". Trzaska drzwiami i idzie do Rominy. Zawiedzie ją. Obiecał, że się dowie, a nie dał rady. Romina pyta Antonii. „Twój tata dużo pracuje, widzisz przecież, że wstaje wcześnie rano i wraca późno", mówi. Nie mówi jednak, na czym polega jego praca. „Twój tata dużo pracuje", powtarza i odchodzi. Odpowiedź

Mariany zna: „Twój tato jest prawnikiem". Dlatego nawet nie pyta. Wszyscy w Altos de la Cascada uważają, że jest prawnikiem, lecz ona wie, że nie jest. Mariana też musi o tym wiedzieć. Jest przecież jego żoną. Ale Mariana kłamie. A to ma być *essay*, w nim nie można zmyślać. W każdym razie nie można powtarzać cudzych kłamstw, więc wymyśla własne. Jej ojciec każe się tytułować „doktorem". Z tym że nie jest żadnym doktorem, tak jak nie jest jej ojcem. Jeśli ktoś zadaje mu jakieś pytanie z zakresu prawa, rzuca jedną czy dwie generalne uwagi, mówi, że to nie jego specjalność, i obiecuje, że się dowie. I dowiaduje się. Nikt niczego nie podejrzewa. Doktor Ernesto J. Andrade, tak ma napisane na wizytówkach. I pomyśleć, że ledwie skończył szkołę średnią. O tym Romina wie, bo raz się babci przy niej wyrwało, mamie Ernesta. „Tak dobrze sobie radzi, idzie mu tak świetnie, a pomyśleć, że nie mógł skończyć szkoły średniej". Romina wie, że Ernesto ma biuro w centrum, kiedyś tam była. Z tabliczką z brązu na drzwiach. Napis głosi: „Kancelaria prawna Andrade i Wspólnicy". I tak samo mówi sekretarka, kiedy odbiera telefon. Telefon Ernesta dzwoni cały dzień. Komórkowy, stacjonarny w domu, osobna linia zarezerwowana do jego „spraw służbowych". Jednego dnia Romina odebrała telefon na tej prywatnej linii i po drugiej stronie ktoś powiedział: „Powiedz temu skurwysynowi Andrademu, żeby uważał na swoją dupę, bo za kratami też go dorwiemy i dostanie za swoje". Nie przekazała, bo musiałaby się przyznać, że odebrała telefon, a nie powinna. I nie wydaje się jej, żeby dupa Ernesta rzeczywiście była zagrożona, nawet gdyby chcieli, to przez te kraty się nie przedrą. Nikt nie da rady, myśli Romina. Przez jakiś czas nie odbierała tego telefonu. Potem jej to przeszło albo więcej telefonów nie było. Nie pamięta już.

Siedzi nad czystą kartką. Juani sugeruje, żeby zmyślała. Romina ma wątpliwości. Fluorescencyjnym długopisem rysuje dupki. Niektórym dorabia kwiatki wyrastające jakby ze środka, a innym serduszka na połówkach. Juaniego to bawi. Prosi, żeby dała mu taki rysunek. Romina daje mu jeden. „Mam za ciebie pozmyślać?", pyta Juani. Romina mówi, że tak. Juani wymyśla takie kłamstwa, jakie wszyscy chcą usłyszeć, żeby Romina nie miała kłopotów w szkole. Pisze po angielsku: „Mój ojciec jest wziętym prawnikiem, zajmuje się prawem karnym, cywilnym i handlowym. Prowadzi kancelarię zajmującą się głośnymi sprawami". I pisze dalej. Jeden, dwa, trzy akapity więcej. Nie ma większego znaczenia, co tam pisze, kogo wymienia, jakich używa tytułów czy słów. I tak to wszystko kłamstwo. Prócz tych dupek, które Romina mu podarowała, a on schował do kieszeni.

frisé, bassety, wyżły weimarskie, najczęściej widywane rasy psów spacerujących po okolicy z obrożą i blaszką identyfikacyjną z imieniem i numerem telefonu w razie zaginięcia. Może jeszcze jakiś dalmatyńczyk kupiony pod naciskiem dziecka po obejrzeniu filmu Disneya. Ale rzadko. Wiadomo, że dalmatyńczyki zachowują się jak wieczne szczeniaki i niszczą wszystko, co napotkają na swojej drodze. Że samce beagle'a wyją całymi nocami jak do księżyca na angielskiej wsi, więc jak ktoś nie chce mieć problemów z sąsiadami, nie ma wyjścia i musi im podciąć struny głosowe. Podobno to nie boli, jedno nacięcie i tracą głos. Że przy chow-chow cały dom masz pełen sierści. Że bichonowi frisé trzeba regularnie szczotkować zęby, bo inaczej można paść od woni z jego pyska. Że sznaucery mają zły charakter. A wyżeł weimarski niebieskie oczy, ale jego rozmiary utrudniają współżycie. Są też inne rasy, lecz nie w La Cascadzie. Takie, jakie mieliśmy w dzieciństwie i zapomnieliśmy o nich, takie, co wyszły z mody. Trudno znaleźć w okolicy pudle, buldogi czy boksery. Nie ma też owczarków szkockich, jak ten z serialu *Lassie, wróć*, ani owczarków niemieckich. A tym bardziej jamników, chihuahua czy pekińczyków. Żona Alibertiego miała chihuahuę i nosiła go ze sobą wszędzie w torebce Fendiego. Pewnie raczej nie był to autentyczny Fendi, tylko jedna z tych doskonałych podróbek oferowanych w katalogu Mariany Andrade. Nosiła go na herbatki, turnieje remika liczbowego, turnieje tenisowe. Jednego dnia zabrała go nawet na mszę. „Karłowaty pinczer –

poprawiała zawsze wszystkich – popatrz mu w oczy, nie widzisz, że jest dużo ładniejszy od chihuahuy?", protestowała przy psie wytykającym głowę przez rozsunięty zamek torebki.

Na tych wszystkich psach się znaliśmy. Na tym, jak się nimi zajmować. Zawsze zbilansowana i najlepszej jakości karma. To gwarantowało, że wydaliny psów będą twarde jak kamienie, małe, okrągławe, bardzo łatwe do podniesienia szufelką. Aktualizowana na bieżąco książeczka ze szczepieniami. Środki przeciw kleszczom i pchłom. Sztuczna skórzana kość do gryzienia. Kąpiel w przychodni weterynaryjnej co dwa tygodnie. Przycinanie pazurów, żeby nie niszczyły drzwi i dywanów. Treser, przynajmniej na początku, żeby wpoił im podstawowe zasady zachowania. *Sit*, kiedy ma siąść. *Stop*, jak ma stanąć. „Nie siada, bo źle to wymawiasz, babciu – powiedziała kiedyś wnuczka do Rity Mansilli. – Nie mów *siiiit*, tylko *sit*, rozumiesz? *Sit*, tak krótko, *sit*". I Dorita była pod wrażeniem, „jak dobrze uczą angielskiego w tej szkole". Spacer dwa, trzy razy dziennie, żeby pies trzymał formę i zmęczył się. Raczej nie widuje się w Altos de la Cascada wyprowadzaczy psów, jak na placach Buenos Aires. Psy tutaj wyprowadzamy my, właściciele, albo gosposie. Ale zazwyczaj właściciele. Jak kiedyś ludzie w niedziele chadzali na plac w swoich najlepszych ubraniach, żeby oglądać i być oglądanym, tak wieczorami w Altos de la Cascada pełno jest mieszkańców spacerujących w strojach treningowych z psami, w adidasach z pneumatyczną podeszwą do joggingu, generalnie w markowej odzieży sportowej. A nawet na rolkach, jeśli pies jest dobrze wytresowany.

Lata temu, kiedy prawie nikt nie mieszkał w Altos de la Cascada na stałe, ci, co mieli psy i sprowadzali je tu na weekendy, zachowywali się tak, jakby przyjechali na wieś. Puszczali je luzem. Psy ganiały swobodnie i nikt się nie skarżył. Były to rodziny oswojone ze zwierzętami, ludzie, którzy w ten czy inny sposób spędzali sporo czasu za miastem u siebie albo u przyjaciół. Tacy, co wiedzą, jak się zachować, kiedy zbliża się do nich zwierzę. No i było nas mniej. W wyniku masowego napływu w latach dziewięćdziesiątych zasady uległy zmianie. Trzeba było zacząć myśleć o innych. Bo też nie byli to tacy ludzie jak kiedyś. Hasłem stało się: mój pies może okazać się zawadą dla sąsiada, więc muszę się tym zająć. I morał: bo jak tego nie zrobię, sąsiad na mnie doniesie i dostanę grzywnę. Dziś, jeśli jakiś pies spaceruje po osiedlu bez pana i ktoś się poczuje zagrożony, niepewny albo po prostu poirytowany, dzwoni do administracji i zaraz zjawiają się ludzie, którzy mają za zadanie złapać zwierzę i odstawić do schroniska. O ile są w stanie: żaden z pracowników ochrony nie został przeszkolony do chwytania psów, a niemal każdy pies instynktownie wyczuwa, jak pozbyć się kogoś, kto próbuje go złapać. Ale jeśli się uda, jeśli człowiek na rowerze, który zbliżając się do zwierzęcia, ma do dyspozycji tylko pętlę przywiązaną do kija i próbuje nią trafić, zdoła złapać psa, zwierzak zostaje odstawiony do schroniska. Tam siedzi tak długo, póki nie upomni się właściciel. Schroniska składają się z wielkich klatek w pobliżu terenów do jazdy konnej, a psy karmione są tam tak samo jak w domu. Żeby zabrać psa, właściciel musi wpłacić grzywnę w wysokości osiemdziesięciu pesos, a do tego po pięćdziesiąt pesos za każdy dzień opieki i karmienia. W tej sytuacji nikt nie chce pozwolić, żeby pies mu uciekł. Z drugiej strony nie po to sprowadza się człowiek pięćdziesiąt kilometrów od Buenos Aires, żeby jego zwierzak siedział zamknięty w domu albo na nawet bardzo długim łańcuchu. Jako że w Altos de la Cascada nie wolno ogradzać parcel, chyba że żywopłotem, a krzewy nie są w stanie powstrzymać psa, pojawiły się niewidzialne płoty, system podobny do stosowanych na wsiach, żeby bydło się nie rozpierzchło. Zakopuje się kabel wokół całego ogrodu. Kabel pod napięciem sześciu woltów generuje wyładowanie w urządzeniu zamontowanym w psiej obroży. Przez jakiś czas uczy się psa, używając kolorowych chorągiewek, zazwyczaj białych albo pomarańczowych, powtykanych na obwodzie terenu. Za każdym razem kiedy pies podchodzi do chorągiewki, uruchamia się mechanizm w obroży i rozlega się najpierw dźwięk, a jeśli pies mimo wszystko idzie dalej, dostaje elektryczny strzał w szyję. Celem chorągiewki jest tylko to, żeby wyrobić w zwierzęciu odruch warunkowy, by wiedziało, dokąd może dojść. Potem, choć usuwa się chorągiewki ze względów estetycznych, bo przecież nikt nie chce mieć ogrodu otoczonego nimi, zwierzę zwykle jest już nauczone i bardzo rzadko próbuje mimo wszystko się wydostać. Sprytny system,

ich śmieci i dajmy odpór zdziczałym psom. Wszystko w naszych rękach".

I zajęliśmy się tym. Jeśli bezdomne psy dostawały się do środka po jedzenie, którego nie znajdywały na zewnątrz, to nie mogły go znaleźć także w środku. Ci, którzy nie mieli odpowiednich pojemników, sprawili je sobie. Kanciaste, cylindryczne. Większe i mniejsze. Ustawione w tym samym miejscu co instalacja gazowa. Pochowane za krzakami. Zielone, czarne i szare. Prawie wszystkie z metalicznej siatki, niektóre z drewna, a nawet takie, które wyglądały jak urny cmentarne. Wysokie na tyle, żeby żadne zwierzę nie sięgnęło, albo niskie, żeby nie trzeba podnosić ciężkich worków. Przed domem Llambíasów stały dwa pojemniki: jeden metalowy z dziurkami na zwykłe śmieci, drugi z litego metalu na odpadki, których inni mieli nie oglądać. W dziale zaopatrzeniowym osiedla oferowano różne modele i rozmiary. Pod koniec czerwca opublikowano instrukcję pod tytułem „Stosowne miejsca na pojemniki z odpadami – wytyczne".

A jak już mieliśmy kontener z przykrywką na swoje śmieci, mogliśmy spać spokojnie.

Na kort dotarł parę minut spóźniony. Tano mu to wypomniał. Po co ona pracuje jeszcze w weekendy? Po co w ogóle pracuje? Przecież on zarabia dosyć, żeby mogli żyć tak, jak żyją, a nawet lepiej. Zaczął grę w deblu z Tanem, jak w każdą sobotę. Ale nie trafiał w zbyt wiele piłek. Tano się zirytował, po pierwszym secie poprosił o zamianę partnerów. Zaczęli drugi set. Tak, on rozumie, że biuro pośrednictwa nieruchomości, zwłaszcza takie za miastem, pracuje bardziej w weekend niż w ciągu tygodnia. Trudno zresztą, żeby nie rozumiał tego właśnie on, przecież sam musiał wymyślać całą tę historię ze zgubionym telefonem Virginii, żeby go obsłużyła w zwykły dzień tygodnia. Znalezienie nowego domu i przeprowadzka były pilne, a w przypadku takich spraw dni robocze czy wolne znaczenia nie mają. Nie życzył sobie oglądać dłużej tych, co go krytykowali albo mu współczuli, że nie umie nad sobą zapanować. Opowiadali nie wiadomo co Carli, a tak się niczego nie rozwiąże. Oni we dwoje muszą sobie z tym poradzić, bez wtrącania się innych. Tak jej obiecał. Tak ona obiecała jemu. Ale czy to źle, że człowiek chciałby, żeby jego żona spędzała soboty i niedziele w domu? zastanawiał się w trakcie serwu, którego nie zdołał przyjąć. Ona musi go zrozumieć. Nagle zadzwonił telefon. Jego komórka. Gustavo podbiegł do ławki, by odebrać. To nie była Carla. Od razu się rozłączył. Miał już wracać na kort, lecz jeszcze sprawdził esemesy. Tano zaczął ćwiczyć serwy, żeby rozładować złość spowodowaną przerwą w grze. Gustavo przegrał ten set i następny. Sam je przegrał, choć grali w parach. Tano prawie się do niego nie odzywał. Gustavo nie został na colę po meczu. „Jestem bardzo zajęty, mam trochę kłopotów w pracy". „Widać", odpowiedział Tano nie w humorze.

Wrócił do domu. Poszedł do kuchni. Nalał sobie zimnej wody. Dwie szklanki. Wypił jedną po drugiej, prawie na jednym oddechu. Znów zadzwonił do Carli. Telefon nadal miała wyłączony. Zadzwonił do biura Virginii. „Carla wyszła pokazać klientowi dom". Carla z klientem w samochodzie. Z jakimś facetem. „Tak, przekażę, że dzwoniłeś".

Wziął prysznic. Woda była gorętsza, niż powinna, oparzył sobie trochę plecy. Zjadł lancz. Sam. Nie ubrał się, siedział przepasany ręcznikiem, boso. Wstawił talerze do zlewu. Wszedł na piętro się ubrać. Zostawił kolejną wiadomość. „Zadzwoń". Otworzył drzwi garderoby Carli, ale nie wszedł do niej. Ubrał się. Włączył telewizor. Zgasił. Zszedł na dół. Podlał rośliny. Oczyścił basen. Najpóźniej o piątej Carla wróci. Umówili się, że będzie pracować tylko do tej godziny. O wpół do szóstej zadzwonił ponownie. Komórka dalej wyłączona. Tym razem się nie nagrał. Poszedł do pokoju. Znów włączył telewizor. Zaczął oglądać jakiś film. Miał wrażenie, że już go widział. Tak, widział go. Wszedł do garderoby Carli. Przejrzał jej ubrania, wieszak po wieszaku. Wąchał je. Dotykał ich. Zatrzymał się przy sukience z brązowego jedwabiu, którą miała na ostatnich urodzinach. Jego urodzinach. Była delikatna, pachniała nią, zanurzył twarz w jej fałdach. Z jakim to klientem znowu teraz jest? Westchnął, wciąż trzymając jedwab. Odsunął sukienkę. Zaczął się zastanawiać, co mogła włożyć dziś rano. Brakowało czarnych butów na obcasach, które dał jej na ostatnie urodziny. Trochę za eleganckie, żeby używać ich do wsiadania i wysiadania z cudzych samochodów i pokazywania domów. I tej bluzki z białego lnu, spod której trochę prześwitywał stanik. Znów zaczął przeglądać wieszaki. Niemożliwe, żeby włożyła tę bluzkę. Gwałtownie przesuwał ubrania. Inna bluzka zsunęła się z wieszaka i spadła na podłogę. Nadepnął na nią i dalej szukał tej lnianej. Nie znalazł jej. Na ostatniej półce, przy oknie, ładowała się komórka Carli.

Zszedł i zaparzył sobie kawy. Czarnej, bardzo mocnej. Nasypał pełno cukru. Kawa stygła w filiżance. Niemożliwe, żeby włożyła tę bluzkę i te buty do pokazywania domów i parcel. Wybrał numer biura, lecz zaraz odłożył słuchawkę. Jeśli Virginia wie i ją kryje, to jeszcze tego brakuje, żeby go brała za idiotę. Zadzwonił telefon. Zerwał się, żeby odebrać. Nie miał daleko, ale podbiegł. To był Tano. „Chciałbyś zagrać jutro? Dzisiaj się nie wyżyłem". „Dobra, może być". „Coś nie tak?" „Nie..." „Na pewno?" „Na pewno. Jutro się widzimy o dziesiątej". „Dziś wieczorem się widzimy u Ernesta Andradego, zapomniałeś?" „Nie, nie, pamiętam".

Rozłączył się i znowu udał się na górę. Wszedł do garderoby. Włączył telefon Carli i zaczął sprawdzać jej rozmowy z dziś i z wczoraj. Biuro. Jego komórka. Poczta głosowa. Biuro ochrony Altos de la Cascada. Znowu biuro pośrednictwa nieruchomości. Nieznany numer.

Wybrał go, odczekał, aż ktoś odbierze. „Kino Village, dzień dobry..." Rozłączył się. Jeszcze jeden nieznany numer. Wybrał, odezwał się męski głos. Pozwolił mu powtórzyć parę razy „halo", lecz nie rozpoznał go. To mógł być klient, ale niekoniecznie. Wiedział tylko, że mężczyzna. Może jeden z tych, z którymi Carla gawędziła na czacie o świcie, kiedy bezsenność wyganiała ją z łóżka, choć twierdziła, że wcale nie czatuje, mimo że przyciskał jej rękę do myszy, zginał ją i wykręcał, aż zaczynała się skarżyć, że boli. Wyszedł do ogrodu. Podlał trawnik. Znów zabrał się za czyszczenie basenu; wiatr nawiał nowych liści. Nigdy mu się nie podobała ta Virginia Guevara. Ronie owszem, ona jednak budzi nieufność. Za dużo stawiała pytań tego dnia, kiedy wynajmował dom. Do tego jakieś głupie komentarze. Kłamała, nie pamiętał, o co szło, ale kłamała. Tak jak mogła kłamać i teraz. „Mówiłam, że dzwoniłeś, nie oddzwoniła? Wiesz, mamy zaskakująco dużo pracy dzisiaj. Wyszło słońce i wszyscy chcą się przeprowadzić za miasto". Wziął auto i zaczął się kręcić po osiedlu. Przejechał wszystkie uliczki, najpierw równoległe, a potem prostopadłe do nich, ślepe zaułki i znów te równoległe. Nie wypatrzył jej. Każde z aut stojących przed każdym z tych domów może należeć do faceta, któremu jego żona z uśmiechem, w butach na obcasach i w prześwitującej bluzce, pokazuje sypialnię. Wrócił do domu. Na jednym zakręcie o mało nie wjechał w Martína Urovicha, ale podniósł rękę i pojechał dalej. Siódma. Wszedł do kuchni. Otworzył barek. Nalał sobie whi-

Wszedł znów na górę, do garderoby Carli. Usiadł na podłodze. Gdy tak siedział, patrząc na jej ubrania, doszedł do wniosku, że układ kolorów i tkanin ukrywa jakieś możliwe do odszyfrowania przesłanie. Mówił do tych ubrań. Dlaczego robi mi coś takiego? Zacisnął pięść na sukience w żółte kwiatki. Wlał zawartość szklanki do gardła. Nie zasługuję na coś takiego. Rozpiął czarną koszulę tak, że posypały się wszystkie guziki. Chwytał wieszaki na ślepo, po dwa, trzy, i trzaskał nimi o ścianę. Pręt na wieszaki i półki były puste, a w środku tej spustoszonej garderoby on, sam, pijany, otoczony zewsząd różnokolorowymi materiałami i wieszakami. Rozpłakał się. Opadł na kolana i płakał, wtulając się w sukienkę w kwiatki. Kiedy skończyły mu się łzy, wytarł twarz tą sukienką. Otworzył drzwi kopniakiem, aż został ślad na ścianie, i wyszedł z garderoby. Do ogrodu. Oszołomił go hałas czyniony przez świerszcze. Niebo, jeszcze bardziej rozgwieżdżone niż zwykle, ciążyło mu nad głową. Słychać było samochód przed wejściem do domu. Ale tym razem nie poszedł zobaczyć, próbował wstać z leżaka, lecz zbyt długo to trwało. Hałas ustał. Rozległ się trzask zamykanych drzwi i zaraz na ścieżce pod drzewem pojawiła się Carla. Śpieszyła się. Wyglądała ślicznie. Jędrna od tych ciągłych ćwiczeń. Ze zmierzwionymi włosami. Dlaczego jest rozczochrana? Stawiała kroki na drewnianych listwach, żeby obcasy czarnych butów nie zapadały się w świeżo podlanej trawie. Najpierw kino, a potem? Nie miała na sobie lnianej bluzki. Miała inną, jaskrawego koloru, żółtą albo

35

Komisja Dyscyplinarna wzywa Mavi i Roniego. Oczywiście nie chodzi o nich. Chodzi o Juaniego. Nikt nie wspomina o żadnych narkotykach. Ani o liście. Ani o palaczach trawy. Teczka zatytułowana jest „Ekshibicjonizm w miejscach użytku publicznego". On i jego dwaj koledzy ściągnęli spodnie przed masztem. W sobotę rano, po imprezie. Były tam też dziewczęta, uściśla raport. „Dziewczyny nam klaskały", dodaje Juani, kiedy Mavi i Ronie żądają wyjaśnień. „Żeby ci do głowy nie przyszło tego mówić, jak ktoś będzie pytał o sprawę", uprzedził go Ronie. Komisja ich przesłucha i jeśli uzna za winnych, nałoży stosowną sankcję. „Winnych ściągnięcia spodni? Przecież tylko nasza paczka tam była! To jakiś żart czy poważnie mówicie?" „Wygląda na to, że jednak nie byliście tam sami, bo ktoś na was doniósł". „No ale czasem trzeba zrobić coś dla jaj". „Tego lepiej też nie mów podczas zeznań". „To co mam mówić?"

Po tygodniu dostają wezwanie. Komisja ich wysłuchuje. Ocenia zajście. Jeśli komisja uzna zarzuty, musi określić karę i zaproponować dwie możliwości: opcja pierwsza – zawieszenie, ukaranemu nie wolno uprawiać sportu i korzystać ze wspólnych instalacji przez określony czas; opcja druga – zapłacić grzywnę i zachować prawo do korzystania z urządzeń sportowych i miejsc wspólnych, „żeby ukarany i jego koledzy nie kręcili się bez celu, bo bezczynność przynosi same kłopoty". Jeśli wybiera się opcję drugą, ojciec płaci grzywnę i syn unika zawieszenia.

Mavi i Ronie wielokrotnie rozmawiają z Juanim przed przesłuchaniem. Zadają mu pytania, żeby potem się nie wahał, nie zastanawiał. Ćwiczą z nim, udzielają mu porad. „To był żart, nie wiedziałeś, że tam były dziewczyny, nie chciałeś nikogo urazić", recytuje Ronie. „Piłeś coś? Paliłeś?", dopytuje Mavi. Ronie patrzy na nią krzywo, Juani nie odpowiada. Ona mimo wszystko powtarza pytanie, wie, że komisja też zapyta. „Piwo – odpowiada Juani nie w humorze – ale nie byłem pijany". Mavi płacze. „Mamo, nigdy się nie napiłaś piwa?" „Nigdy nie ściągałam przed ludźmi spodni". „A ja owszem", wtrąca się Ronie i teraz ona krzywo na niego patrzy. „Paliłeś", powtarza, jakby nie było wcześniejszej rozmowy. „Mamo, to był wygłup, czy to tak trudno zrozumieć?" Ona jednak nie rozumie. Nie słucha. Niczego już nie wie.

W skład Komisji Dyscyplinarnej wchodzi troje mieszkańców. Zajmują się każdym naruszeniem przepisów na terenie *country*. I zawsze mówi się tu o wykroczeniach, nie o przestępstwach. Bo technicznie rzecz biorąc, w Altos de la Cascada przestępstw się nie popełnia. Chyba że dopuszcza się ich personel domowy, ogrodnicy czy inni pracownicy, wtedy sprawy wyglądają inaczej. Jeśli jednak o mieszkańców chodzi, jeśli jeden z nich albo ich dzieci, krewni czy przyjaciele dopuszczą się naruszenia prawa, nie składa się doniesienia do żadnych instytucji poza osiedlem. Sprawy próbuje się rozwiązać we własnym gronie. W obrębie osiedla. Kradzieże, zderzenia, przejawy agresji – przez Komisję Dyscyplinarną przechodzą wszelkiego rodzaju sprawy. I zawsze są rozwiązywane, bo zawsze jest dobra wola. Jeśli ktoś angażuje się w jakąś bijatykę na ulicy, w barze czy kinie i robi komuś krzywdę, może skończyć w więzieniu. Ale jeśli do zajścia dochodzi między braćmi w przydomowym ogrodzie, wygląda to inaczej, nikomu nie przyjdzie do głowy, by załatwiać sprawę poza domem i rodziną. I tutaj wygląda to tak samo. Altos de la Cascada to wielka rodzina z wielkim ogrodem. No i dlatego sama rodzina rozsądza sprawę i wyznacza kary. Poprzez Komisję Dyscyplinarną. Państwowy wymiar sprawiedliwości, ten zewnętrzny, poza murami, w sądach i Pałacu Sprawiedliwości, niemal nigdy tu nie interweniuje. W przypadku spraw prywatnych jeśli nie ma doniesienia, nie ma przestępstwa. A jeśli chodzi o sprawy natury publicznej, żadne zewnętrze organa nie dowiadują się o sprawie. Albo udają, że nie wiedzą. Nikt w Altos de la Cascada nie pójdzie z doniesieniem na komisariat. Nie tylko dlatego, że tak się przyjęło, ale też byłoby to bardzo źle widziane. Takie rzeczy załatwia się we własnym gronie. Doniesienie składa się w admini-

36

W czwartek, jeden z tych czwartków, kiedy to wieczorami nasi mężowie spotykali się, żeby pograć w karty i zjeść razem kolację, zadzwonił Tano. Nie poprosił jednak Roniego, tylko mnie. Zaprosił mnie do nich na kolację. Mnie, Carlę Masottę i Lalę Urovich. Z Teresą oczywiście. „Czwartkowe wdowy", jak nas nazwał. Po tylu latach po raz pierwszy miałyśmy spotkać się w czwartkowy wieczór z naszymi mężami. Powiedziałam o tym Roniemu i był zaskoczony, też o niczym nie wiedział. „Trochę dziwny jest ostatnio Tano", stwierdził. Niczego nie zauważyłam, od jakiegoś czasu cała moja uwaga skupiała się na Juanim, a reszta świata była dla mnie jak duchy przelatujące obok, bezcielesne. Dzięki Roniemu udało mi się przejść od niepohamowanej agresji do współczucia dla samej siebie, choć też nie byłam pewna, czy to najlepsze dla naszego syna, ale mogłam skuteczniej się z tym kryć. Natomiast wciąż nie udawało mi się zapanować nad odruchem szpiegowania go i sprawdzania jego rzeczy. Nie miałam pewności, czy dobrze robię. „Nie zauważyłaś, że Tano zapuścił sobie zarost?" „A co to ma do rzeczy?" „I opala się". „Chce dobrze wyglądać". „To właśnie jest dziwne, przecież zawsze dobrze wyglądał", stwierdził mój mąż.

Obawiałam się, że ta kolacja może być nieprzyjemna za względu na „ten wstyd, że nie tylko ma się syna narkomana, ale jeszcze na dobitkę wszyscy o tym wiemy", jak to ujęła Teresa, wyrażając mi współczucie, kiedy pojawiła się u mnie w biurze dwa czy trzy dni po tej niezapomnianej rozmowie telefonicznej, w której poinformowała mnie o zagrożeniu mojego syna. Zadzwoniłam do niej, gdyby tak miało to wyglądać, wolałam skłamać, że jestem chora, niż naprawdę się rozchorować. Ona też o niczym nie wiedziała, była tak samo zaskoczona jak my. „Mówi, że chce się z nami czymś podzielić, ale stroje normalne, nie wieczorowe". Ulżyło mi, wiedziałam, że moje problemy to nie jest powód do kolacji w towarzystwie przyjaciół, o ile nimi byliśmy.

Równo o dziewiątej zadzwoniliśmy do drzwi. Otworzyła nam Teresa, ubrana była w czarną jedwabną sukienkę, długą prawie do ziemi, i miała naszyjnik z hiszpańskich pereł, który Tano podarował jej na ostatnią rocznicę ślubu. „Nie wiedziałam, że mamy być na galowo", powiedziałam zaskoczona, ubrana w dżinsy i sweterek z dzianiny sprzed paru sezonów. „Ja też nie, Tano wybrał mi ubranie i nie zgadzał się na żadne zmiany. Zaczynam się niepokoić", zażartowała.

Ronie poszedł w stronę kuchni z butelkami wina, które przynieśliśmy. Szłyśmy parę kroków za nim. „Syrah", usłyszałem, jak mówi, wręczając butelki Tanowi. „Podejrzewam, że to może być ogłoszenie naszych planów wyjazdowych czy coś takiego – szepnęła mi Teresa poufnie – rozmawialiśmy o Maui, ale może wykombinował jakąś grubszą sprawę, może być, co?" Odpowiedziałam, że możliwe, lecz bez specjalnego przekonania. Mam łatwość wchodzenia w czyjąś głowę, odgadywania, co ktoś myśli albo czuje. W mojej pracy bardzo to pomaga. „Zrozumienie, jakiego domu szuka klient, zrozumienie, że to wcale nie musi być taki dom, jaki ja bym kupiła, oszczędza czasu i nieporozumień", zapisałam w czerwonym kajecie po jednej wyjątkowo trudnej transakcji. Tano jednak zawsze wydawał mi się nieprzenikniony, prawie tak samo jak mój Juani, i choć czasami myślałam, że jestem w stanie go zrozumieć, zaraz ogarniało mnie podejrzenie, że ta domniemana empatia to także rezultat jego świadomego wprowadzania mnie w błąd.

W kuchni Tano szykował kurczaka tandoori dla gości. Włożył biały fartuch i kucharską czapkę. Ronie miał rację, był jakiś dziwny. Ale nie chodziło o zarost czy opaleniznę. Chodziło o przesadę w jego ruchach. Czasami miało się wrażenie, że liczy własne kroki. Tano, choć stanowczy i pewny, zawsze był typem spokojnym, opanowanym. Jeśli chciał narzucić swoją wolę, mówił cichym głosem, nie musiał krzyczeć. Nie musiał podnosić głosu w dniu, kiedy zjawił się w La Cascadie i powiedział: „Chcę tę posesję". Jeśli był zadowolony, pił z kolegami szampana, a jeśli nie – zostawiał ich na lodzie. Albo ich upokarzał. Ale nie śmiał się głośno, nie obejmował nikogo, nie płakał. Tego wieczora miało się wrażenie, że jest zdolny do każdej z tych rzeczy.

Poczekaliśmy, aż zjawią się wszyscy, i dopiero wtedy przeszliśmy do jadalni. Podano szampana i od alkoholu na pusty żołądek trochę zakręciło mi się w głowie. Podeszłam do przeszklonej ściany. Błyskawica przecięła niebo i kilka ciężkich kropel zaburzyło łagodną powierzchnię wody w basenie. Drewniany podest pokryły mokre plamy. Zapach wilgotnej ziemi mieszał się z aromatami dochodzącymi z kuchni. Gosposia rozstawiła przystawki na stole. Koktajl z kraba, krewetek i awokado podany w kieliszkach, także przyrządzony przez Tana. „Tylko nie proście, przepisu nie dam", powiedział i dał gosposi znak, którego nie zrozumiałam, lecz ona owszem, bo natychmiast wyszła z opuszczoną głową. Mimo że w czwartek zawsze miała wolne, Tano poprosił, żeby została, bo „mają przyjść wdówki", choć nie wydaje mi się, żeby ta kobieta złapała dowcip. Najsłynniejsze na osiedlu są „wdowy golfowe", opuszczane przez swoich mężów w każdy weekend na co najmniej cztery godziny potrzebne do zaliczenia wszystkich osiemnastu dołków. Nasz pseudonim, na nich wzorowany, miał raczej prywatny charakter i nigdy nie wyszedłby poza nasz krąg, gdyby nie okazał się proroczy.

Jak zawsze my, kobiety, siadłyśmy razem po jednej stronie stołu, a po drugiej oni. Czereśniowy stół Tana to największy taki mebel, jaki w życiu widziałam. Normalnie siada przy nim dwanaście osób, ale zmieści się i szesnaście. „Tym razem chcę, żebyście się przemieszali", powiedział Tano. Ronie spojrzał na mnie porozumiewawczo. Że Tano gotów jest rozmawiać z którąś z nas, oznaczało bez cienia wątpliwości, że nic nie będzie jak zwykle. „Brawa dla kucharza", zażartował Gustavo, kiedy byliśmy w połowie drugiego dania, a Tano nadal niczego nie obwieścił. „Tamburi to nazwa jakiejś przyprawy?", zapytała Lala. „Tandoori", poprawił ją półgłosem Ronie, ale nie odpowiedział na pytanie. Ani on, ani nikt inny. Niektórzy z nas nie wiedzieli, inni nie dosłyszeli. Tano zapewne dlatego, że Lala go irytowała. Ze wszystkich kobiet ją najmniej szanował. „Czy w mózgu jednej osoby może zmieścić się tyle idiotyzmu?", zapytał kiedyś Tano Roniego, kiedy Lala próbowała wkręcić się na zebranie poświęcone priorytetom budżetowym na przyszły rok i upierała się, że trzeba przeznaczyć część środków na wyplenienie oplątwy. „To pewnie rzeczywiście przyprawa, nie?", odpowiedziała sama sobie. Carla prawie się nie odzywała przez cały wieczór. Ostatnio nie pojawiała się w biurze. Nie przychodziła od ponad tygodnia. Twierdziła, że złapała fatalną grypę i wciąż czuje się słaba, ale nie uwierzyłam. Sprawiała wrażenie smutnej, przygaszonej. „Zmęczona jestem", odparła, kiedy zapytałam, jak się czuje. Tyle że korektor pod oczy, który sobie nałożyła na policzki, nie był w stanie zasłonić sińca.

Przed deserem Tano wstał i uderzył widelcem w kieliszek. „Co za brak szacunku – zaprotestował. – Kiedy tak robią na filmach, zawsze wszyscy od razu milkną". „A ty wierzysz filmom, Tano? – zapytał Gustavo. – *This is a real life*, mój drogi, *a real life*". Zaśmiał się, wszyscy się zaśmialiśmy, nie bardzo wiedząc z czego. „Przyjaciele, kochanie – zwrócił się Tano do Teresy – chciałbym podzielić się z wami bardzo ważną decyzją, którą podjąłem". „Rzucasz tenis...", zażartował Ronie. „Tego nigdy w życiu. Rzucam Troost", odpowiedział. Zapadła cisza. Tano wciąż się uśmiechał. Teresa też, ale to był sztuczny uśmiech, a oczy miała bardzo szeroko otwarte. Reszta nie wiem, za bardzo skupiałam się na sobie, nie bardzo rozumiałam, w tej chwili moje neurony szukały między bąbelkami szampana informacji, co to jest ten Troost, że wszyscy tak zamarli, jakby Tano był księdzem i powiedział, że zrzuca habit. „Dostałeś inną ofertę...", zdołała wydusić Teresa, wciąż jeszcze uśmiechnięta, zakładając, że jej mąż dokona kolejnego skoku w górę drabiny zawodowej. „Nie, nie – odparł z całkowitym spokojem. – Zmęczyła mnie ciągła zależność. Zostałem kolejnym bezrobotnym", zaśmiał się. Teresy ten żart nie rozbawił. „Tak że uważaj, Gustavo, bo to chyba jest zaraźliwe", ostrzegł go Tano. Martín Urovich chyba się zaczerwienił, ale nie jestem pewna, może mi się tak tylko zdawało, może uznałam, że powinien, że ja na jego miejscu bym się zaczerwieniła. A może ja się zaczerwieniłam za niego. Albo za Roniego, bo przecież też jest bezrobotny, choć oszukuje się, myśląc, że żyje z procentów, choć te jego procenty były znacznie niższe niż koszty, jakie się z nimi wiązały. „O nie, litości, jak ja bym wyszedł z korporacji, to po mnie, potrzebuję mieć swojego *big fathera*", odpowiedział Gustavo z opóźnieniem. A Martín Urovich dodał: „My rozważamy przeprowadzkę do Miami". „Przestań opowiadać bzdury!", odparował Tano. „Naprawdę jedziemy do Miami", stwierdziła Lala. Tano, nie patrząc na nią, zapytał Martína: „Poważnie mówisz?". Martín zaprzeczył ruchem głowy. Lali do oczu napłynęły łzy, wyszła do łazienki. „Komuś dołożyć tandoori?", zapytała Teresa. „Zadowolony?", zapytałam Martína, lecz odpowiedział mi Tano. „Szczęśliwy – stwierdził. – Od dawna nad tym rozmyślam, mam dość zarabiania kasy dla innych, chcę ją całą dla siebie". „I czym się zamierzasz zająć?", zapytał Ronie. „Nie wiem jeszcze, mam sporo planów i na szczęście wypłacili mi niezłą odprawę, tak że z forsą w kieszeni spokojnie pomyślę, od czego by tu zacząć". „Więc wszystko było na chłodno skalkulowane...", odezwał się Gustavo. „Na chłodno...", potwierdził Tano. „Ale przed tymi wszystkimi projektami pamiętaj o naszej podróży na Maui", przypominała mu Teresa. „To będzie mój pierwszy projekt", odparł Tano i pocałował ją w policzek. Wtedy pierwszy raz widziałam, jak Tano całuje publicznie żonę. Ją też to zaskoczyło, jestem przekonana. A potem zaproponował toast. Wznieśliśmy kieliszki i czekaliśmy, aż Tano powie, za co pijemy. Chwila milczenia z kieliszkami w górze trwała trochę za długo. „Wypijmy za... za wolność – powiedział, zaraz się jednak poprawił. – Nie, nie, lepiej wypijmy za *real life*... Tak jest, za *the real life*". I kieliszki spotkały się pośrodku stołu. Te same kieliszki, które stały na brzegu basenu tej wrześniowej nocy, kiedy przepowiednia czwartkowych wdów dla trzech z nas się spełniła. Kieliszki używane przez Tana tylko na specjalne okazje. Takie jak ta.

37

Romina czuje się w La Cascadzie obco. Juani też czuje się obco. Pewnie dlatego tak dobrze jest im w swoim towarzystwie. I dlatego planują wspólną wyprawę w świat, kiedyś, kiedy skończą szkołę. On nie lubi sportu, cały dzień spędza w pokoju, słuchając muzyki albo czytając czy co tam jeszcze może robić. I dorosłym z Altos de la Cascada wydaje się to dziwaczne. Romina też spędza mnóstwo czasu zamknięta w pokoju. A do tego ma śniadą skórę. Nie da się temu zaprzeczyć. Nawet Mariana się nie spiera, mówi każdemu, kto chce słuchać. Ona jest adoptowana. Każe jej używać do opalania kremu z filtrem pięćdziesiąt. „Chociaż na kolanach, bo jeśli o tej porze roku wyglądają jak wysmarowane węglem, to co będzie latem?" Pedro też jest śniadawy, ale nie aż tak jak ona, czasami Romina podejrzewa, że Mariana daje mu coś, co wybiela skórę. Kiedyś odkryła, że myje mu włosy wywarem z rumianku, i wtedy Mariana zakazała jej wchodzić do łazienki brata. Pedro ubiera się tak, jak Mariana lubi, i mówi tak, jak ona chce. I dlatego Mariana zachowuje się tak, jakby Pedro urodził się z jej brzucha, jakby nikt nigdy nie powiedział jej, że ma jałowe jajeczka. I Romina nienawidzi jej za to, bo przez to kłamstwo kradnie jej znacznie więcej niż brata.

Romina i Juani widują się co wieczór. Po kolacji idą do swoich pokoi, zamykają drzwi i wymykają się przez okno. Od tamtej nocy, gdy Romina rozcięła sobie stopę o butelkę, musi za dużo się tłumaczyć za każdym razem, kiedy chce gdzieś z Juanim późno wyjść. Dlatego ucieka i nikomu nic nie mówi. Spotykają się w pół drogi. Czasami na chodniku przy dołku numer dwanaście. Czasami przed araukarią na skwerku. Idą się przejść. Przez okna ich pokoi zbyt ładnie wygląda spokojna noc, kiedy to po ulicach Altos de la Cascada nie chodzi żywa dusza. Szkoda iść spać. W dni z pełnią korony najwyższych drzew nabierają srebrnej barwy, rysują się na tle nieba. Ma się wrażenie, że księżyc świeci jaśniej niż w mieście. Czuć, że powietrze jest mniej zanieczyszczone. I ta cisza. Romina i Juani najbardziej lubią w swoich nocnych wypadach właśnie ciszę. Jedyne, co słychać, to cykanie świerszczy. I malutkie i niemal przezroczyste żabki, które rechoczą przez całą noc. Oboje lubią lato. I jaśminy. Romina nawet bardziej niż Juani, to jej ulubiony kwiat i to ona nauczyła go rozpoznawać jego woń wśród nocnych aromatów.

Spacerują. Jeżdżą na rolkach. Szpiegują. Romina i Juani wychodzą na osiedle nocą. Zabierają latarki. Robią tak od dziecka i to jedna z niewielu rzeczy, która wciąż ich kręci, kiedy mają po siedemnaście lat. Wybierają dom, drzewo i okno. I obserwują. Już się tak nie dziwią jak na początku. Potwierdzają to, co już wiedzą. Wiedzą, że mąż Dority Llambías sypia z Nane Pérez Ayerrą. Wypatrzyli ich tego wieczora, kiedy odbywała się impreza z okazji kolejnej rocznicy założenia *country*. W jej łóżku. Wszyscy dorośli tańczyli w sali zabawowej. Oprócz nich. Po chwili ubrali się i każde odjechało swoim vanem, żeby dołączyć do reszty. Wiedzą, że Carla Masotta płacze po nocach, a Gustavo, kiedy wpada w złość, rozbija o ściany butelki i talerze. Wiedzą, że to nieprawda, że najmłodszy synek Elizondów złamał sobie rękę, gdy spadł z drzewa. Widzieli, jak któregoś wieczora płakał i płakał, bo rodzice zamknęli go w pokoju, potem otworzył okno, zdjął moskitierę i wyszedł na dach. Zrobił ledwie trzy kroki i od razu spadł. Widują też ludzi, którzy śpią spokojnie. Rodziny, które jedzą kolację, sprawiając wrażenie, że jest im ze sobą dobrze. Dzieci za komputerami albo przed telewizorem. To ich jednak nie bawi, nie tego szukają. Bo im nie wierzą. Choć może i wierzą, lecz nie rozumieją. Bywają takie noce, że jeden dom do szpiegowania wystarcza, ale też takie, kiedy muszą łazić od drzewa do drzewa i nie mogą znaleźć tego, czego szukają. Romina i Juani nie wiedzą, czego szukają, niemniej w pewnym momencie, gdy z gałęzi patrzą w czyjeś okno, zabawa dobiega końca, starczy już na tę noc, nie muszą dłużej szukać.

Idą. Z domu Willy'ego Queveda dobiega muzyka. On też pewnie nie śpi. Światło w pokoju ma zgaszone, ale widać jakiś blask. Z pewnością ekranu komputera. Pewnie siedzi na czacie. Romina chciałaby zostać

w zamian. Tymczasem byli już za dołkiem numer osiem i prócz ogólnych rozmów o gospodarce i finansach nie pojawił się żaden temat mogący mieć jakieś praktyczne znaczenie dla któregoś z nich.

Piłka Tana poleciała w koronę drzewa i wylądowała w pół drogi między punktem wybicia a miejscem, do którego doleciała piłka Alfreda. Tak czy inaczej mieli jakieś sto jardów do przejścia, zanim Tano będzie mógł znów uderzyć. Każdy złapał swój wózek i ruszyli. I teraz rzeczywiście przeszli do interesów. Być może Alfredo czekał właśnie na to: aby mieć przewagę jednego uderzenia. „I jak tam w Trooście, Tano?" Tana już prawie te pytania nie denerwowały. Mijał rok od jego zwolnienia i Tano przygotował się na tyle dobrze, że wiedział doskonale, co odpowiadać. „Domyślam się, że dobrze..." „Jak to: domyślam się?" „Jestem już poza firmą, pracuję dla nich, ale niezależnie..." „Nie wierzę..." Mimo zdumienia słyszalnego w głosie trudno było uwierzyć, że Alfredo naprawdę nie wie o odejściu Tana. Rynek pracy jest mały, a La Cascada jeszcze mniejsza. „Ale firma ma się dobrze? Czy może odszedłeś, bo Holendrzy grają zbyt ryzykownie?" „Nie, odszedłem, bo miałem dość..." Alfredo przystanął na chwilę, żeby usunąć gałązkę, zaplątaną w kółko wózka, w którym jechały jego kije marki Callaway z grafitowymi trzonkami, ostatni model. „Rozumiem cię, wiesz, ile razy sam siebie pytam, co ja właściwie robię, pracuję po dwadzieścia godzin dziennie u nas, w centrum. Zwłaszcza jak sobie popatrzysz na tę inną rzeczywistość", stwierdził i rozejrzał się wokół po

jest. Ale jak mawiał mój stary: łatwiej o wybaczenie niż o zgodę. Choć szczerze mówiąc, nie lubię prosić ani o to, ani o to, Tano". Kawałek od nich przebiegł zając, jakby uciekał, i schował się za stawkiem. „To co, czyli Troost sobie dobrze radzi?", powtórzył Alfredo. „Doskonale, jak zawsze. A skąd to zainteresowanie?" „Bo mam z nimi interes, to znaczy nie tyle z nimi, ile z ich polisami. Nazywamy to ostatnim namaszczeniem". „A co to jest?" „Przejmowanie polis. Płacisz gotówką za przepisanie polisy na twoje nazwisko, stajesz się jej właścicielem, to bardzo prosta procedura administracyjna. W dwie minuty załatwiasz sprawę. Oczywiście robimy to tylko z polisami poważnych ubezpieczycieli, a Troost zaliczał się do najlepszych. Ale napatrzyliśmy się na upadki takich gigantów, że ostrożności nigdy za wiele, prawda, Tano?" „A ty kiedy masz z tego zysk?", zapytał Tano. „No kiedy się wypłaca polisę na życie, czyli jak delikwent wykituje". Zadzwonił telefon Alfreda, który przystanął, wydał dwie czy trzy instrukcje i rozłączył się. „Plus tego systemu jest taki, że delikwent może cieszyć się kasą za życia, a nie trafia ona do krewnych. To wyszło przy okazji AIDS, ludzie się rujnowali na leczenie, więc jeśli taki jeden z drugim miał wcześniej założoną polisę i było jasne, że się z tego nie wywinie, rozumiesz, wypłacałeś im kasę, gość żył przez ten czas w lepszych warunkach, a ty inkasowałeś należność po jego śmierci. I już". „Nie znałem tego tricku". „No tak, taki jest rynek finansów, trzask-prask i trzeba szukać nowych rzeczy. Jeśli wiesz, jak patrzeć, zawsze znajdziesz jakąś niszę". „Jedno trafia szlag, to drugie wychodzi". „Otóż to, Tano, trzeba być czujnym i jeśli tylko się da, uderzać pierwszemu. Przejmowanie polis to czysty interes, jak dobrze oszacujesz, nie ma ryzyka. Lepsze niż przejmowanie hipotek. Kupujesz polisę za osiemdziesiąt procent i masz czysty zysk. Wyobraź sobie, że zgarniasz dwadzieścia procent często nawet przed upływem roku, poziom zysku, że ja pieprzę, i to w dolarach, Tano". „Robi wrażenie". „Robi". „I to dotyczy tylko tych z HIV-em?" „Nie, przeciwnie. Teraz ten segment rynku trochę się schrzanił przez różne nowe leki, goście dłużej żyją. Pewnie, że i tak wykitują, ale termin się przesuwa, a przez to cały bilans leży. Rynek jest skomplikowany, łatwo wdepnąć w gówno. Dlatego płacimy lepiej za innego rodzaju ryzyko". „Na przykład jakie?" „Za inne choroby... te, których nikt nie chce nazywać... no sam nie wiem, za raka płuc, galopujące zapalenie wątroby, guzy mózgu... Dobrze się nie orientuję, mnie ta część naszego interesu lekko przeraża, a od tego mamy doradców medycznych, badają każdy przypadek i robią nam raporty... Mnie o liczby nie pytaj, Tano..."

Doszli pod dołek. Alfredo pochylił się, żeby ocenić, w którą stronę jest spadek terenu. Przyjrzał się gruntowi pod różnymi kątami. Tano też się przyglądał, nie musiał się schylać, zaufał ocenie partnera rozgrywki. Wyjął puttera i podszedł do piłki. „Ty, Tano, a nie została ci może gdzieś jakaś lista klientów Troosta? Bo gdybyś mógł nam podsunąć jakieś polisy do przejęcia, to wiesz, odpaliłbym ci jakiś procent. Problem ze wzrostem w tym interesie jest taki, że nie może go człowiek oferować masowo, rozumiesz? Ludzie się burzą, ale potem jakoś to się oswaja, weź taki temat prywatnych kwater na cmentarzach, z początku wszyscy się gorszyli, a teraz każdy ma wykupioną..." „Listy nie mam, ale mam dobrą pamięć. I kwaterę na cmentarzu Memorial". Alfreda rozbawił ten żart. „No to jakby cię to ciekawiło, daj znać. Mógłbyś podprowadzić trochę temat, a i tak zrobilibyśmy ci małe szkolenie; sprawa jest delikatna, trzeba wiedzieć, jakich używać słów, żeby dobrze sprzedać, kapujesz, nie? Mamy ludzi od neurolingwistyki, tacy potrafią podsunąć ci odpowiednie słowo. Daj znać". „Dam".

Alfred trącił piłkę delikatnie ze względu na małą odległość. Piłka minęła piłkę Tana i wpadła do dołka. Jedno uderzenie mniej niż przewidywane na ten dołek, wystarczająco, żeby poczuć się powyżej średniej. I żeby Tano nie miał szans na wygraną. Alfredo podszedł do dołka i wyjął piłkę. Tano wydobył puttera, podszedł do piłki, wiedząc, że przegrał. Rozluźnił kolana, pokręcił szyją w lewo i w prawo, zakołysał się lekko. Miał już uderzyć, lecz nagle zapytał: „Słuchaj, a pamiętasz, czyje polisy od Troosta przejąłeś?" „Nie, ale mam wszystko zapisane, potem ci powiem". Tano uderzył i piłeczka także wpadła do dołka, dla niego jednak to nie był dobry wynik, stracił uderzenie przez te korony drzew. Przeciwnik wygrał jednym uderzeniem.

Potem poszli się napić do baru. Alfredo sprawdził w notesie dane z polis od Troosta. „Jedna to jakiejś Margarity Lapisarrety... A druga Olivera Candileu". „Olivera Candileu znam całkiem dobrze, to był mąż jednej pracownicy Troosta". „Uwaga, Tano, to są poufne dane, wiesz, że temat jest... delikatny". „Co ma Oliver?" „Bardzo dobrą polisę, z brytyjską gwarancją, z wypłatą trzystu tysięcy dolarów, ale z bardzo surowym zapisem o wcześniejszym wycofaniu środków, zabraliby mu prawie połowę kasy". Alfredo położył na stole należność za ich napoje i wstał. „A co z nim? Co mu jest? Na co umrze?" „Nie pamiętam, ale to musi być coś bardzo szybkiego, bo wziął osiemdziesiąt trzy procent, wyobrażasz sobie? Najwyższa stawka, jaką dotąd daliśmy. To przyjaciel, co? Martwisz się?" „Nie, żaden tam przyjaciel". Alfredo wziął torbę z kijami na plecy. „To dasz znać?" „Odezwę się". Poklepał go po ramieniu i poszedł. Tano posiedział jeszcze chwilę w barze zapatrzony w nieskazitelną zieleń pola golfowego, zastanawiając się, dlaczego nazwali to „ostatnim namaszczeniem".

pamięta. Brata, który mógł być zupełnie inny, ale Mariana go przemieniła. Formularze adresowane były do dwóch różnych prywatnych uniwersytetów, San Andrés i Di Tella. „Na nic poniżej się nie zgodzę. To kwestia bycia wyjątkowym", mówi Ernesto. Wyjątkowym. Ale Romina nie chce być wyjątkowa. Chce podróżować. Przez następny rok, nie prosi o więcej, nie chodzi o całe życie, tylko o ten pierwszy moment po szkole, o podróż inicjacyjną, chce po prostu wziąć plecak i zobaczy, co będzie, chce wyruszyć w podróż bez wyraźnego celu. Po kraju albo za granicę. Ernesto z niej kpi, mówi, że skąd pomysł na podróżowanie po świecie u osoby, która nie wie, jak dojść na przystanek autobusu 57 i pojechać do Buenos Aires. Mówi tak, chociaż on też by nie umiał, nie poradziłby sobie ani z tym, ani z żadnym innym autobusem wyposażonym w automat do biletów. Kiedy ostatnim razem jechał komunikacją miejską, płaciło się jeszcze kierowcy, wszystko jedno jakim banknotem, a kierowca wydawał resztę. Prawda, że ona nigdy nawet nie wsiadła do autobusu. Ale Juani owszem. Należy do niewielkiej grupki chłopaków w jego wieku, którzy wiedzą, jak to jest. Reszta jeździ samochodami albo bierze taksówki, albo rodzice ich podwożą. I strasznie się śpieszą z prawem jazdy, ledwie skończą siedemnaście lat. To nic dziwnego spotkać tu chłopaka, który umie prowadzić auto, lecz nigdy nie jechał autobusem. Mieszkają daleko od wszystkiego, od kina, centrum handlowego, szkoły, domów kolegów. Piechotą nigdzie się nie dojdzie. Romina zamierza jechać z Juanim. O ile

o kontakty, które mu się przydadzą. Albo dlatego, że nie mógłby jechać na jej wręczenie dyplomu, jeśli mu nie cofną sądowego zakazu opuszczania kraju. Choć to też nie, bo Ernesto zachowuje spokój, już mu jakiś znajomy „z ministerstwa" mówił, że to wyłącznie formalność, że sędzia obiecał się tym zająć, że to kwestia dni. Romina nie ma pojęcia, dlaczego on właściwie nie może opuszczać kraju, i nie pyta, ponieważ wie, że i tak by nie odpowiedział. „Bo w tym kraju zamiast zamykać bandziorów, utrudnia się życie takim ludziom jak my". Romina nie wie też, co to są ci „ludzie tacy jak my", ale się domyśla. Jedyne, co wie, to że San Andrés i Di Tella to dwie nazwy, które Ernesta uspokajają. Są takie słowa, które działają na rodziców kojąco. Słowa same z siebie, bez żadnej głębszej treści. Nazwy własne i rzeczowniki pospolite uspokajające rodziców. Juani i ona też mają taką listę. Nazwy niektórych uczelni. Nazwy niektórych banków. Nazwy niektórych „rodzinnych" miejscowości wypoczynkowych. Imiona niektórych znajomych, nielicznych. Nazwy niektórych szkół, tych gwarantujących najwyższy poziom angielskiego w okolicy i dających IB, maturę międzynarodową, choć większość rodziców nie ma pojęcia, co to IB oznacza, ale wiedzą, że to określa różnicę między jedną szkołą a drugą. Słowa uspokajające. Sport. Dziecko, które uprawia dużo sportu, „jest zdrowe i na pewno nie ma problemu z narkotykami". Jakikolwiek sport, byle była jakaś piłka, zielona, skórzana, numer pięć, Slazenger czy Nike, jakieś narzędzie do uderzania tej piłki (noga, rakietka, kij golfowy, ręka) i jakieś miejsce, do którego ma wpaść (bramka, dołek, linia, kosz).

Romina siedzi za biurkiem przed formularzami wpisowymi przesłanymi przez ojca. Rysuje na nich dupki. Na każdej stronie inną dupkę, a w środku niej następną i następną, i tak w nieskończoność. Obraz w obrazie. *Mise en abîme.* To także widziała na lekcjach plastyki. Jedyne, co lubi w szkole, to te zajęcia. *Mise en abîme.* Umiejscowione w otchłani. Wsadza to wszystko do koperty. Za godzinę przyjdzie kurier, żeby zanieść papiery na uniwersytet.

40

W połowie roku 2001 Urovichowie oświadczyli, że przenoszą się do Miami. „Nie pierwsi i nie ostatni", zapisałam w czerwonym kajecie jako tytuł nowego rozdziału. A kawałek niżej: „Czerwiec 2001 – Urovichowie wynoszą się z Altos de la Cascada, efekt XX – wymyślić nazwę". Bo nie znałam nazwy, o ile takowa istniała. Natomiast w moim kajecie na wcześniejszych stronach wszystkie efekty ekonomicznych zmian ostatnich lat figurowały pod swoimi nazwami. Ktoś to musi jakoś ochrzcić, myślałam sobie. Nie wyobrażam sobie, żeby jakiś poważny facet, ekonomista, wymyślał tak kreatywne nazwy, i wyczekiwałam niecierpliwie nowego miana, jakim na Karaibach nazwany zostanie kolejny nadchodzący huragan. Uważnie przejrzałam wcześniejsze strony notesu. „1994, «efekt tequili»: domy sprzedają państwo Salaberry, Augueda i Tempone, trzej właściciele firm z branży finansowej, nie znam ich nazw. Sprzedaje też Pablo Díaz Batán, emerytowany przedsiębiorca, który wszystkie swoje środki zainwestował w firmę Temponego". Díaz Batán zbił majątek dzięki pomysłowi, który wielu w La Cascadzie uznało za „błyskotliwy". Od początku lat dziewięćdziesiątych rejestrował w kraju markę każdej amerykańskiej sieci handlowej (ze Stanów Zjednoczonych wyłącznie), która jeszcze nie postawiła stopy w Argentynie. Ann Taylor, Starbuck's Coffee, Seven Eleven, Macy's, nieważne, jaki sektor, ważne, żeby firma nie była jeszcze zarejestrowana w naszym kraju i zarazem żeby były duże szanse na to, że w jakimś momencie zdecyduje się tu wejść. I kiedy taki moment przychodził, Díaz Batán wyskakiwał z zarejestrowaną przez siebie marką, ich marką, tą, którą chcieli wprowadzić, ale formalnie stanowiącą jego własność. I choć gdyby doszło do procesu, nie miałby szans na wygraną, firmy te nie były w stanie dopasować się do tempa pracy argentyńskich sądów, więc zawierały ugodę, żeby ostatecznie zaoszczędzić pieniądze. „Bardzo zręczny facet", skomentował Andrade, kiedy na kolacji u Scagliów opowiedziano mu, jak Díaz Batán dorobił się majątku. „Dla mnie zręczny jest Housemann", stwierdził Ronie, a ja ledwie kojarzyłam, że ten Housemann gra w jakimś klubie piłkarskim, ale doskonale rozumiałam, o co chodzi mojemu mężowi. Dom Salaberry'ego został sprzedany za jakieś siedemdziesiąt procent jego rzeczywistej wartości, a Temponego za osiemdziesiąt. Z kolei posesja Auguedy, jak się okazało, należała nie do niego, tylko do jego teścia. A dom Díaza Batána został zlicytowany przez sąd i on sam odkupił go za połowę ceny przez podstawionego człowieka.

Przewertowałam szybko dziesięć stron kajetu do przodu. „1997, kryzys azjatycki. Padają Juan Manuel

Martínez i Julio Campinella". Dom Campinelli kupuje Ernesto Andrade, który tego roku na dobre odpalił, zmienił forda mondeo na alfę romeo, kupił Marianie vana i jeszcze meleks dla służącej i dzieci. Podobno przeprowadził jakąś tam operację z jakimiś tam bonami. Albo się procesował o jakieś bony. Nie zrozumiałam, ale moją prowizję zapłacił gotówką.

Jakieś pięć stron dalej: „1998, «efekt wódki»". I jeszcze dwie strony do przodu: „1999 «efekt caipirinhy»". Wyglądało na to, że nazwy mają zwykle związek z napojami, toteż wróciłam na stronę z Urovichami i tam, gdzie wcześniej zostawiłam miejsce, obok słowa „efekt", wpisałam „hierba mate". Nie przyszedł mi do głowy żaden napój alkoholowy naprawdę argentyński. A wydawało mi się, że mate będzie bardzo na miejscu. Wróciłam na stronę z caipirinhą, na stronę ostatniego efektu, który dostał nazwę. Bank, w którym pracował Roberto Quevedo, wynosił się z kraju i Roberto został bez pracy. Nie wystawiał jeszcze domu na sprzedaż, ale chciał oszacować wartość. Firma, która kupiła przedsiębiorstwo zatrudniające Lala Richardsa jako dyrektora administracyjnego, wyciągnęła z kraju zyski więcej niż zadowalające i wynosiła się stąd. Przedsiębiorstwo było na sprzedaż, lecz miało tyle długów, że szanse na to, że ktoś się zdecyduje, były minimalne. Lalo kazał oszacować wartość domu, bo bał się, że zaraz wierzyciele ustawią się w kolejce i nawet nie dostanie odszkodowania. Przypadek Pepego Montesa – podobny jak poprzednie. I tak samo Ledesmy. I Trevisanniego. Błędem wielu naszych sąsiadów jest to, że uwierzyli, iż można wiecznie wydawać tyle, ile się zarabia. A zarabiali dużo i wydawało się, że to będzie trwało wieczność. Ale pewnego dnia ktoś zakręca kurek, czego nikt się nie spodziewał, a ty zostajesz namydlony w brodziku i wpatrujesz się w sitko natrysku, z którego nie spada nawet kropla.

Tempo panujące w tej dekadzie przyprawiało mnie o zawrót głowy. Kiedy byłam dzieckiem, pieniądze znacznie wolniej przechodziły z rąk do rąk. Nawet wśród naszych znajomych były rodziny bardzo zamożne, wciąż ten sam powtarzający się zestaw nazwisk, generalnie ludzie z posiadłościami poza miastem. Posiadłości przechodziły na ich dzieci, które już tam nie pracowały, tylko zatrudniały robotników rolnych, ale wciąż były w stanie wyciągnąć z tego niezłe kwoty, nawet jeśli trzeba je było dzielić między liczne rodzeństwo. Jednak to rodzeństwo też kiedyś w końcu umierało, wtedy ziemie przechodziły na wnuki i to prowadziło do większej liczby sporów, było więcej osób do podziału i mniej pieniędzy. Część przypadająca każdemu nie starczała już na życie bez pracy, więc ziemie przekazywano albo tracono. Niemniej i tak, choć przecież nikt nie mógł być niczego pewien, musiały minąć dwa albo trzy pokolenia, żeby majątek uważany za stabilny rozpłynął się w powietrzu. Natomiast w ostatnich latach fortuny przechodzą z rąk do rąk dwa albo trzy razy w jednym pokoleniu i nikt nie wie, co się właściwie dzieje.

Napisałam tak: „2001, «efekt hierba mate», wynoszą się Urovichowie, a po nich” i wielokropek.

więcej tego wszystkiego oglądać. Nie chciała niczego, co będzie przypominać jej życie z tych ostatnich lat, życie, jakiego już nie będzie mieć. „Zrób wyprzedaż garażową, pozbędziesz się wszystkich staroci w dzień, a za te pieniądze kupisz sobie tam, co będziesz chciała", zasugerowała Teresa Scaglia i podała jej numer firmy, dzięki której Liliana Richards wyczyściła mieszkanie swojej teściowej w tydzień po jej śmierci.

Pomysł przeprowadzki do Miami przyszedł do głowy jej ojcu. Lala z początku nie traktowała tego serio. A Martín nawet o niczym nie wiedział. Nie mieli niczego w Miami, ani krewnych, ani przyjaciół, ani oferty pracy. Ona nawet nie mówiła po angielsku. „Dlaczego Miami?", zapytał Martín. „Bo to miasto, gdzie można coś osiągnąć, wszystko tam działa jak należy, co chwilę wyskakują jakieś możliwe interesy, to się czuje w powietrzu. W Miami, jak masz forsę, masz też przyszłość. Tutaj za chwilę nie będziemy mieli nic", powtarzała Lala słowa ojca. Po ośmiu latach w międzynarodowej firmie Martín stracił stanowisko dyrektora do spraw planowania w związku z wewnętrzną reorganizacją firmy, bo w nowym schemacie zarządzania brakło dla niego miejsca. Wymówienie było dla nich ciosem, nie spodziewali się tego, ale też Martín miał doskonałe CV, dyplom MBA amerykańskiego uniwersytetu, liczne kontakty, trzeba mieć tylko trochę cierpliwości, myślała Lala w miarę upływu czasu. Jednak choć starała się spoglądać w przyszłość z optymizmem i żyć, jakby nic się nie stało, cierpliwość jej męża okazała się proporcjonalna do zgromadzonych oszczędności i z miesiąca na miesiąc bieżące wydatki coraz bardziej je uszczuplały. Pewnego wieczora Martín kazał Lali usiąść przed sobą za biurkiem i pokazał jej tabelkę pełną liczb. Dlaczego jej mąż robi coś takiego? Nie rozumiała. Lala nigdy nie była dobra w liczbach. To, co widziała zapisane na papierze, wydawało się jej chaotyczne i nawet rozmazane. Martín mówił. Że osiemdziesiąt procent jego oszczędności jest ulokowane w papierach, które mają coraz niższe notowania. Lala nie była w stanie nadążać; nigdy dotąd nie opowiadał jej o procentach i papierach. Że jeśli dalej będą mieszkać w Altos de la Cascada, posyłać Arianę do tej samej szkoły, a trzeba pamiętać, że Ariel w przyszłym roku ma zacząć studia, jeśli będą utrzymywać tę samą intensywność życia towarzyskiego, kupować ubrania, nie przestaną grać w tenisa, golfa, chodzić na zajęcia z malarstwa i jazdy konnej, do tego gosposia i inne wydatki, wtedy to, co im zostało, skończy się za dokładnie pięć miesięcy. Lala poczuła, że kręci się jej w głowie. Nie złapała szczegółów, lecz termin owszem. Pięć miesięcy to zdecydowanie za szybko. Pięć miesięcy to następne lato. Pięć miesięcy to krótko przed urodzinami Ariany. „I co my zrobimy za te pięć miesięcy?", zapytała. „Nie wiem", odpowiedział. Lala rozpłakała się. Ale płacząc, przypomniała sobie o ojcu i wytarła łzy. „Sprzedajmy dom i za te pieniądze i za to, co nam zostanie, przeprowadźmy się do Miami i tam spróbujmy, rozkręcimy jakiś interes, cokolwiek, tam pieniądze robią pieniądze, tutaj tylko cię mogą okraść". A wydatki nie będą takie wielkie. Ariana pójdzie do państwowej szkoły, „bo tam można, są lepsze niż u nas prywatne, a ona jest łagodna, dobrze się adaptuje, nie będzie miała problemów ze zmianą, przeciwnie, nie wyobrażasz sobie, ile się tam nauczy". Wynajmą na początek coś małego, nie będą mieli kosztów związanych z opiekunkami ani innymi pracownikami domowymi, ograniczą wyjścia na miasto albo nawet czasowo zawieszą. „A może spróbujemy zacisnąć pasa bez wyjeżdżania?", zapytał Martín. „Tutaj? Ale co my tu teraz mamy? Wszystko się sypie, Martín, tu już nic nie ma. Wyobrażasz nas sobie mieszkających w jednopokojowym mieszkaniu i z Arianą chodzącą do szkoły Bernasconi przy Parque Patricios?" „Ja chodziłem do tej szkoły". „Ale nie taką przyszłość zaplanowaliśmy dla naszych dzieci". „Ty nie mówisz po angielsku". „W Miami nie trzeba. Tam wszyscy mówią po hiszpańsku. Tam będzie tak jak tutaj, tylko lepiej, będzie tak jak tu było, kiedy było dobrze". I już nie płakała.

Pracownicy firmy zajmującej się opróżnianiem domów ze sprzętów zjawili się dzień przed ogłoszoną wyprzedażą i wszystkim się zajęli. „Proszę zaznaczyć to, co pani chce zachować, a my na resztę damy etykietki z cenami", powiedział jej facet od amerykańskiej wyprzedaży, która miała przerobić na gotówkę materialną część ich domu i ostatnich jedenastu lat życia. Ariel uparł się, że nigdzie nie jedzie, tylko zamieszka u dziadków ze strony ojca. On i ich golden retriever, za którego Lala nigdy nie zwróciła Carli Masotcie. Ariana mu zazdrościła, gdyby była w odpowiednim wieku, też zostałaby z Arielem. Ale nie była. „Ja zabieram moje Barbie", powiedziała. „Nikt niczego nie zabiera", oświadczyła Lala. „A dlaczego?" „Nie jesteś trochę za duża na lalki?" Ariana nie zrozumiała. Popatrzyła na ojca. „Dlaczego, tato?" Martín nie odpowiedział. „Bo trzeba się nauczyć, że nic nie jest na zawsze".

Wyprzedaż miała się odbywać we wszystkich pomieszczeniach ich domu, choć w ogłoszeniu mowa była tylko o garażu. „*Garage sale*. Z pow. wyprowadzki: zestaw sprzęt golf., kije Callaway z 1. ręki, sprzęt audio Marantz, Sony, dwie rakietki Head Titanium, 2 PC Pentium, walkm., discm., palm top, DVD, dużo więcej sp. elektr., lampy, ozdoby, drobnica". Co to właściwie jest ta „drobnica"? zastanowiła się. „Pralka aut. ład. z boku, zasłony, ręczniki, obrusy, ubrania męs./dam. rozmiar M, ubrania dziec., bieżnia elektr., perfumy, zabawki, Barbie, art. różne. Buszuj i kupuj". Lala rzuciła gazetą na blat. Nikt ich nie uprzedził, że napiszą „Buszuj i kupuj". „Taki jest zwyczaj, proszę pani, zawsze tak dajemy", odpowiedzieli. Była ósma rano w sobotę. „Jedynie sob. 12 od 9 do 17". „Tylko nie moje Barbie", rozpłakała się Ariana, kiedy odkryła, że Barbie pielęgniarce przyklejono etykietkę na czoło. Lala kazała jej iść się pobawić do domu Sofíi Scaglii. Ariel wyszedł wczoraj wieczorem i uprzedził, że nie wraca aż do następnego wieczora. Martín umówił się z Tanem, zaprosił go na partię tenisa po tych wszystkich latach. „Tutaj będę tylko zawadzał". Poszedł z pożyczoną rakietą, jego stała obok kijów golfowych z etykietką przyklejoną do uchwytu z ceną „100 USD". Ona nie chciała nigdzie iść. Chciała widzieć, kto co zabiera, jak ludzie dotykają ich rzeczy, w jaki sposób chodzą po ich domu, jak odkładają to, co ich nie interesuje, jak targują się o cenę albo proszą o upust, jeśli kupują różne rzeczy. Ostatecznie nie zebrała sił, żeby zrobić selekcję, i zostawiła wszystko w rękach firmy. „Ja nie chcę zabrać niczego, co się uda sprzedać, sprzedawajcie, a co nie pójdzie, to na śmietnik". Dlatego choć była zaskoczona, nie powiedziała nic na widok dwóch stosików używanej bielizny z przyklejoną ceną. Cały stosik majtek Victoria's Secret poszedł jeszcze przed południem. Krajową produkcję kupiła nowa żona Insúy „dla tej dziewczyny, co u nas pracuje, gdybyś widziała, w jakim stanie są jej ubrania... Nie wiem, jak tak można".

Napoczęty dezodorant, butelka whisky wypita w połowie, otwarte pudełka z angielską herbatą, napoczęte perfumy w buteleczkach. Przyjaciele, sąsiedzi, znajomi przychodzili, powołując się na ogłoszenie, i wszystko pozabierali. Zostawili koc ze śladem po przypaleniu żelazkiem i jakąś bieliznę bez wątpienia z innego sezonu.

Wieczorem zostały im tylko łóżka, szczoteczki do zębów, ubrania, które mieli na sobie, plastikowe worki z zakupionymi przedmiotami, po które właściciele zgłoszą się z różnych powodów nazajutrz, oraz dwie walizki, do których Lala wpakowała wszystko to, co miało z nimi polecieć na północ. Van zaparkowany przed domem też już do nich nie należał, mieli używać go do wyjazdu, a potem oddać ojcu Lali w ramach spłaty długu. Mieli tak przeżyć parę dni, aż do przekazania domu, potem pomieszkać przez jakiś czas u rodziców Martína, a stamtąd ruszyć prosto na północ.

„Kto wziął moje Barbie?", zapytała matkę Ariana. „To już nie są twoje Barbie". Ariana zacisnęła usta i powstrzymała łzy. „Musisz dorosnąć, Ariano". „Mogli zostawić mi choć jedną", zaprotestowała. „Byłoby gorzej", odpowiedział jej ojciec.

Poszli spać. W środku nocy Ariana się zbudziła. Rozejrzała się, czy jej brat śpi na swoim łóżku, ale go nie było. Przeszła przez to, co zostało z jej domu. Gdzieś w torbach, które miały zostać zabrane następnego dnia, znalazła tę ze swoimi lalkami w środku. Na zawiązanym worku widniał napis „Rita Mansilla". Ariana znała ją, to była babcia jednej z jej koleżanek z *country*. Wyobraziła sobie tę koleżankę czeszącą jej Barbie. Czeszącą jedną po drugiej i głaszczącą je po włosach. A ona tymczasem będzie sobie kupować w Miami za pieniądze babci rzeczy znacznie ciekawsze, mama mówiła, że tam jest ich pełno, i to takich, że nawet nie potrafi sobie ich wyobrazić ani nazwać. Otworzyła worek. Było ich tam dziesięć. Pięć Barbie blondynek, trzy ciemne i dwie rude. Barbie pielęgniarka była ruda, tak jak ona. To jej ulubiona. Ariana jak dorośnie, chce być pielęgniarką, o ile w Miami są w ogóle pielęgniarki. Na pewno są. A jeśli nawet nie ma, to wróci z Arielem do La Cascady. To znaczy z Arielem i owszem, ale nie do La Cascady, on przecież też nie będzie już tu mieszkał, pomyślała.

Oprócz Barbie w torbie było jeszcze kilka par butów i trzy pary białych majtek jej mamy. Poszła do pokoju, żeby wziąć nożyczki z plecaka szkolnego, a kiedy wróciła, usiadła na podłodze obok otwartej torby i wszystkim lalkom, jednej po drugiej, obcięła włosy do łysa. Na drewnianym parkiecie blond kosmyki mieszały się z czarnymi i rudymi. Dookoła leżało pełno martwych włosów o sztucznych barwach. Sobie Ariana też obcięła kosmyk włosów z grzywki i wymieszała go z włosami lalek. Zebrała wszystko ręką i wsadziła tę kupkę włosów do kieszeni piżamy. Ostatni raz spojrzała na lalki, zapakowała je z powrotem do worka, starając się, żeby nie dotykały majtek obok, zawiązała supeł i wróciła do łóżka.

42

Od spotkania z Alfredem Insúą i opowieści o „ostatnim namaszczeniu" Tano zaczął więcej niż kiedykolwiek rozmyślać o ubezpieczeniach. I o śmierci. Na swój sposób śmierć wisiała w powietrzu. Dwa samoloty rozwaliły wieże World Trade Center, jakby to był domek z kart, i wszyscy byli zszokowani. W dniu zamachu dzieci były w domu, atak przypadł akurat na Dzień Nauczyciela, więc nie było lekcji, ale przed południem poszły do kolegów na urodziny. „Sprawdź, czy nie odwołali przez ten zamach", odezwał się do Teresy. „A jaki to ma związek? Przecież to było w Nowym Jorku", zdziwiła się i wyszła z dziećmi, żeby podwieźć je na urodziny. I Tano znów miał pusty dom, żeby móc spokojnie rozmyślać.

Miał swoje ubezpieczenie na życie w Trooście. Tyle że bez zapisu o możliwości wcześniejszego podjęcia środków. To było klasyczne ubezpieczenie, jakie zakładano wszystkim na wyższych stanowiskach w firmie na całym świecie. I on na to przystał, nie przewidział, że może potrzebować tych pieniędzy przed czasem. Wierzył, że wszystko będzie się układało jak dotąd. Albo i lepiej. Każda zmiana pracy przez całe jego zawodowe życie oznaczała wyższą pensję i bardziej odpowiedzialne i wymagające stanowisko. Nie miał też AIDS ani żadnej innej choroby stanowiącej wyrok śmierci, jakimi obracał Alfredo Insúa i zarabiał na nich konkretny procent. A nawet jeśli jakąś miał, to nic mu o tym nie było wiadomo. Ale przecież każde życie oznacza pewność śmierci, myślał. Śmierci w jakimś momencie, może dobrym, może złym, lecz nieuchronnej. Usiadł przed komputerem. Przez okno widział wracającą Teresę, która zabrała się ostatnio za wymianę uschniętych krzewów w ogrodzie na nowe, dopiero co kupione. Rośliny spakowane były wciąż w plastikowe torby ze szkółki Green Life. „Green Life", odczytał przez okno. Zadzwonił ojciec i zapytał, jak tam jego nowe projekty. „Doskonale", skłamał. „Niczego innego nie można się po tobie spodziewać, moja szkoła", odpowiedział ojciec i zaprosił go na wyjazd do Cariló w październiku, żeby rozejrzeć się za domkami do wynajęcia na wakacje w styczniu. „Bo w tym roku jedziecie do Cariló, prawda?" „Jasne", skłamał znów Tano. Rozłączył się. Wszedł na swoje bankowe konto internetowe. Wpisał login i hasło. Popatrzył na wydatki. Zsumował je na kalkulatorze. Podliczył pieniądze, które trzymał na innym koncie. Obligacje, które znacząco straciły na wartości ze względu na podwyższenie współczynnika ryzyka dla kraju. Gdyby mógł odczekać, odzyskałby wszystko, ale wątpił, czy będzie mógł. Znalazł na komputerze tabelkę w Excelu z zakładanymi wydatkami. Podzielił sumę swoich środków przez kwotę miesięcznych wydatków. Piętnaście miesięcy. Za piętnaście miesięcy przy takim trybie życia i wydatkach będą mieli kłopoty. Wszyscy. On, Teresa i dzieci. Mowy nie ma o opłacie za domek, który wynajmowali w Cariló każdego roku. A lato za pasem. Przejrzał po kolei wszystkie rubryki z wydatkami. Zastanawiał się, które koszty można by wyeliminować. Mógłby przestać płacić za szkołę, tak jak na początku roku zrobił Martín Urovich. Albo pozbyć się gosposi, jak Ronie Guevara. Ale on nie jest Martínem Urovichem ani Roniem Guevarą. Jeśli przestanie płacić rachunki, wyląduje w rejestrze dłużników. A jeśli ma mieszkać w Altos de la Cascada, jego dzieci nie mogą przestać chodzić na zajęcia sportowe, nie brać lekcji tenisa, Teresa nie może przestać chodzić na fitness i na swoje cotygodniowe masaże. Kino, ubrania, muzyka, wino, wszystko jest potrzebne, jeśli mają utrzymać takie życie, jakie prowadzili dotąd. A Tano innego życia sobie nie wyobrażał. Ucieczka Martína Urovicha wydawała mu się idiotyzmem, kolejnym idiotyzmem popełnianym w życiowych kwestiach przez kolegę. Żeby uciec przed systemem, Martín chciał się przenieść do innego kraju, na inny kontynent, słuchać innego języka. Tam pośle dzieci do państwowej szkoły, nie będzie miał gosposi, wynajmie znacznie mniejszy dom, nie będzie chadzał do kina ani grał w tenisa. Tyle że w Miami, czyli dostatecznie daleko, żeby nikt nie widział jego upadku. Nawet jeśli Urovich wyląduje w miejscu gorszym od najgorszej dzielnicy Buenos Aires, zawsze będzie to

nili. A może biegali sobie ot tak, bez celu. Próbowałam przestać o tym myśleć. Przeszukałam torebkę w nadziei na papierosa, ale go nie było. Zaczęłam się przechadzać, szukając jakiegoś kiosku. Tym samym korytarzem trzej ubrani na biało mężczyźni szli w przeciwnym niż ja kierunku. Poznałam lekarza dyżurnego, potem się dowiedziałam, że szedł z traumatologiem i chirurgiem, który miał operować Roniego. Zatrzymali się przede mną. Stałam tam sama przed nimi, trzema obcymi w białych kitlach, i wtedy po raz pierwszy poczułam, że to, co się wokół mnie dzieje, to coś znacznie poważniejszego, niż mogłam sądzić. I że to uczucie nie dotyczy tylko nogi mojego męża. Ale wtedy nie podejrzewałam, jak poważnego. Trzej mężczyźni starali się przemawiać budująco, objaśniali mi cierpliwie i nazbyt szczegółowo, co zamierzają zrobić. Nie wystarczyło zagipsować złamanej nogi i zaszyć rany. To było otwarte złamanie, konieczna była operacja w pełnej narkozie, żeby poskładać kości. I zamocować śruby. Trochę się przestraszyłam, kiedy powiedzieli mi o tych śrubach. Wykrzywiłam usta i nogi się pode mną ugięły. Chirurg dalej mówił słowo za słowem, piszczel, kość strzałkowa, uszkodzenie stawów, ale traumatolog zorientował się, że coś się ze mną dzieje, i starał się mnie uspokoić. „To niemal rutynowy zabieg, bardzo prosty, proszę się nie martwić". Skinęłam głową potakująco, nie wyjaśniając jednak, że moja mina nie ma związku z tą operacją, czyimś cierpieniem ani z ryzykiem operacji. Chodziło o te śruby. Nie mogę wytrzymać myśli, że coś wbija się w ciało i nie ulegnie biodegradacji razem z resztą. Zawsze tak miałam. Obce ciała, które po nas przetrwają. Kawałki metalu, ceramiki czy gumy, które pozostaną, mimo że nie będą mieć już racji bytu. Kiedy już to, co je otaczało, rozłoży się i zniknie. W dniu, w którym zmarł mój ojciec, matka uparła się, żeby wyjąć mu sztuczną szczękę, jednak ja się sprzeciwiłam. „Nie możesz zabrać tacie zębów", powiedziałam. „To nie jest tata, to ciało taty", odpowiedziała. Ostro się posprzeczałyśmy. Prawie nie miało dla mnie znaczenia, że ojciec zmarł mi z dnia na dzień, liczyło się tylko to, co się stanie z jego zębami. „Po co ci one?", zapytałam. „Na pamiątkę", odpowiedziała zaskoczona moim brakiem zrozumienia. „Jesteś obrzydliwa", krzyknęłam. „Obrzydliwsze będzie, jeśli kiedyś wykopie się jego kości zmieszane z ziemią i będzie tam leżała ta szczęka – powiedziała. I dodała klątwę: – Oby tobie przypadło wykopanie jego kości, a nie mnie". I tak się stało. Jednego popołudnia zadzwonili z cmentarza Avellaneda. Musiał stawić się ktoś z rodziny, by potwierdzić, że wydobyto kości ojca, miały zostać skremowane. Mieszkałam już w Altos de la Cascada i Avellaneda było naprawdę daleko w sensie czasu i trasy dojazdu. Właściwie nie byłam tam, odkąd wprowadziliśmy się do nowego domu. Tego, co kupiliśmy od wdowy po Antierim. Tego, w którym teraz mieszkamy. Ktoś z rodziny musiał być świadkiem spopielania szczątków. Poszłam ja, moja matka już wtedy nie żyła, jej prochy zostały zgodnie z jej wolą rozsypane. Ojciec spoczywał w ziemi. Do tego dnia. Zęby zamocowane do tej metalowej szczęki, nienaruszone mimo upływu lat i robaków, bardziej niż ojca przypominały mi matkę i jej ironiczny śmiech. Śruby, tak jak i zęby, zostaną. I będą tam leżeć, czekając, aż ktoś ośmieli się je wykopać. Choć ani Ronie, ani ja, ani nasi znajomi z Altos de la Cascada nie wylądujemy na Avellanedzie ani na żadnym innym cmentarzu miejskim. A na prywatnych cmentarzach nie trzeba spopielać szczątków, żeby robić nowe miejsce dla zmarłych. Kupuje się następną kwaterę. Wytycza się teren na nowy cmentarz. Wymyśla się inny interes. Nie brakuje wokół miasta terenów, żeby zakładać nowe cmentarze. Ale gdyby nawet, gdyby kiedyś trzeba było szukać więcej miejsca dla zmarłych także na cmentarzach prywatnych albo gdybyśmy pewnego dnia nie mogli zapłacić za prawo do kwatery i gdyby przepadła, gdyby ktoś zadzwonił pewnego ranka z prośbą, by wybrany członek rodziny stawił się na spaleniu szczątków tego, co zostało po Roniem, ktokolwiek, Juani czy ja albo nasze wnuki, to te śruby tam będą.

Ponadczasowi intruzi, pomyślałam, czekając przed salą operacyjną. I przychodziły mi głowy inne takie rzeczy. Bawiłam się w ich wymyślanie. Żeby nie myśleć o operacji Roniego ani o Juanim, który nadal nie odbierał telefonu. Stent, rozrusznik, jakaś wyrafinowana proteza sprowadzona specjalnie ze Stanów albo z Niemiec. Spirala. Nie, spirala nie, bo jak będę już starszą kobietą, to jej przecież nie będę miała, chyba żebym miała umrzeć w jeszcze płodnym wieku, ale wizja spirali w trumnie tak mnie przerażała, że przegoniłam tę myśl.

Zastanawiałam się, czy skoro taki stent czy rozrusznik są przecież wartościowymi przedmiotami, to ktoś je usuwa przed pochówkiem. Taka forma recyklingu. Zdziwiło mnie, że w La Cascadzie nikt nigdy nie wspominał o takim interesie. Ja bym nie pozwoliła, żeby zabrali śruby Roniemu. I wkładki silikonowe też, zdałam sobie sprawę. Silikon to także intruz z poważnymi szansami na przetrwanie. Przetrwa pogrzeb, ciało tracące swoją tkankę, wilgotną ziemię, robaki. W moim grobie ktoś znajdzie kiedyś dwa silikonowe baloniki. I na co to wszystko... W grobach większości moich sąsiadek znajdą się takie same. Wyobraziłam sobie prywatny cmentarz, na którym chowane są kobiety z Altos de la Cascada, cały usiany silikonowymi balonikami pozbawionymi piersi kilka marnych metrów pod nieskazitelnym trawnikiem. Kości, glina i silikon. I zęby. I śruby.

Wyszłam do ogródka zapalić. Wypaliłam papierosa. I następnego. I jeszcze następnego. I jeszcze jednego. Znów zadzwoniłam do Juaniego. Nie odebrał. Musiał być w domu. Pewnie mocno śpi i nie słyszy telefonu, pomyślałam. Chciałam tak myśleć. Ale równie dobrze mógł się wciąż pałętać po okolicy. Albo gdzieś tam leżeć. Albo rzeczywiście leżeć i mocno spać, lecz nie normalnym snem, tylko od alkoholu. Albo od tego drugiego. Trudno mi wymówić nazwę. Od marihuany. *Cannabis*, było napisane w raporcie American Health and Human Service Department, który podsunęła mi Teresa Scaglia krótko po tym, jak się dowiedziała, „przez jakie to trudne chwile właśnie przechodzę". Nie, to nie to, Juani

do mnie, kręcąc głową. „Co za koszmar, prawda, Virginio? Co myślisz o tym, co się stało?" Złapała mnie za rękę nad stołem i mocno ścisnęła. Zdałam sobie sprawę, że nie chodzi jej o wypadek Roniego. „O czym ty mówisz, Dorito?" „Jak to, nic nie wiesz? – wykrzyknęła i w jej głosie wyczułam jakby ekscytację, że to ona przekazuje mi tę wiadomość. Podeszła, żeby wygodniej rozmawiać. – Wczoraj wieczorem doszło do wypadku w domu Scagliów, coś z prądem. Tano, Gustavo Masotta i Martín Urovich zostali znalezieni martwi w basenie. Nie utopili się, tylko zostali porażeni prądem. Wygląda na to, że przez przedłużacz". Nie mogłam do końca zrozumieć jej słów, miałam wrażenie, że wszystko dookoła nas się kręci. Oparłam się o krzesło, żeby nie upaść. „Wyobrażasz to sobie, dorośli faceci, mokrzy i łapią za kable!" „Poraziło ich wszystkich trzech?" „Tak, wygląda na to, że kabel wpadł do wody i zginęli na miejscu". Jak w filmie puszczonym w przyspieszonym tempie przed moimi oczami przeleciały wszystkie sceny z minionej nocy. Otwarta lodówka przede mną i Ronie wkraczający do domu po tym, jak wyszedł z czwartkowej kolacji u Tana, schody, taras, leżak przy balustradzie, mój leżak obok jego leżaka, światła przy basenie Scagliów, kostki lodu spadające na podłogę i toczące się dalej, jazz dobiegający mimo szumu wiązów, potem cisza, moja irytacja, jego złość, upadek ze schodów, jego płacz. „Biedna Teresa z dziećmi, kto teraz się odważy wejść znów do basenu?", stwierdziła Dorita. Pomyślałam o Roniem, który uciekł wczoraj w nocy z tamtego domu, jakby przeczuł

44

Ronie został wypisany ze szpitala o tej samej godzinie, o której ciała jego kolegów jechały karawanem po szosie panamerykańskiej w stronę prywatnego cmentarza. Korytarzami szpitala Virginia pchała bez niczyjej pomocy wózek, na którym siedział jej mąż z zagipsowaną nogą. Na jej prośbę nikt ich nie odprowadzał. Droga przez ogrody szpitalne przyda mu się, żeby się przygotował na to, co go czeka, pomyślała. Kiedy znaleźli się przed autem, zablokowała wózek, stanęła przed Roniem, przykucnęła przed nim i złapała go za ręce. „Muszę ci coś powiedzieć". Ronie słuchał, nic nie mówiąc. „Wczoraj w domu Scagliów doszło do wypadku". Ronie pokręcił głową. „Tano, Gustavo i Martín nie żyją, poraził ich prąd". „Nie", powiedział Ronie. „To był fatalny wypadek". „Nie, nie był..." Ronie chciał wstać, ale od razu opadł na wózek. „Uspokój się, Ronie" „Nie, to nie tak, ja wiem, że to nie tak". Rozpłakał się. „Ogrodnik znalazł ich wczoraj rano na dnie basenu". Ronie znów próbował wstać, lecz Virginia go powstrzymała. „Ronie, nie możesz stawać na tej nodze, bo..." „Zawieź mnie na cmentarz", przerwał jej.

„Nie powinieneś". „Zabierz mnie na cmentarz albo pójdę na piechotę". Tym razem wstał. Virginia z trudem
powstrzymała go, żeby nie zaczął iść. „Pewien jesteś, że
chcesz jechać?" „Całkowicie". „No to jedziemy razem",
powiedziała. Pomogła mężowi wsiąść do auta, potem
wpakowała wózek do bagażnika, usiadła za kierownicą
koło Roniego, spojrzała na niego, pogłaskała go po twarzy i ruszyła, żeby spełnić jego życzenie.

45

Dzień był słoneczny. Wiosnę widać było po tulipanowcach, jeszcze bezlistnych, ale już całych w wielkich fioletowych kwiatach. Niektórzy zaparkowali na chodniku. Piętnaście minut przed wyznaczoną godziną wewnętrzny parking był już całkowicie zapełniony, więc przy drodze stanęli dozorcy i pokazywali, gdzie możemy zostawić samochody. „Nie poznałam cię. Masz nowe auto?" Stawiliśmy się wszyscy. Gdybyśmy mieli rzucać nazwiskami, łatwiej by było wymienić nieobecnych. Państwo Laurido w podróży po Europie, „można znaleźć oferty za grosze przez te wydarzenia w World Trade Center, ludzie powariowali, hotele dają niesamowite ceny, grzech nie skorzystać"; Ayalowie z wizytą u syna w Bariloche; Clarita Buzzette dopiero co wyleczyła się z zapalenia płuc. Pojawiła się też w komplecie kadra administracyjna Altos de la Cascada, nauczyciele tenisa, trener golfa. Nigdy nie zdarzyło się nic podobnego. Nigdy nie doszło do takiego nieszczęścia. „Wierzyć się nie chce..." „Biedna Teresa..." „To od prądu, prawda?"

Czekaliśmy przy kaplicy na wwiezienie ciał. Patrzyliśmy po sobie, nie wiedząc, co powiedzieć. Ale wszyscy

coś mówiliśmy. „Nie widzieliśmy się od miesięcy". „Miej-
my nadzieję, że następna okazja będzie weselsza". Ktoś
zapytał o Roniego i Virginię Guevarów. Ktoś inny odparł, że dziś rano mieli Roniego wypisać ze szpitala. Za-
stanawialiśmy się, czy przyjdzie na pogrzeb czy nie. „Nie,
nie sądzę, to by dla niego było zbyt traumatyczne". „Bie-
dak, dość już się nacierpiał". „Z kim zostawiliście dzieci?"
    Policja zwróciła ciała tak szybko, jak tylko się dało.
Aguirre, szef bezpieczeństwa Altos de la Cascada, roz-
mówił się bezpośrednio z komendantem. „Dzwonił na
prywatny numer, kolegują się". Nie trzeba dodawać
wdowom cierpień. Doktor Pérez Bran, mieszkaniec
osiedla od zawsze, zaoferował się, że porozmawia z sę-
dzią. „A co w tym wszystkim robi sędzia?" „Zawsze tak
jest, w końcu były trzy trupy". Znali się, prowadził kilka spraw pod jego nadzorem. Sędzia zapewnił, że rozpa-
trzą to szybko, zrobią tylko to, co w takich przypadkach
absolutnie konieczne. Policja przeprowadziła rutynowe
działania. „Nieumyślne spowodowanie śmierci? No ale
to nie była niczyja wina. To się nie powinno nazywać
spowodowaniem śmierci, to bardzo mylące". „Dlaczego w ogóle tak to kwalifikować? Powinni napisać, że
to wypadek". „W kodeksie nie ma takiego pojęcia".
„W jakim kodeksie?" „No karnym". „Powinni to jakoś
poprawić, wypadek to wypadek, dlaczego w tym kraju
nic nie może się nazywać, jak powinno?" „Czy to jest
matka Tana?" „Nie mam pojęcia".
    Chcieli posłuchać muzyki. I słuchali. Diany Krall
podobno. Tano jednak postanowił przysunąć sprzęt

księdza błogosławiącego ciała. Nikt jednak nic nie powiedział. Nawet rodzice, którzy płakali przytuleni. Trzy wdowy usiadły w pierwszej ławce. Teresa i Lala trzymały się pod rękę. Carla trochę na uboczu. Na ławce za nią siedziała koleżanka, której nikt nie znał, i głaskała ją po plecach. Dzieci Tana i Martína płakały, przytulając się do jakichś krewnych czy przyjaciół. Ksiądz mówił coś o wezwaniu przez Pana, o tym, jak trudno pojąć, dlaczego zabiera tak młodych ludzi, i że trzeba umieć pogodzić się z Jego decyzją. Zaprosił wszystkich do zmówienia Ojcze nasz. Mówili ci, którzy byli w stanie. Nie za wielu jak na liczbę zebranych. Fragment „i odpuść nam nasze winy" niektórzy recytowali w starszej wersji, „i przebacz nam nasze grzechy". W gwarze mamrotanej modlitwy winy zmieszały się z grzechami, a przecież grzesznicy bywają winni. Przeżegnaliśmy się. Zadzwoniła czyjaś komórka, sporo osób zaczęło obmacywać się po kieszeniach, ale dzwonek nie milkł. „Cześć, jestem na pogrzebie, oddzwonię" „Panie, przyjmij Martína, Gustava i Alberta w swojej chwale", powiedział ksiądz. Spojrzeliśmy po sobie. Imię „Alberto" było dla nas obce. Bóg powinien przyjąć Tana w swojej chwale. Tana Scaglię. Potem ksiądz podał godziny mszy w kaplicy w sobotę i niedzielę. „Proszę pamiętać, że sobotnia msza o dziewiętnastej liczy się za niedzielną". I złożył kondolencje rodzinie, przyjaciołom i reszcie żałobników. Mówił krótko. Zawsze w takich miejscach się streszczają. I mówią monotonnie, bez intonacji, jak sędzia odbębniający ostatnią ceremonię ślubu danego dnia.

Nikt zresztą nie wytrzymałby za długo w tym wnętrzu. Kaplice cmentarne zawsze są bardzo małe. A w środku stały trzy trumny, siedziały trzy wdowy, do tego zbyt wielu ludzi nie znających Ojcze nasz oraz zapach kwiatów i płacz.

Szliśmy w kondukcie po brukowanej alejce. Po bokach nieskazitelna zieleń świeżo skoszonego trawnika. Po drodze dołączali ci, którzy się spóźnili. Wszystko w ciszy. Wszyscy w okularach przeciwsłonecznych. Powolne kroki wybijały rytm towarzyszący karawanowi. Rytm żałobnego marsza. Ktoś zapłakał głośniej niż inni. Płacz dzieci. Na końcu drogi czekały na nas trzy doły wykopane w ziemi. Dookoła rozłożone zielone dywany. Pracownicy cmentarza stali przy urządzeniach do spuszczania trumien. Ustawialiśmy się w kręgu dookoła wykopanych grobów. Kadra administracyjna Altos de la Cascada, nauczyciele tenisa i trener golfa trzymali się nieco na uboczu. Alfredo Insúa wygłosił krótkie przemówienie. „Nie mówię jako przewodniczący Altos de la Cascada, tylko jako przyjaciel". To było jego pierwsze publiczne wystąpienie po wyborach, w wyniku których otrzymał stanowisko przewodniczącego Komisji Administracyjnej naszego osiedla. Przemawiał, stojąc obok Teresy, trzymał ją za rękę. Matka Tana wykrzyknęła coś, wciąż płacząc. A matka Urovicha przylgnęła do trumny syna. Insúa mówił o bólu, jaki pozostanie w La Cascadzie, „ale też o dumie, że ich znaliśmy, że byli naszymi sąsiadami i przyjaciółmi, że mogliśmy z nimi grać w tenisa, rozmawiać, spacerować. Ich nazwiska trwale odcisnęły się na historii Altos de la Cascada", powiedział. Ktoś odruchowo zaczął klaskać, parę osób się dołączyło, inni nieśmiało poszli w ich ślady, a jeszcze inni mieli wątpliwości, czy na pogrzebie powinno się klaskać, więc po chwili wszystko zamarło. Pracownicy cmentarza uruchomili mechanizm i trzy trumny równocześnie zaczęły się opuszczać do wykopanych dołów. Matka Tana znów krzyknęła. Carla podeszła, żeby rzucić trochę ziemi na trumnę męża. Dzieci Tana rzuciły kwiaty, które podała im nowa żona Insúy. Córka Urovichów wtuliła się w nogi matki i nie chciała patrzeć na zjeżdżającą trumnę taty. Ktoś wyprowadził matkę Tana. Lala uklękła i płakała wtulona w córkę. Potem była jeszcze chwila na opłakiwanie i w końcu pracownicy zakryli dziury zielonymi dywanami. Ruszyliśmy ucałować wdowy. Najpierw ci najśmielsi. Potem dzieci. Przytulaliśmy się nawzajem. „Nie do wiary", mówił ktoś. „Nie do wiary", odpowiadali inni.

Stopniowo się wyludniało. Ruszyliśmy w stronę samochodów. Teresa wsiadła z dziećmi do land-rovera Tana, lecz nie ona prowadziła, tylko pewnie brat albo szwagier, z pewnością ktoś z rodziny, bo nie znaliśmy go. Carla odjechała z koleżanką. A Lala z rodzicami Martína. Została nas resztka, żegnaliśmy się już na przystanku, kiedy zjawił się Ronie. Na wózku, pchała go żona. Miał nogę w gipsie. Nie płakał. Ona też nie. Ale wystarczyło spojrzeć na ich twarze i serce pękało. Ronie wpatrywał się tępo przed siebie, jakby nie chciał, żeby ktokolwiek się do niego odzywał. Na próżno jednak. Dorita Llambías podeszła do niego i uścisnęła mu rękę. „Odwagi, Ronie". I Tere Saldívar złapała za ramię Virginię, „W razie czego zawsze możesz na nas liczyć". Virginia przytaknęła, ale się nie zatrzymała. „To obok tej rabatki z fioletowymi cyklamenami", wskazał im ktoś drogę, choć szli przed siebie, jakby znali to miejsce. Tę samą drogę, którą przed chwilą wracaliśmy. Koła wózka uderzały co chwilę o bruk, a Mavi pchała wózek przed siebie i cofała, żeby ominąć przeszkody, nie ustawała w wysiłkach. Patrzyliśmy, jak się oddalają. Nie zatrzymali się, dopóki nie dotarli do trzech wykopanych dołów zakrytych zielonymi dywanami. Wtedy Mavi ustawiła wózek z mężem przed grobami i oddaliła się o kilka kroków. Ronie plecami do nas, tuż obok tamtych trzech dołów, patrzył na miejsce, gdzie mógł być także jego grób.

się opanować. Odwrócił się w moją stronę, popatrzył na mnie i wtedy poprowadził mnie za rękę prosto w tamtą noc 27 września 2001 roku, kiedy razem z przyjaciółmi jadł kolację w domu Tana.

Jedli makaron domowej roboty przygotowany przez Tana. Z pomidorami i bazylią. Potem grali w *truco*, partyjkę, drugą, trzecią. I pili, dużo. Ronie nie pamięta, kto wygrywał. Ale pamięta, w jakich grali parach: Martín i Gustavo przeciw niemu i Tanowi. Podczas jednej z partii wypłynął temat wyjazdu Martína do Miami. Nie pamiętał dokładnie jak, lecz kwestię poruszył Tano. Musisz zostać, powiedział. Po co? Żeby godnie umrzeć. Od jakiegoś czasu nie wiem, co to godność. Bo nie zajmujesz się sprawami jak należy. Ja mam po prostu pecha, wybieram się do Miami, a tu wylatują w powietrze wieże WTC. I jak tam karty? Po co jedziesz do Miami, chcesz tam pić skażoną wodę? Wykładam się. Żeby zużyć resztki oszczędności? Dolej mi wina. Będziesz musiał wziąć byle jaką robotę, a twoja żona będzie ci sprzątać dom. Wchodzę. A jak ci nie pójdzie dobrze, to będzie też sprzątać cudze domy. Nie mam wyjścia. Masz. Jakie? Zostać. Tutaj już nie ma jak żyć. A kto mówi o życiu? Komu dolać wina? Jeśli nie możesz godnie żyć, godnie umrzyj. Cisza. Czyja kolej? Możemy w czwórkę zwinąć się stąd w wielkim stylu. Stąd, znaczy skąd? No z tego wszystkiego. Nie rozumiem. Ja zamierzam zabrać się stąd w wielkim stylu i proponuję wam, żebyście zabrali się ze mną. No co ty, ja przecież mam pracę, śmieje się Gustavo. A godność? pyta go Tano. Sprawdzam. Sprawdzam. Dlaczego tak mówisz? Dwadzieścia dziewięć. Dobrze jest. A tak sobie mówię. Co wiesz? Ja o tobie? Najważniejsze jest to, co się wie o samym sobie. Ja nic nie mówię. I co się robi, kiedy nikt nie widzi. Wykładam. Albo kiedy się sądzi, że nikt nie widzi. Przebijam. Dlaczego tak mówisz? Ja umrę z godnością dziś w nocy, z wami albo sam. Tano, jaja sobie robisz, co? Ja? Nie, Ronie. Wychodzę z pierwszą. Każdy z nas tu obecnych ma dobry powód, żeby to zrobić. Cisza. Twój ruch, Tano. Jaki kolor? Mam ubezpieczenie na życie na pięćset tysięcy dolarów. Cisza. Jeśli to nie brzmi godnie... Gram. Jeśli umrę, moja rodzina zainkasuje tę kwotę i będzie żyła tak jak dotąd, dokładnie tak samo. Nie wchodzę. Sprytnie, Tano. Ty też masz ubezpieczenie na życie, Martín, za mniejszą kasę, ale wystarczy. Mylisz się, nie mam. Owszem, masz, ja za nie płacę, z ubezpieczenia społecznego. Kiepsko. Cisza. Na ile wziąłeś? Ej, może przestańcie pieprzyć od rzeczy, co? Gram. Nigdy w życiu nie mówiłem poważniej. Teraz ty. Masz? Nie. Nie bierzemy. Ważne, żeby nikt nie podejrzewał. Czego? Że to samobójstwo, bo wtedy nie wypłacą. Wyjść jakąś niższą kartą? To musi wyglądać na wypadek. Dla mnie też wykupiłeś ubezpieczenie? zapytał Gustavo. Nie, w twoim przypadku lepiej bez ubezpieczenia. O czym wy chrzanicie, do cholery? A niby na czym polega ten mój przypadek? Ty chciałbyś tak na serio przywalić swojej żonie. Cisza. Ronie pije. Bo bić tak, jak ty bijesz, to jest bez sensu, trzeba walnąć tam,

stość, firmy upadają, zagraniczny kapitał się wynosi, coraz więcej ludzi walczy o każde stanowisko wyższego szczebla, a mnie niby odbiło. Pij. Powinieneś poczytać trochę o kulturach Wschodu, Chińczycy, Japończycy – ci to znają wartość rozstania się z życiem na czas. A ty od kiedy interesujesz się kulturą Wschodu, Tano? Od kiedy zapuścił sobie zarost, zażartował ktoś, ale nie Ronie. Może któregoś dnia, któregoś roku, kiedy tym krajem będą rządzić inni, coś się zmieni i staniemy się poważnym państwem, wtedy jednak będzie już za późno, my będziemy za starzy, żeby się załapać, nie będzie takiego domu, takiego auta – natomiast możemy uratować nasze rodziny przed upadkiem. Mnie upadek nie grozi. Ty już się rozbiłeś, Gustavo. Wykładać? Ja już nie gram. No nie wystawiaj nas, Ronie. Jeszcze partyjka, śmiało. Przekładam. A jeśli się nie uda? Jeśli się połapią? Wchodzę. W czym niby się połapią? Że to oszustwo. Czterech porażonych prądem facetów nie można podejrzewać o samobójstwo. Nie dość, że ci odbiło, to jeszcze uważasz się za mądrzejszego od wszystkich, stwierdza Ronie. Nie wiem, czy mądrość to właściwe słowo, ale nie jesteśmy w Gujanie, a ja nie jestem Jim Jones, nikt nie będzie niczego podejrzewał. Wchodzę. Przyłączasz się, Ronie, czy nie? Odbiło ci kompletnie, Tano. Naprawdę, czy może nie chcesz przyznać, że masz swój powód do samobójstwa? Mnie upadek tak nie przeraża jak ciebie, Tano. Nie, ja wiem, że upadek cię nie martwi, dlatego nie chcesz przyznać się do prawdziwego powodu, dla którego powinieneś się zabić. To

bójstwa. Jest tego pewien. Dobrze, że kazali mu iść, Gustavo i Martín lepiej zajmą się Tanem niż on. A może umówili się, że sobie z niego zakpią, i teraz się zaśmiewają, popijając wino. Ronie wraca do domu i wchodzi po schodach, siada i czeka, żeby po drugiej stronie ulicy nie zdarzyło się to, co zostało zapowiedziane. A jednak na górze, na tarasie, kiedy pije, a kostki lodu turlają się po płytkach podłogowych, podczas gdy Virginia mówi do niego, a on jej nie słucha, podczas gdy rozbrzmiewa współczesny smutny jazz, to, co widzi zza drzew, które lekko kołyszą gałęziami w ciężkim nocnym powietrzu, dowodzi, że jednak się pomylił.

47

Tydzień po pogrzebie Ronie i Virginia zapraszają trzy wdowy do siebie. Potrzebowali czasu, żeby się przygotować do tego spotkania. Carla i Teresa stawiają się punktualnie. Lala dociera dwadzieścia minut później. Na początku jest trochę sztywno, wręcz niemożliwie, lecz potem przychodzą pierwsze słowa i pierwsze przerwy między nimi. Virginia podaje kawę. Kobiety pytają o gips. Ronie opowiada im o operacji, leczeniu, rehabilitacji. O tym, jak spadł ze schodów. Jeszcze nie mówi, dlaczego spadł. To jednak wystarcza, żeby wprowadzić w temat tamtej nocy, więc przechodzi do tego i zaczyna, kończy na złamanej kości i trudnym do zatamowania krwotoku, kończy opowiadać o tym, jak Virginia wpakowała go do auta i że po drodze do szpitala minęli Teresę. „Nie wierzyłem, że są w stanie to zrobić – mówi – nie sądziłem, że to zrobią". Ale one nie rozumieją. Ronie opowiada jak umie o planie Tana, o depresji Martína Urovicha, o tym, jak Tano wyjawił im historię własnej śmierci, w którą Ronie nie był w stanie uwierzyć. Nie wspomina o tym, jakimi argumentami Tano przekonał Gustava. Nie trzeba.

Carla płacze. Lala powtarza parę razy „skurwysyn" i nie wyjaśnia, czy ma na myśli męża czy Tana. Czy może Roniego. Teresa wciąż nie rozumie. „Czyli to nie był wypadek?" „Nie sądzę". „Popełnili samobójstwo?" „Popełnili". „Niemożliwe, nic mi nie powiedział", mówi Teresa. „Skurwysyn", powtarza Lala. „Pewnie uznał, że tak będzie najlepiej dla ciebie i dzieci", tłumaczy Virginia. „On nie myśli, robi to za niego Tano", mówi Lala w czasie teraźniejszym, jakby Tano wciąż żył. „Sądzę, że żadne z nas nie zorientowało się w porę, jak źle jest z Tanem", próbuje wyjaśnić Ronie. „Ale przecież nie było źle, mieliśmy plany, mieliśmy wyjechać..." Teresa wciąż nie rozumie. „A ja?", pyta Carla. Nikt nie odpowiada. „Jak Tano przekonał Gustava?", pyta znów. „Nie wiem – odpowiada Ronie – myślałem, że go nie przekonał". „Boże", mówi Carla i płacze. „Przepraszam, wolałbym uniknąć sprawiania wam znów bólu, ale musiałyście się o tym dowiedzieć", tłumaczy się Ronie. „Kto powiedział, że musiałyśmy?", pyta Lala. Carla nie może powstrzymać łez, Virginia podchodzi i łapie ją za rękę. Przytulają się. Lala wychodzi, trzaskając drzwiami. Teresa nie jest w stanie poukładać sobie tego w głowie, „Nie było z nim źle, głowę daję, że nie było". Cała czwórka siedzi w ciszy przerywanej tylko szlochami Carli. A potem Teresa pyta: „Jesteś pewien tego, co mówisz?". „Całkowicie". Znów cisza i kolejne pytanie: „A to coś zmienia?", pyta wdowa po Tanie. „Taka jest prawda – odpowiada Ronie – tyle to zmienia, że teraz znacie prawdę".

w tej całej aferze, która im spadła na głowy. Ernesto prowadzi im kwestie prawne, a ja temat ubezpieczenia – wyjaśnia Insúa. – Oprócz Carli, ona trzyma wszystkich na dystans, nie pozwala sobie pomóc". „Jasne, jasne, jeśli nie zainkasują ubezpieczenia, zostaną bez grosza przy duszy, Ronie", podsumowuje Andrade. „Jeśli pojawi się najdrobniejsze podejrzenie samobójstwa, nawet zupełnie absurdalne, firma zacznie węszyć, sprawa się przeciągnie i biedaczki zobaczą te pieniądze na świętego nigdy". „Nie myślałem w ogóle o tym ubezpieczeniu". „To zrozumiałe, bardzo cię to poruszyło, nie ma co się dziwić, że nie rozumujesz na chłodno; no ale trzeba działać rozsądnie i na szczęście masz nas od tego". Wchodzi Virginia z kawą. Trzej mężczyźni milkną. Ona podaje każdemu filiżankę, wymieniają spojrzenia z mężem i Virginia wychodzi z tacką. „Rozumiesz, Ronie?" „Chciałem tylko, żeby znały prawdę". „Tak, wiemy, ale dobre intencje mają wszyscy, i to na kopy, Ronie, a niezależnie od tego, czy zrobiłeś dobrze czy źle, bo w sumie nie wiem, czy dla tych kobiet lepiej jest myśleć, że ich mężów prąd poraził przypadkiem czy celowo, nie?... no więc niezależnie od tego... nie pamiętam, co chciałem powiedzieć... Zaraz mi się przypomni". „Najważniejsze, żeby dostały kasę z ubezpieczenia, Ronie". „To właśnie miałem powiedzieć". „Uznałem, że zasługują na prawdę". „Może tak, ja nie wiem, na psychologii za bardzo się nie znam, ale może nawet dzięki tej prawdzie będą w stanie spojrzeć na to niezrozumiałe nieszczęście inaczej i zdadzą sobie sprawę, że ich mężowie są jakby...

bohaterami, nie?" „Co ty mówisz?", dziwi się Ronie. „Trzeba mieć jaja, żeby zrobić to, co oni zrobili". „Zabili się, żeby zostawić im forsę, to ma w sobie coś heroicznego chyba, nie?" Ronie słucha jednego i drugiego, obaj mówią z grubsza to samo, powtarzają się. Nie odpowiada. Miesza łyżeczką cukier w kawie i myśli. Myśli: ja nie zachowałem się bohatersko, stchórzyłem, a może to oni stchórzyli, poprawia się, w takim razie kim ja jestem, tchórzem innego rodzaju, człowiekiem przegranym, jak powiedział Tano, kimś, kto za mocno się trzyma życia czy co, może wszystkie te rzeczy naraz, a może żadna. „Musisz zachować milczenie", mówi stanowczo Andrade. Ronie podnosi wzrok znad filiżanki i dostrzega Juaniego, który przygląda mu się ze schodów. Dwaj mężczyźni też tam spoglądają i zauważają chłopaka. „Musisz milczeć ty i cała twoja rodzina". „Wdowom to jest potrzebne, nie możemy ich zawieść". „Tego jeszcze brakowało, żeby ich ofiara poszła na darmo". Ronie jako tako staje z tą nogą w gipsie. Patrzy na Juaniego na schodach, a potem na mężczyzn przed sobą. „Wiadomość zrozumiałem, teraz muszę odpocząć", mówi im. „No to liczymy na ciebie". Ronie nie odpowiada, tamci nie ruszają się z miejsc. Juani schodzi kilka stopni. „Czyli możemy być spokojni?" Juani podchodzi do ojca. Ronie próbuje stawiać kroki, żeby odprowadzić gości do drzwi. Potyka się, Juani go podpiera. „No proszę iść, nie słyszeli panowie taty?", mówi Juani. Andrade i Insúa patrzą na niego, a potem na Roniego. „Przemyśl to, Ronie, wyciąganie takich rzeczy nikomu nic nie

dnia, żeby to wszystko podłączyć, o ile w ogóle by mi się udało. Ronie złapał się za głowę i jego mina, spojrzenie wbite w telewizor sprawiły, że skupiłam się wreszcie na tym, co nam pokazywali. Obraz był trochę ciemnawy, ale bez wątpienia przedstawiał basen Scagliów.

Było to ujęcie z góry, jakby kamerzysta wspiął się na coś wysokiego. „Weszliśmy na drzewo", powiedział Juani i wtedy zrozumiałam, że te cienie wchodzące w obraz to liście. Martín Urovich był już w wodzie, leżał na plecach, podpierając się na materacu. Trzymał się go jedną ręką, a drugą krawędzi. Tano ustawiał sprzęt grający koło schodków na płytkach przy basenie. „To ten sprzęt", powiedział Ronie i oboje wiedzieliśmy, o czym mówi. Przedłużacz ciągnął się po posadzce podłączony gdzieś w korytarzu. Tano wziął siatkę na kiju służącą do wyciągania liści, wsunął ją pod kabel, owinął i położył tak, że koniec kija znajdował się bardzo blisko krawędzi. W zasięgu jego ręki. Gustavo siedział na brzegu, nogi trzymał w wodzie. Przez odległość trudno było określić, czy płacze, lecz pozycja jego ciała, lekkie drżenie, pojedyncze ledwie widoczne spazmy sugerowały wyraźnie, że tak było. Kiedy Tano skończył wszystko rozstawiać, wszedł do wody i wypił zawartość jednego z trzech kieliszków stojących przy basenie. Poruszyła się gałąź i na chwilę zasłoniła obraz. Zaraz potem znów pojawił się Tano, mówił coś do Gustava, nie było słychać co. Ale Gustavo kręcił przecząco głową. Tano przemawiał coraz energiczniej, a ponieważ Gustavo wciąż nie chciał, złapał go mocno za rękę. Gustavo wyrwał mu się. Tano znów próbował go złapać, Gustavo kolejny raz wyszarpnął rękę. Tano prowokował go jak chłopiec, nie było tego słychać, gesty jednak były ewidentne. Gustavo się załamał, rozpłakał, opierając łokcie o uda, dłońmi zasłaniając twarz. Teraz jego płacz było doskonale widać. Szlochał tak, że było to widać po ruchach jego ciała. Wtedy Tano złapał go za szyję, wciągnął do basenu i natychmiast, jakby tym samym ruchem, szarpnął za kij z siatką, na którym zaczepiony był przedłużacz. Urovich wciąż się unosił na wodzie. Gustavo wynurzył się, choć Tano próbował wolną ręką przytrzymać mu głowę pod wodą. Ale Gustavo był silniejszy i młodszy od Tana, toteż zdołał się wyswobodzić i dostać do brzegu. Uczepił się krawędzi. Było jednak za późno, nie zdążył wyjść. Tano drugą ręką, tą, którą nie ciągnął Gustava ani nie wpychał mu głowy pod wodę, zsunął końcówkę przedłużacza do wody, żeby popłynął przez nią prąd. Ciała zesztywniały, a potem zapadły się w wodę, która się wzburzyła. I zrobiło się całkowicie ciemno. Wszystkie światła na zewnątrz domu pogasły, zamilkła muzyka. Wtedy na ekranie pojawiły się obłąkańcze obrazy, bardzo ciemne, ledwie widoczne, lecz bliższe, liście drzewa, z którego Romina i Juani schodzili na dół, ziemia pod ich nogami, widać było, że biegną. „Co robimy?", rozległ się głos Rominy. Znów ciemna ziemia, hałas kroków, przyspieszone oddechy. Czarno.

Siedzieliśmy z Roniem bez słowa, nie wiedząc, co powiedzieć. Juani i Romina czekali. „Mogliśmy ich uratować?", zapytał Juani. „On go zabił", powiedział Ronie otępiały. „Mogliśmy?", powtórzył nasz syn. Popatrzyłam na Roniego. Wiedziałam, nad czym się zastanawia, więc szybko powiedziałam: „Nikt nie mógł". Ronie spojrzał na Rominę. „Twój ojciec to widział?" „Nie, po co?" – powiedziała. – Ukryłby to tak samo jak samobójstwo, wdowa po mordercy też nie dostałaby ubezpieczenia". Znowu zapadła cisza, żadne z nas nie odważało się powiedzieć, o czym myśli. „I co teraz, tato? – zapytał po chwili nasz syn. – Idziemy na policję?" „Nigdy by nam tego nie darowali", odpowiedział szybko Ronie. „Kto?", zapytał Juani. „Nasi znajomi, ludzie, z którymi się widujemy", odparłam. „To takie ważne?", zapytał nasz syn. „Boję się, co by się z nami stało", rzekł Ronie. „Co się miało stać, już się stało, tato", odpowiedział Juani i do oczu napłynęły mu łzy. Romina zrobiła krok w jego stronę i przysiadła obok, mocno go przytulając. „No to co robimy?", ponowił pytanie Juani. „Nie wiem", odpowiedział Ronie. Juani popatrzył na mnie, czekał, aż coś powiem. Widziałam jego oczy, wilgotne, wbite w moje. Spuściłam wzrok, czułam się sama, porzucona. Jak wdowa, choć nią nie byłam.

„Nie wiem", powtórzył Ronie. A Juani na to: „Nie wiesz? Czasem człowiek musi wiedzieć, tak albo siak. Wiesz, choć nie chcesz wiedzieć. Jesteś po jednej albo po drugiej stronie. Nie ma innego wyjścia. Po jednej albo po drugiej".

Ronie nie był w stanie odpowiedzieć. Wtedy odezwałam się ja. Poprosiłam Juaniego, żeby pomógł ojcu zejść po schodach. Romina ruszyła za nami. Pomogliśmy mu wsiąść do vana. Całą trójką. Ostrożnie wyprostowałam jego zagipsowaną nogę, a potem znów zgięłam, żeby zamknąć drzwi. Obeszłam auto i usiadłam za kierownicą. Spojrzałam na Roniego, który błądził spojrzeniem gdzieś daleko, przed sobą. Ani on, ani ja nie byliśmy przekonani do tego, co mieliśmy zrobić, ale Juani jak najbardziej, a samego przecież nie mogliśmy go puścić.

Popatrzyłam w lusterko wsteczne, Juani miał kamerę zawieszoną na szyi i trzymał Rominę za rękę. Przekręciłam kluczyk, silnik odpalił, wrzuciłam bieg i ruszyliśmy w stronę bramy wyjazdowej. Rozglądałam się na boki i ogarnęło mnie dziwne uczucie, był październik pierwszego roku nowego wieku, lecz wiosna tego roku była dziwna. Zniknęły białe kwiatki z krzewów tawuły, choć zwykle trzymają się do listopada, a niektóre domy były już upstrzone białymi plamami lilii i jaśminów. Dziwne, raczej się nie widuje tych kwiatów tak wcześnie, jeszcze przed początkiem lata. Ale już kwitły. Jakby przyroda uznała, że w powietrzu czuć już grudzień.

Kiedy podjechałam pod szlaban, miałam kompletnie spocone dłonie. Czułam się jak na tych filmach, na których nielegalni emigranci przekraczają granicę. Ronie był blady. Strażnik nas ostrzegł: „Proszę jechać prosto na autostradę, omijając Santa María de los Tigrecitos; lepiej unikać tej trasy, mamy meldunek od ochrony". „A co się dzieje?", zapytałam. „Kiepska atmosfera". „Zamknęli drogę?" „Nie wiem, podobno sami mieszkańcy Los Tigrecitos usypali barykady, boją się, że przyjdą".

„Kto?", zapytałam. „No ci ze slumsów chyba, podobno po drugiej stronie autostrady już szabrują. Ale proszę się nie obawiać, my tu jesteśmy w gotowości. Jeśli przyjdą, będziemy na nich czekać". I skinął głową w stronę dwóch strażników stojących obok, przy rabacie z azalią, uzbrojonych w karabiny.

Popatrzyłam przed siebie na drogę prowadzącą w stronę autostrady, była pusta. Przesunęłam kartę przed czytnikiem i szlaban się uniósł. W lusterku wstecznym patrzyły na mnie oczy Juaniego i Rominy. Ronie trącił mnie w udo, żebym na niego spojrzała. Sprawiał wrażenie przestraszonego.

Zapytałam go:

„Boisz się stąd wyjeżdżać?"